Editora Charme

Lovely Trigger

Livro Três
Tristan & Danika

R.K. LILLEY

O assunto não é apropriado para menores de idade.
Este livro contém assédio, luto, menção a abuso sexual, relacionamento abusivo, consumo de substâncias ilícitas e pode deixar alguns leitores desconfortáveis.

1ª Impressão 2023

Produção Editorial: Editora Charme
Capa: Okay Creations - Sarah Hansen
Adaptação da capa e produção: Verônica Góes
Tradução: Alline Salles
Preparação de texto: Monique D'Orazio
Revisão: Equipe Charme

CIP-BRASIL. CATALOGAÇÃO NA PUBLICAÇÃO
SINDICATO NACIONAL DOS EDITORES DE LIVROS, RJ

L695L

Lilley, R. K.
Lovely trigger / R. K. Lilley ; tradução Alline Salles. - 1. ed. - Campinas [SP] : Charme, 2023.
360 p. ; 22 cm. (Tristan & Danika ; 3)

Tradução de: Lovely trigger
ISBN 978-65-5933-147-5

1. Romance americano. I. Salles, Alline. II. Título. III. Série.

CDD: 813
23-87173 CDU: 82-31(73)

Meri Gleice Rodrigues de Souza - Bibliotecária - CRB-7/6439

Editora Charme

www.editoracharme.com.br

Editora Charme

Lovely Trigger

Livro Três
Tristan & Danika

Tradução
Alline Salles

R.K. LILLEY

Este é para o meu marido.
Obrigada por se importar a ponto de ser
ainda mais teimoso do que eu, quando mais preciso.

Capítulo Um

ALGUNS MESES APÓS O ACIDENTE

DANIKA

Fisioterapia era o inferno na Terra. Era dor, futilidade e frustração, tudo com uma sensação de desespero, porque eu sabia que só ajudaria até certo ponto. Mas eu dava tudo de mim. Havia determinação e teimosia demais dentro de mim para não fazer isso.

Só tinha vinte e um anos, logo chegando aos vinte e dois, mas nunca havia me sentido tão jovem antes de conhecer Tristan. Com ele, por um tempo, me senti jovem e livre, com a vida diante de mim. Uma vida promissora.

Por mais que tudo tivesse sido um sonho, um tipo de feitiço, essa alegria libertadora desapareceu do meu coração tão rápido quanto veio. Voltei a ser aquela mulher responsável que estava destinada a ser.

Nunca derramei uma lágrima de autopiedade. Isso nunca havia sido meu veneno. Meu veneno era a amargura, e precisava de cada milímetro do caráter que eu tinha para não deixar que me consumisse.

Sentia saudade dele. Nem conseguia mentir para mim mesma quanto a isso.

Sentia saudade demais dele.

Me convenci de que tinha sido tudo paixão, não amor verdadeiro. Amor verdadeiro era um mito, um direcionamento errado das coisas sólidas da vida.

O que eu sentia por Tristan tinha sido muito intenso e bastante envolvente, mas dizia a mim mesma, como um mantra, que nunca havia sido algo sólido.

Mesmo assim, cada detalhe me fazia lembrar dele. Tínhamos vivido muitos momentos, passado por coisa demais, sentido demais, e cada sensação trazia uma lembrança. Eram tantas músicas, apresentações e filmes que estavam bloqueados para mim, para nunca mais serem vistos.

Foi esse tipo de término. Do tipo destruidor.

Quando a saudade se tornava realmente insuportável, eu me colocava em puro modo de sobrevivência, minha mente ia para aquele espaço em branco que eu havia precisado aperfeiçoar sendo uma adolescente que tinha sido abusada sexualmente. Funcionava bem para mim naqueles momentos. E, por sorte, aqueles momentos sempre passavam.

Me mantinha tão ocupada que havia pouquíssimo tempo para pensar nisso, e eu não tinha tempo de ansiar por uma coisa que não era para ser. Estudos, trabalho e planejamento da minha carreira dos sonhos eram um processo bem envolvente.

Consegui inserir minha vida inteira no meu futuro ambicioso e, na verdade, essa era minha única opção, já que a possibilidade de um dia ter uma família tinha sido arrancada de mim de forma bem abrupta.

Não me senti completa por muito tempo, mas dizia a mim mesma, várias e várias vezes, que eu era forte. Forte o bastante para seguir em frente, sem algumas partes de mim ou, para ser sincera, sem alguns pedaços enormes de mim mesma.

E segui.

TRISTAN

— Bem-vindo à pista — meu terapeuta me disse da primeira vez que entrei em seu consultório.

Pensei que era um jeito bom de começar as coisas. Não teria conseguido abrir meu coração caso ele não tivesse, pelo menos, um bom senso de humor.

Era um cara baixo de cinquenta e poucos anos. Seu cabelo era comprido, grisalho e bagunçado. Seus óculos ficavam empoleirados bem na ponta do nariz sempre que ele me analisava.

E ele nem tinha um sofá de couro marrom, como eu receava. Dava para me sentar e conversar como uma pessoa normal, não me deitar como nos filmes.

Me sentava em uma cadeira confortável do outro lado de sua mesa e, ao longo do tempo, contei *tudo* a ele.

— Você já apagou alguma vez? — ele perguntou em nossa primeira sessão, seu tom neutro enquanto olhava para o prontuário. Eu era meio obcecado por aquele prontuário.

— Como assim, apagar?

— Ter apagões. Momentos em que você ainda está funcionando, mas não guarda nenhuma lembrança.

Gostava do jeito com que ele lidava com as coisas, de como me fazia falar sem criar muito caso sobre isso, e, com suas reações tranquilas, de como fazia parecer que as tragédias da minha vida não eram tão terríveis assim para uma pessoa lidar com elas.

— Ah, sim. Chamo isso de fim de semana.

Ele sorriu, triste, mas sem ergueu o olhar.

— Presumo que isso tenha causado uma devastação em sua vida pessoal.

Esse era o eufemismo da minha vida.

Era o comprimido mais amargo de engolir; o quanto meu próprio fundo do poço *a* tinha impactado. Sempre me joguei na frente do meu irmão, minha mãe, para protegê-los de qualquer golpe.

E minha esposa. Minha *esposa*. Eu não tinha feito nada para assumir sua dor, para suportar seus ferimentos. Em vez disso, eu os havia *causado*. Mas não dava para voltar no tempo. Não poderia viver de "e se" caso tivesse alguma esperança de viver.

— Bem, sim. Acho que é por isso que estou aqui. — Tentei manter meu tom neutro, mas quase sufoquei com essas palavras. — Perdi todas as pessoas mais próximas. Meu irmão, minha mãe, minha esposa, meu filho que nem tinha nascido. Tudo isso por causa do vício.

— Você deve ser bem teimoso para precisar passar por tudo isso para me procurar. — Ele sorriu, triste. — Teimosia é minha especialidade. Vamos nos dar muito bem.

E nos demos mesmo. Mas, algumas vezes, eu o detestava, porque ele me dizia as duras verdades.

— Você nunca deve esperar que a terá de volta — ele me disse um dia, quando eu estava falando sem parar de Danika, mais uma vez. — É uma coisa para a qual você deve se preparar para aceitar. Dá para prever que esse será o seu maior desafio quando voltar a se aventurar na sua vida fora da reabilitação.

Queria discutir, queria brigar com ele. Em vez disso, fechei os olhos e tentei aceitar.

— Me conte no que você está pensando — ele pediu, com o tom gentil.

— Estava pensando no primeiro passo.

— Que bom. Me diga o que significa para você.

— Sou impotente em relação ao meu vício. Minha vida ficou desgovernada.

— Essa é a resposta perfeita, claro, mas isso é bom. Leva um tempo para processar. Agora, vamos olhar para os doze passos como um todo. Uma visão geral, por assim dizer. Na realidade, eles nos ensinam que não podemos brincar de Deus. Não temos o poder de mudar certas coisas, não apenas no que diz respeito a se drogar ou não. Isso também se aplica a erros do passado. Você deve aceitar que não consegue fazê-la mudar de ideia e encontrar uma forma de seguir sua vida e ficar sóbrio. Já está pronto para aceitar isso?

— Só queria conversar com ela. Se eu conseguisse apenas fazer com que ela se encontrasse comigo, fazê-la ver que estou melhorando, acho que mostraria a ela que mudei, que estou disposto a fazer o que for preciso para estar na vida dela.

— Tudo bem, vejo que ainda temos bastante trabalho.

Então foi assim. Pouco a pouco, comecei a aceitar que tudo pode ter acabado mesmo entre nós. Não como se tivéssemos dado um tempo, e sim um sofrimento permanente.

Foi um comprimido bem difícil de engolir.

Foram necessários meses para me abrir na terapia em grupo. Meses ouvindo histórias de outras pessoas. Algumas não pareciam tão ruins, mas outras eram piores do que a minha.

Uma moça, viciada em heroína, contou que tinha negligenciado seu bebê por tanto tempo que ele morreu no berço enquanto ela se drogava.

Processei essa história por um tempo, assombrado pela forma como ela a contou, como se tivesse acontecido com outra pessoa.

Alguma coisa em sua desconexão me afetou de verdade.

Será que eu tinha me desconectado tanto assim da minha própria vida? Se sim, como pude? Como pude ser tão egoísta, tão cruel, para negligenciar as coisas à minha volta por tanto tempo?

Eu estava à procura de entorpecimento, o que todos nós procurávamos, e esse entorpecimento nos transformava em monstros quando nos drogávamos.

Eu havia feito as pazes com as coisas que o monstro dentro de mim tinha feito. E com o fato de que eu *era* aquele monstro.

Quando comecei a ter essa percepção, a aceitar, comecei a me abrir no grupo.

— Sou o Tristan. Sou alcoólatra e viciado em drogas. Estou aqui porque o vício custou o amor da minha vida.

Sorri com tristeza ao olhar para baixo, para minhas mãos.

— Acho que comecei a me apaixonar por ela desde a primeira vez que ela me chamou de galinha.

♥TE♥

Não tinha sido fácil marcar o encontro. Ela não falava direto comigo, então tudo passava por um filtro bem lento por meio de Jerry. Encontrávamos obstáculos constantes.

Levou meses só para fazer a bola rolar.

Ela nem sequer se encontraria comigo sozinha, como se eu fosse algum tipo de criminoso perigoso.

Tentei não pensar muito nisso.

Mexia comigo, com minha sanidade, com meu desejo de permanecer sóbrio, mas precisava me concentrar na parte boa.

Reuni alguns amigos que havia conhecido na reabilitação.

Trinity era uma viciada em heroína de vinte anos cujos pais já a haviam colocado quatro vezes na reabilitação. Seu período atual era o mais longo que ela havia ficado desde que tinha quinze anos. Era engraçada e doce, e eu tinha esperança de que, dessa vez, ela conseguiria.

Era uma garota baixinha e sempre usava uma camiseta preta e calça jeans. Seu cabelo curto e vermelho era comprido apenas na frente, longo o suficiente para cobrir um olho, mas ela ainda conseguia fazer um bom contato visual.

Todd tinha vinte e cinco anos e era tatuador e viciado em analgésicos. Acabamos ficando na mesma casa de sobriedade após a reabilitação. Era um cara baixo e magrelo, com cabelo loiro descolorido e tatuagens suficientes para me fazer parecer uma tela em branco.

Eu tinha feito amigos depressa na reabilitação, mas, infelizmente, muitos deles não eram duradouros. Quase todo mundo que eu havia conhecido teve recaída nos últimos oito meses. No entanto, os que ficaram sóbrios comigo eram como salva-vidas, bastante necessários para o meu próprio processo de recuperação.

Trinity e Todd ainda estavam sóbrios após a reabilitação, ainda lutando contra seus demônios, como eu. Eram companhias ideais para mim, passando pelas mesmas coisas que eu, então conseguiam entender o quanto o próximo encontro era difícil para mim.

Eles estiveram na terapia em grupo comigo, então sabiam de toda a minha obsessão por Danika, e todos os motivos que ela tinha para me odiar.

Chegamos lá cedo, porque eu simplesmente não conseguia mais esperar. Estava ansioso, com os nervos à flor da pele. Estava tão tenso que não conseguia ficar quieto. Fiquei esperando, obcecado, atormentado, consumido por esse encontro desde a última vez que a tinha visto. Não dava para acabar assim. Tinha que haver mais alguma coisa, algo que eu pudesse fazer para a nossa reconciliação.

Mesmo que eu não pudesse ser o marido dela, queria tê-la na minha vida.

De qualquer forma.

Aceitaria qualquer coisa, literalmente.

Não ficaria feliz com menos do que *tudo*, mas aceitaria o que conseguisse ter.

Migalhas, sobras, um gostinho do que um dia ela chegou a sentir por mim, como um bálsamo pelo que eu ainda sentia em abundância por ela.

Aceitaria até isso.

Estava tremendo tanto que derramei café enquanto tentava dar um gole na bebida descafeinada que tinha pedido só para ocupar as mãos.

Enquanto ficamos ali sentados aguardando, o futuro tão incerto – não, tão provável de se transformar de um jeito que eu não conseguiria suportar –, eu nunca senti tanta vontade de beber na vida.

Compartilhei essa informação. Fazia parte do processo pedir ajuda quando você se sentia se perdendo. Para mim, ainda ia contra o fluxo, mas eu estava dando o meu melhor para aprender um jeito novo. É claro que o jeito antigo não estava dando certo. De nenhum ponto de vista.

– Porra, cara, vamos para o bar, então. São cinco da tarde em algum lugar. – Todd falou isso como uma piada, e era dessa leveza que eu precisava.

Caí na gargalhada, assim como Trinity.

Eu estava de frente para a porta, à espera, então a vi primeiro.

Congelei. Cada parte do meu corpo simplesmente paralisou quando coloquei os olhos nela. Primeiro, foi apenas pelo choque, a alegria pura em ver seu rosto lindo, mesmo que a muitos metros, através de uma porta de vidro. Um homem a abriu para ela, e eu a observei por um instante que fez meu coração parar.

Ela usava uma saia longa preta que ia até os tornozelos, e sua blusa rosa-claro era bem justa e mostrava seu corpo perfeito. Seu cabelo estava solto e brilhante, sua maquiagem, mais pesada do que eu me lembrava, e totalmente arrebatadora.

Ela ainda era a mulher mais linda que eu já tinha visto. Sabia que sempre seria.

– Puta merda – Todd murmurou.

– Aquela mulher é *linda* – Trinity disse.

Danika começou a passar pela porta, e meus punhos ficaram cerrados.

– Ai, meu Deus – Trinity continuou, horrorizada. – Aquela é *ela*?

Não respondi, não consegui, envolvido no meu próprio inferno particular enquanto a via se esforçar para andar apenas alguns metros a fim de se sentar a uma mesa. Já sentiu como se alguém tivesse acabado de se aproximar de seu peito e tivesse retorcido um saca-rolhas em seu coração? Não? Bem, foi assim que me senti.

Não era nada legal.

Titubeei por um instante eterno, quando vi exatamente o que eu tinha feito, e lutei para lidar com isso, tentando respirar por mais um instante, para viver em uma pele que eu desprezava até a alma.

Só percebi que tinha me movimentado até ela quando cheguei em sua mesa. Meu corpo havia se movido sem comunicação tangível com meu cérebro.

Ela mal olhou para o meu rosto, apenas um olhar devastador e superficial antes de seus olhos se grudarem no meu peito.

Ai, Deus. *Agora ela nem suporta olhar para mim*. Me senti eviscerado por isso. Estava sendo pior do que meus medos mais terríveis.

Eu a encarei por muito tempo, absorvendo-a, desejando que ela apenas olhasse para mim.

Enfim, consegui sair da inércia.

— Aceita alguma coisa? Café ou chá?

Um tremor bem discreto a percorreu, mas parou entre um segundo e outro. Não sabia se tinha imaginado ou produzido isso, já que eu mesmo estava tremendo.

— Chá, por favor — enfim, ela respondeu com rigidez.

Fui até o balcão e pedi dois chás, observando-a o tempo todo.

Ela não me olhou nem uma vez.

Levei o chá de volta à mesa, e ela assentiu, agradecendo, olhando para a xícara. Adicionou açúcar e mexeu.

— Leite? — perguntei.

Ela balançou a cabeça, adicionando mais açúcar. Nem bebeu, apenas ficou focada nisso.

Empurrei para o lado meu próprio chá negligenciado.

Coloquei as mãos na mesa, os dedos entrelaçados. Encarei-as com tanta intensidade quanto ela encarava seu chá. Respirei bem fundo, reunindo coragem.

— Tenho muitos arrependimentos, muitas coisas ruins pelas quais devo levar crédito, mas acredite em mim quando digo que o impacto negativo que todas as minhas ações causaram na sua vida é o maior. — Eu havia ensaiado esse discurso. Do contrário, duvidava que conseguiria dizê-lo sem desmoronar.

Finalmente, senti seus olhos em mim, mas agora eu não tinha força para encará-los. Sabia que não encontraria nada que conseguisse suportar neles.

Queria que ela dissesse alguma coisa, qualquer coisa, mas, quando ficou claro que não o faria, continuei:

— Não mereço seu perdão, depois de tudo que aconteceu, mas o estou pedindo.

Implorando, pensei.

Rastejando.

— Saiba que eu voltaria atrás de tudo se pudesse, e me sinto responsável por *todas* as coisas ruins que aconteceram. Sinto *muito* que meu fundo do poço tenha impactado você. Qualquer recompensa que possa imaginar, qualquer coisa que queira me pedir, ficaria feliz em fornecer. — *Por favor*, pensei. *Me peça alguma coisa, qualquer coisa. Aceite algo que eu possa dar. Me deixe ter algum papel na sua vida de novo*. — Estou a seu serviço. Sempre, Danika. E o meu desejo mais sincero é que, um dia, talvez com o tempo, você possa considerar ser minha amiga de novo.

Sua mão foi até o pescoço, e ela estremeceu, como se sentisse repulsa. Estremeci de dor.

Ela estava tão enojada de mim agora que só a ideia de uma amizade comigo a fazia recuar?

— Tristan — ela disse, devagar, sua voz rouca. — Considere-se perdoado. Mas, por favor, não pense que te responsabilizo por tudo o que aconteceu.

Fui preenchido, pelo mais breve instante, pela forte sensação de euforia.

— As coisas não acabaram como eu poderia ter esperado — ela continuou. — Mas não dá para culpar ninguém por isso. Nenhuma pessoa é culpada por nada disso. Então, sim, te perdoo por tudo.

Alegria, surpresa e a maior faísca de esperança preencheram meu peito.

Suas palavras seguintes fizeram a dor, o terror e a negação seguirem seus rastros.

— Dito isso, devo declinar da sua proposta de amizade. Algumas coisas… O que quero dizer é que algumas pessoas precisam ficar longe uma da outra, e nós somos uma dupla dessas.

Não, não, não, pensei. Qualquer coisa, menos isso. *Não me corte por completo. Posso aceitar qualquer coisa, menos isso.*

Mas enxerguei a determinação em seus ombros.

Enxerguei o fim em seus olhos abatidos.

O mínimo que eu poderia fazer era dar o que ela tão claramente queria. Eu não tinha o direito de discutir com ela quanto a isso. Não depois de tudo que eu tinha feito.

— Se é assim que se sente, devo respeitar sua decisão. — Essas palavras não queriam sair de mim, mas as obriguei a saírem.

— É — ela disse depressa. — Mas obrigada pelas desculpas, e desejo tudo de melhor para você. — Ela falava para a minha clavícula. — Estou feliz que tenha procurado ajuda.

Acabou. Era tudo que ela ia falar. Eu não conseguia acreditar nisso, mas me obriguei a aceitar.

Enfim, me afastei.

Foi difícil fazer isso.

Meu corpo não queria deixá-la, assim como meu coração. Eu não sabia como seguiria em frente, mas estava claro que ela já sabia.

— Preciso me manter ocupado. Preciso me manter sóbrio hoje — eu disse aos meus amigos quando me sentei de volta à mesa.

Encarei o rosto abatido de Danika. Como havia chegado a esse ponto? Eu tinha a imagem bem clara na mente, do jeito que ela costumava me olhar, como se eu fosse seu mundo inteiro.

Teria dado qualquer coisa para ter isso de volta.

Para merecer.

Mas, claro, eu *nunca* mereceria.

— Estou sentindo um desejo bem forte de usar. — Minha voz foi sucinta.

— Vamos te manter ocupado — Trinity falou, gentilmente.

— Vamos assistir a um filme, depois ir para a academia — Todd sugeriu. — Sei que você adora malhar.

Assenti, então os segui para fora. Passamos por Danika, que não parecia ter pressa de ir a lugar nenhum, ainda olhando para baixo, para sua bebida, seu rosto inexpressivo.

Parei ao passarmos por ela, mas Trinity segurou meu braço, me puxando para longe.

— Ela me odeia — eu disse por fim, quando liguei meu carro. — Falou que me perdoa, mas que não me quer em sua vida. De nenhum jeito. Falou que nem podemos ser amigos. Mal conseguia olhar para mim.

— Ah, Tristan... — Trinity falou com gentileza, e pude perceber, por seu tom, que ela também estava esperando que esse encontro tivesse um final melhor para mim.

— Sinto muito, cara — Todd acrescentou. — Você passou por muita coisa difícil. Mas algumas coisas simplesmente estão fora do nosso controle.

Essa era uma lição difícil de aprender, mas eu daria o meu máximo para aprender bem.

Capítulo Dois

QUASE DOIS ANOS APÓS O ACIDENTE

DANIKA

Com frequência, percebi que o humor tinha ido embora com Tristan da minha vida. O humor, a diversão e, para ser brutalmente sincera comigo mesma, a alegria.

Hoje em dia, tudo era sério. Trabalho e até minha vida social. Quando eu saía com alguém, era algum profissional sério, embora nada chegasse longe demais nem durasse muito. Meu coração simplesmente não estava pronto ainda. Dizia a mim mesma que só precisava de mais tempo.

Terminei a faculdade e James me promoveu logo em seguida. Me mudei para Los Angeles e comecei a administrar a galeria lá. Em relação à carreira, todos os meus sonhos estavam se tornando realidade. James deixava que eu provasse o meu valor e me dava passe-livre na galeria.

Sentia saudade de Bev, Jerry e dos meninos, mas tinha bastante trabalho para me manter ocupada a qualquer hora em que estava acordada, literalmente, e era disso que eu gostava.

Bev e Jerry se casaram de novo em uma cerimônia bem pequena nas Bahamas. Eu fui, e o alívio que senti quando descobri que Tristan, por qualquer que fosse o motivo, não tinha ido, me deixou preocupada. Ele não deveria mais me afetar assim, disse a mim mesma, mas não havia o que fazer.

Foi um casamento lindo. Os dois escreveram seus votos e foram tão fofos que chorei como uma manteiga derretida durante todo o evento, abraçando os meninos, que me abraçavam cada um de um lado.

Depois, descobri que Tristan não tinha ido porque não havia sido convidado. Embora ele e Jerry fossem próximos, Bev nem tinha considerado essa hipótese.

Quem me contou isso foi Bev. Quando fiquei abismada por sua

revelação, ela riu e me deu tapinhas no ombro.

— Ah, meu docinho. Se alguém te disser que não guardo rancor, essa pessoa está *mentindo*.

Seus olhos e seu sorriso foram tão diferentes dos de sempre, tão sanguinolentos, que apenas a encarei.

— Você está ótima agora. Está espetacular, e tenho toda fé de que vai chegar onde quer na vida. Eu não poderia estar mais orgulhosa de você, minha querida, mas sempre haverá uma imagem bem clara na minha mente, que é o meu pesadelo. Consigo fechar os olhos e me lembrar do seu estado, sangrando e quebrada naquela cama de hospital. De coração partido e abusada. Ou de você naqueles primeiros meses após o acidente. Tão triste e perdida. Sou uma mulher amorosa. Você sabe disso. Amo com todo o meu coração, mas um coração como o meu funciona dos dois jeitos, e há uma *fúria* em mim. Nunca vou me esquecer do estado em que aquele homem te deixou. Acha que eu conseguiria aproveitar uma celebração se *ele* estivesse lá, deixando você desconfortável o tempo todo? Não é assim que eu lido com as coisas. Vai demorar alguns anos para eu conseguir ser civilizada com aquele homem.

Era difícil saber o que dizer a *isso*, mas, de um jeito estranho, suas palavras me confortaram um pouco.

Era sempre bom ter Bev por perto.

♥TD♥

Enfim conheci meu pai biológico pessoalmente. Foi um dos momentos mais bizarros da minha vida, mas não posso dizer que não senti um pouco de satisfação quando acabou.

Bronson Giles foi visitar uma exposição da galeria em Los Angeles com seu filho mais velho, Dermot. Eu tinha ouvido em algum lugar que ele estava seguindo os passos do pai na atuação. Ele parecia uma imagem perfeita de seu pai mais jovem, pois era grande, loiro e muito bonito.

Com os mesmos olhos que os meus.

Acho que eu estava tão apegada à ideia de não sentir nada por meu pai que não tive uma reação a ele. Vê-lo, bem, me fez sentir apenas um vago desconforto.

Eu não esperara, por outro lado, Dermot.

A ideia de um pai vergonhoso era uma coisa. O conceito de um meio-irmão, que não fazia a menor ideia de que eu existia, era outra. Foi muito estranho, mas me vi encarando-o quando ele ficou perambulando por perto enquanto eles admiravam a arte, tentando enxergar um pouco de gentileza nele, um pouco de redenção. Não queria detestá-lo.

Na verdade, até que queria gostar dele.

Não tinha certeza se Bronson pensava que era ele quem eu estava encarando, ou se apenas flagrei o olhar dele, mas ele me observou ainda mais do que eu estava observando Dermot.

Enfim, Bronson veio direto até mim. Fiquei tensa, certa de que ele tinha enxergado a semelhança entre mim e minha mãe, que, obviamente, ele conhecia bem.

Não foi por isso que ele se aproximou. Bem, acho que foi uma versão distorcida disso. Parece que Marta era o tipo dele e, por ser a cara dela, acho que eu também era.

Seu sorriso gotejava um charme engordurado antes mesmo de ele abrir sua boca nojenta.

Antes de ele falar uma palavra, meu pensamento foi: *Ai, meu Deus, não. Meu próprio pai vai dar em cima de mim.*

Por favor, por favor, por favor, pensei, *que isso não aconteça.*

Quem mais tinha essa sorte?

Nem mesmo entendi muito a primeira parte do que ele disse, ouvi mais seu tom, minha mente recuando com horror.

Era simplesmente demais. Nem consegui manter meu comportamento profissional de sempre enquanto ficava parada ali ouvindo o homem que tinha me gerado me dizer o quanto eu era gostosa.

Ele nem tinha frases boas. Ficou se apoiando em sua fama e seu dinheiro por tempo demais.

— E aí, o que me diz? — Ele colocou a mão no bolso e tirou o que parecia ser um cartão-chave de um quarto de hotel. — Sempre mantenho um quarto no Hotel Beverly Hills. Posso te encontrar lá em três horas. Nesse meio-tempo, você pode ficar à vontade, pedir umas bebidas. Só colocar na conta do quarto.

Ele disse tudo isso como se fosse uma simples decisão já tomada, mesmo quando eu sabia que minha expressão deve ter lhe dito que eu gostava dele tanto quanto gostava de algo particularmente fedorento que tinha acabado de grudar na sola do meu sapato.

Ele era bem alheio.

— Você é maravilhosa. De onde vem essa sua cor? Uma parte asiática, não é? Sempre fui fã de asiáticas. Mas o cabelo escuro com esses olhos pálidos. — Ele assobiou baixo e demorado. — Tão impressionantes. Que beleza. Que corpinho sensual você tem também.

Tive que me conter para não dar um tapa na sua cara. Minha voz não foi muito estável quando, enfim, a encontrei.

— Qual é a *sua* ascendência?

— Sou descendente de dinamarqueses e ingleses. Sua vez, amor.

Minha boca formou um sorriso firme.

— Minha mãe é descendente de japoneses e russos, e meu pai, pelo visto, é descendente de dinamarqueses e ingleses, mesmo que eu tenha acabado de descobrir isso, neste exato momento.

Ele me olhou de maneira estranha.

— Como assim?

— Bronson Giles, o nome da minha mãe é Marta Markova. Presumo que isso lembre você de alguma coisa.

Pelo menos, ele teve a decência de ficar pálido nesse momento.

— Meu Deus — ele sussurrou.

— Estou vendo que isso seria um problema, engravidando tantas mulheres que já nem consegue acompanhar sua prole. Aliás, Bronson, você é velho demais para mim. Mesmo se eu não fosse sua filha. — Fiz careta. — É nojento. Se vai ser um porco mulherengo, pelo menos seja mais apropriado quanto à idade. Ainda mais com todas as mulheres aleatórias que você deve ter engravidado ao longo dos anos. Talvez seja melhor ficar longe das que são jovens o suficiente para serem suas filhas ou, inferno, até mesmo suas netas.

— Meu Deus — ele repetiu. — Você quer dinheiro de mim ou algo assim?

— Não quero *nada* de você — eu disse com fúria, minha voz baixa e rude. — Nem uma única coisa. Eu administro esta galeria. Foi você que chegou em mim, ou não percebeu isso?

Ele piscou algumas vezes, se virou e se afastou.

Dermot, que ficou a uns três metros e meio da coisa toda, me lançou um olhar examinador e o seguiu.

Pensei que tinha acabado, mas, uma hora depois, mais ou menos, Dermot voltou.

Ele me procurou, e esperou enquanto eu fazia uma venda. Sorriu e estendeu a mão quando fiquei livre.

— Sou o Dermot — ele disse, em tom caloroso.

Tentei sorrir de volta, apertando sua mão.

— Danika.

— Só queria me desculpar pelo meu pai. Ele é... um retrocesso, e pareceu que foi meio incisivo naquela hora.

Eu o analisei.

— Não sei bem por que está se desculpando. Você não fez nada.

— Só não queria que você pensasse que sou igual a ele. Ele é meu pai, mas, desde criança, sei que ele é bizarro quando o assunto é mulheres.

Assenti. Ele era mesmo, e eu não sabia o que dizer quanto a isso.

— Olha, sei que este é um jeito esquisito de nos conhecermos, mas adoraria te compensar alguma hora. O que acha de jantar?

Me esforcei para não dar um tapa na minha própria testa. Sério?! O que eu fiz para merecer isso?

Então percebi, bem ali, que precisava contar a ele, precisava cortar o mal pela raiz.

— O fato de o seu pai ser velho e casado não é a única coisa que me ofendeu quando ele deu em cima de mim — disse a ele, meu tom direto.

— Ah, é? — ele perguntou, sorrindo como se eu fosse lhe contar uma piada engraçada.

Ah, é, era mesmo engraçada.

— Bronson Giles é meu pai biológico.

Seus olhos se arregalaram de uma forma cômica, e seu queixo caiu.

— Não tenho provas, mas, se eu precisar, a reação dele quando contei quem era minha mãe teria sido o suficiente. Mas se você não acredita em mim...

— Não, não, eu acredito. Só estou ch-ch-chocado. Desculpe *mesmo*. Eu não estava dando em cima de você. Só quis dizer um jantar platônico.

Não foi o que ele quis dizer, mas acreditei naquela desculpa esfarrapada tanto quanto ele.

— Claro. Não pensei nisso.

Apesar daquele início nada promissor, meio que nos demos bem depois disso.

— Gosto de mulheres tanto quanto qualquer outro homem — Dermot me contou durante o jantar, talvez na quarta vez que nos encontramos para conversar. — Mas, se você não consegue se conter, o mínimo que pode fazer é simplesmente ficar solteiro.

— Tim, tim — brindei a isso. Ele estava falando o que eu pensava.

— E, sério, ele já tem idade e, de alguma forma, nunca conseguiu entender o conceito de controle de natalidade? — Ele se encolheu enquanto ouvia as próprias palavras. — Sem ofensas.

Dei risada.

— Não me ofendi. Quer dizer, sou grata por existir, mas poderia ter tido um pai diferente, tipo, um que fosse presente.

— Como está a Dahlia? E como está o filho dela?

Contei uma história sobre o querido Jack.

Sempre perguntávamos sobre os outros irmãos. Nos mantínhamos atualizados, embora ninguém mais parecesse ter o desejo de se encontrar pessoalmente além dele e de mim. Dahlia sentia um ressentimento estranho por nossos meios-irmãos, uma amargura por eles que eu não conseguia entender, considerando que ela queria ter mais contato com nosso pai. *Ele* era o culpado. Ele era o réu. Eu conseguia entender bem um desprezo por ele e pelas coisas que tinha feito, mas não era para culpar nossos meios-irmãos por suas ações. Mesmo assim, não havia jeito de convencê-la.

Era ela que perdia com isso. Dermot era encantador, sarcástico e divertido. Havíamos concluído que tínhamos o mesmo senso de humor distorcido.

Nos encontramos muitas vezes até ele ter coragem de perguntar o que aconteceu com minha perna.

— Um relacionamento infernal — respondi.

Dessa vez, ele não riu da piada comigo. Seu rosto se fechou e, pela primeira vez, vi que meu meio-irmão podia ser meio assustador.

— Um *homem* fez isso com você?

Balancei a cabeça com veemência.

— Piada ruim. Desculpe. Não. É uma longa história, mas a versão resumida é que isto aconteceu em um acidente de carro.

Ele não pareceu convencido, porém me deixou mudar de assunto. Deveria ser fácil entender que esse não era meu assunto preferido.

— Como está indo o trabalho? Conseguiu aquele papel para o qual estava fazendo teste? — perguntei a ele.

— Consegui. Vou começar a filmar no mês que vem. Além disso, concordei em fazer um projeto com nosso pai.

Minhas sobrancelhas se ergueram depressa. Ele sempre tinha sido veemente quanto ao fato de que não queria ficar à sombra do sucesso do pai. Nunca tinha usado as conexões dele para ficar à frente em Hollywood. Isto é, até agora.

— Ei, não me julgue — ele disse, com um sorriso irresistível.

— O que foi? Não falei nada.

— Nem precisou. Você tem olhos bastante julgadores. — Dei risada, porque ele tinha razão. Eu tinha olhos expressivos mesmo. — O fato é que o papel é um sonho, e acho mesmo que sou perfeito para ele. Fiz o teste, e acho que teria conseguido, baseado no teste, independente de quem fosse meu pai. Preferiria que ele não fizesse parte do projeto, mas não sou eu que decido.

— Não precisa ficar na defensiva comigo. Fico feliz por você e estou empolgada para ver como vai ser. Ainda está saindo com aquela garota? — perguntei, mudando de assunto de novo.

Ele estava gostando bastante de uma garota com quem tinha começado a sair da última vez que conversamos.

Ele fez careta.

— Que nada, aquilo já era. Contei para você que ela é atriz, não é?

Assenti.

— Bem, aprendi uma coisa. Nunca sair com uma atriz. Ela estava dormindo com o diretor do piloto do programa de TV dela. Acho que o estereótipo do teste do sofá tem algum fundamento.

— Que droga. Como foi o piloto dela?

Ele sorriu.

— Uma bomba, pelo menos isso. Eu não guardaria rancor, mas ela estava mentindo para mim há um tempo antes de eu descobrir. E você? Está saindo com alguém? Foi a um segundo encontro com aquele contador?

Fiz uma cara que o fez rir.

— Não. Sou muito boa em primeiros encontros, mas não posso me gabar de habilidades para um segundo. Não consigo me lembrar se um dia já tive um.

Nós dois demos risada, embora não estivesse longe da verdade.

— Bem, sei que todos eles ligam. Por que não atende o telefone?

— Isto vai soar horrível, mas simplesmente não fico a fim. Saio para jantar uma vez, mas se não me divirto muito, por que tentar de novo? Gosto bastante da minha própria companhia. Imagino que eu seja uma dessas pessoas que está destinada a ficar solteira. Está tudo bem. Há coisas piores do que ficar sozinha.

Ele acenou, dispensando.

— Você só é jovem. Vai sair dessa em alguns anos. Ou talvez só precise encontrar o cara certo.

Não contei para ele que tinha encontrado esse cara, uma vez.

Não tinha vontade de falar *nada* sobre o assunto T.

♥TD♥

TRISTAN

Eu tinha sido dilacerado e me recomposto e, embora soubesse que o resultado final estava melhor agora do que quem eu tinha sido antes, alguns dias não pareciam assim. Em muitos dias, apenas parecia que o mundo tinha perdido a cor, e as únicas coisas que definiam minha vida eram as que eu havia perdido. Passava muito tempo tentando me convencer de que estava bem sem ela, e, em alguns dias, até acreditava nisso.

Demorou muito mais do que um ano para conseguir admitir que tinha mesmo acabado, e isso incluía quase nenhum contato.

James me contratou para fazer um show, muito mais cedo do que o planejado. Ele explicou que levaria tempo para ensaiar e para ajudar a arrumar o teatro. Tive que me envolver em todo o processo, cada parte dele. Era minha produção, afinal de contas. O teatro teve que ser totalmente reformado. Ele queria que eu aparecesse ao vivo uma semana antes da aposentadoria de seu mágico atual, e demoraria um ano para eu me preparar. Foi uma graça divina para mim. Me mantive ocupado, produtivo, ativo. Havia menos tempo para remoer o passado.

O mágico aposentado do cassino, Tony Biello, não tinha ressentimentos por eu ter sido seu substituto. Na verdade, ele acabou sendo uma figura paterna e um mentor para mim.

Eu admirava sua apresentação desde criança, então, quando ele começou a ir ao teatro para ver como as coisas estavam indo, fiquei mais empolgado do que nunca e estressado ao máximo, já que não fazia ideia se sua aposentadoria era voluntária ou não.

Logo ele me tranquilizou. Era um velho pateta estranho que usava cartola no meio do dia e óculos grandes com armação branca que combinavam com seu cabelo rebelde.

Era um homem grande, na casa dos setenta anos, e quase beirando o sobrepeso.

Eu estava no meu palco semipronto, mostrando ao arquiteto com quem estava trabalhando exatamente do que eu precisava para o local bem abaixo de nossos pés quando Tony entrou a passos largos pelo teatro.

Ele me deu uma olhada e começou a rir.

— Deixe-me adivinhar. Esse será aquele ato em que eles fazem você tirar a camisa muitas vezes. Sem dúvida, eu seria superado nessa.

Minha boca se curvou em um sorriso, e desci para cumprimentá-lo.

— Eu os fiz colocar no contrato que eu não ficaria sem camisa mais do que duas vezes por noite — brinquei. — Precisava bater o pé em alguma coisa.

Ele apertou a barriga enquanto ria.

— E sabe levar na esportiva. Com certeza, fui superado.

Cocei a cabeça, tentando encontrar as palavras para abordar um assunto estranho.

— Não se preocupe, meu garoto, minha aposentadoria foi voluntária. Estou velho, meu coração é ruim, e chegou a hora de começar a me cuidar melhor. Só vim para te dar as boas-vindas ao time e para avisar você de que minha porta está sempre aberta, se precisar de algum conselho. Droga, eu adoraria ajudar. Estou no mundo da mágica há cinquenta anos. Detestaria pensar que estou te abandonando por completo.

Fiquei bastante grato por isso. Tony Biello oferecendo apoio era tudo que eu, que estive praticando truques desde a primeira vez que coloquei as mãos em um baralho, poderia querer. Era meio que um sonho surreal se tornando realidade.

— Obrigado. Sou seu fã desde criança. Isso significa muito para mim. Tenho certeza de que vou precisar dessa ajuda. Além disso, pensei que o senhor poderia fazer umas aparições como convidado, se estiver a fim.

Ele abriu seu sorriso alegre.

— É disso que estou falando.

Ele apareceu quase todos os dias depois disso, assistindo ao trabalho sendo feito, dando conselhos e fazendo um milhão de perguntas sobre o show que eu estava planejando.

Eu tentava me manter ocupado vinte e quatro horas por dia, mas, infelizmente, sempre havia um período de inatividade, enquanto eu esperava empreiteiros chegarem ou quando não tinha nada para fazer. Ainda assim, evitava ficar inativo como se fosse uma praga.

Claro que o tempo que eu passava remoendo era mais agoniante do que tudo agora que trabalhávamos no mesmo maldito prédio.

A galeria de arte era feita de vidro, localizada acima do piso do cassino, desenhada para que ela mesma fosse uma obra de arte. Observar alguém lá dentro e não deixar que vissem que você estava olhando, bem, não poderia ter sido mais perfeitamente desenhada para isso.

Havia um pequeno pátio interno lá, com apenas algumas mesas e cadeiras anexas a uma cafeteria. Ficava abaixo e em um ângulo para a galeria de arte. Eu poderia ficar sentado ali, olhando por quanto tempo quisesse, e ela nunca me veria, nunca perceberia.

Eu fazia muito isso.

Era puro masoquismo, mas parecia que eu não conseguia parar. Cada intervalo que tinha, cada hora que ia ou vinha, parava naquele lugarzinho. Comprava comida de algum outro lugar e levava para lá. Dedicava tempo naquele lugarzinho torturante.

E tudo foi particularmente lamentável quando ela começou a sair com um otário de terno.

Ele devia trabalhar no prédio em algum lugar, porque começou a aparecer com frequência para levá-la para almoçar.

Precisei de cada milímetro de autocontrole, cada minuto de terapia e controle da raiva de que tinha participado, para me impedir de ir lá e enforcá-lo da primeira vez que o vi envolver a cintura dela com o braço, mas consegui.

Me afastei.

Ela tinha sorrido para ele, parecendo feliz de verdade por ele a ter tocado.

Ninguém merecia ser mais feliz do que Danika.

Com certeza não eu.

Minha recuperação havia parecido sólida na época, todos os meus doze passos estavam bem onde deveriam estar, mas, naquela noite, faltou pouco para ter uma recaída. Com o que parecia meu último esforço, liguei para meu padrinho e ele foi eficaz em me acalmar. Não foi a primeira vez, nem a última, que eu sabia que devia minha vida a ele.

Foi um ato de misericórdia quando ela se mudou para Los Angeles, e ainda assim eu detestava isso.

♥TD♥

Voltei a padrões antigos.

Comecei a dormir com todo mundo. Primeiro, foi bom. Abstinência era uma merda, e eu tinha quase sido um monge por dois anos.

Demorei alguns meses para perceber que isso estava sendo gatilho para meu vício. Comecei a desejar o álcool mais do que nunca desde meus dias de reabilitação.

Parei totalmente com o sexo de novo, então tentei um meio-termo. Primeiro, fiquei em negação, por meses, na verdade, de que se tratava de um relacionamento, mas essas coisas têm um jeito de nos pegar de surpresa. Logo terminei com a pobre garota, tentando ser o mais gentil que podia quanto à coisa toda.

Era difícil dormir com apenas uma mulher sem lhe dar a ideia de que não era algo mais do que amizade, algo mais do que conforto.

Comecei a sair com as mulheres. Não apenas para transar, mas para jantar, o pacote completo. Era uma experiência nova para mim, e passar um tempinho com uma mulher antes de transar pareceu ser um componente necessário para mim. Do outro jeito – só sexo uma vez e riscar da agenda – não tinha funcionado.

Fiquei bom nisso, em sair com uma mulher por dois a três meses, depois terminar de um jeito amigável. Não envolvia nenhum sentimento de verdade, mas eu não sentia que estava usando ninguém, então parecia ser a melhor solução para mim, considerando todas as coisas.

O sexo com Danika tinha sido surpreendente para mim. Incrível. Maravilhoso. O melhor. Tinha sido tão bom que minha necessidade de dar o que *ela* queria se tornou tão forte que eu havia desenvolvido outro nível de noção sexual com a experiência. Ainda assim, nunca foi igual. Não chegou nem perto. Dominação parecia um jogo bobo quando não era com Danika e as amarras eram uma imitação barata.

O que tínhamos juntos era lindo. Nada nunca mais nem chegou perto, e não passava um dia sem que eu não me lembrasse disso. Mas eu não poderia ter isso de novo. Havia perdido o privilégio.

E a vida seguiu.

Capítulo Três

TRISTAN

Eu mal tinha saído do carro quando Jack veio, gritando, pulando nos meus braços. Sorrindo, eu o peguei no colo, depois o joguei mais alto e o segurei. Ele era um carinha destemido, não tinha medo de nada. Deu risada e agarrou meu pescoço.

— Tio *Tuistan*, estava com saudade!

— Também estava com saudade de você, amigão. Mas faz só algumas semanas. Como você cresceu tanto em apenas algumas semanas?

— Comi meu *bócolis*, assim como você me falou para fazer. Logo vou ficar alto igual a você.

Dei uns tapinhas na sua cabeça, carregando-o para o apartamento térreo onde sua mãe sorridente nos aguardava na porta.

Abracei Dahlia, e ela me beijou na bochecha. Recuei o mais rápido possível com educação.

Eu sabia muito bem como ela se sentia em relação a mim, e fazia meu máximo para não encorajá-la.

Ela havia cortado seu cabelo loiro praiano e o deixado curtinho. Isso a fazia parecer uma garotinha doce, o que sempre foi a minha opinião sobre ela. Eu sabia que ela tinha comemorado seu aniversário de vinte e dois anos recentemente, porém, para mim, ela parecia ter uns dezesseis. Tinha sido minha cunhada em uma época, quase minha irmã caçula, e nunca havia preenchido um papel diferente para mim. Não importava o quanto ela me pressionasse, isso não mudaria.

Assistimos ao Jack brincar no escorregador, escalando por cima como um macaco, sem nem um pouquinho de medo em seu rosto sorridente mesmo quando chegava ao topo. Isso trouxe uma lembrança de outro menino loiro sempre sorridente que não temia nada, o homem que, agora morto, tinha deixado para trás a imagem de si mesmo quando criança.

As festas de fim de ano sempre foram difíceis para mim. Eu era o filho mais velho e bastardo da casa, e o pai de Jared nunca tinha me deixado esquecer disso.

Em certo Natal, quando eu tinha dez anos, havia corrido para a quadra de basquete do vizinho em um segundo. O babaca do pai de Jared estava me humilhando de novo, me chamando de moleque e coisa pior, e eu tinha chegado ao meu limite. Às vezes, pensava que a única coisa que me mantinha naquela casa era Jared.

Estava sentindo muita pena de mim mesmo, o menino sem pai, e havia até chegado ao ponto de derramar um raro bocado de lágrimas silenciosas quando vi a forma magrela de Dean correndo na minha direção como se alguém o estivesse perseguindo.

Ele sorriu quando me viu, correndo rápido até mim. O lado esquerdo inteiro do seu rosto estava vermelho, um olho inchado fechando. Parecia que alguém tinha lhe dado uma surra.

Sequei minhas lágrimas às pressas. Dean era o menor em nosso grupo de amigos, mas sempre foi o mais implacável na zoeira. Se tivesse me visto chorar, duvidava que um dia pararia de me zoar.

Ele tinha percebido, mas me surpreendeu ao simplesmente dar um tapinha no meu ombro enquanto se sentava no banco ao meu lado.

— O pai do Jared é um babaca — expliquei. Apesar de, para dois meninos de dez anos de idade, nunca houve uma boa desculpa para chorar, era o melhor que eu podia fazer.

— É, cara, ele é um otário, mas, pelo menos, é legal com o Jared.

Era verdade.

Ele me cutucou com o cotovelo, brincando, até eu olhar para ele. Apontou para o lado machucado de seu rosto. Seu olho estava inchado, quase fechado.

— Não se preocupe por nunca ter conhecido seu pai, cara. Poderia ser pior. Ele poderia aparecer de vez em quando, te espancar e fazer coisas muito piores com a sua mãe, bem na sua frente. Pode acreditar, eu trocaria de lugar com você *num piscar de olhos*.

Ergui o punho. Era um punho grande. Eu era grande para minha idade. Era o mais alto de nosso grupo de amigos e era forte o suficiente para aguentar cada um deles.

— Quer que eu vá dar uma surra nele? Ele é grande? Aposto que nós dois conseguimos dar conta.

Dean balançou a cabeça, mas deu tapinhas no meu ombro de novo. Era um raro gesto de afeto dele.

— Não. Ele já foi. Não é tão grande, mas tem uma arma, só é melhor ficarmos longe dele, sacou?

Assenti com seriedade.

— Mas você sabe que estou aqui, se um dia quiser tentar.

— Sei que está, cara. É por isso que é meu melhor amigo.

Como aquele menino sorridente e destemido se transformou naquele homem estranho que me enganava com tanta facilidade? Nunca encontrei a resposta, mas, mesmo assim, essa pergunta me assombrava. Se eu não tivesse sido tão cego para o que ele havia se tornado, muitas coisas poderiam ter sido evitadas.

Eu sabia que Dean era pai de Jack, não dava para olhar para o garoto e não enxergar isso, mas nunca havíamos falado sobre o assunto diretamente. Mas, considerando o que eu sabia que ele havia feito com Danika, tinha minhas suspeitas. Por fim, um dia, dolorosamente, cheguei a tocar nesse temido assunto com Dahlia.

— Dean… quer dizer, o que quero perguntar é… — Parei de falar. Não conseguia evitar, a questão em si ainda me deixava horrorizado, embora tivesse tido anos para refletir sobre isso. — O que aconteceu entre vocês foi consensual?

Não consegui nem olhar para ela quando perguntei. O que poderia ter acontecido bem debaixo do meu nariz drogado me deixava *envergonhado*. Já me sentia responsável pelo garoto. Desde o dia em que Dahlia me ligou, me contou que estava grávida e que o bebê não tinha pai, eu a havia colocado junto com o filho sob minha asa. Uma sensação de dever me levou a isso. Ela era, afinal de contas, quase minha irmã caçula, pelo casamento com Danika. Para mim, o divórcio não tinha mudado isso. Esse divórcio não havia mudado meu coração, exceto por quebrá-lo em partes. Enquanto o bebê se transformava em um garotinho loiro que eu não conseguia deixar de reconhecer, a sensação de que a responsabilidade era minha tinha apenas aumentado.

— Ele me drogou. Eu não estava dormindo com ninguém quando aconteceu, aí você pode imaginar meu choque ao descobrir que estava grávida.

Me encolhi.

— Sinto muito por isso. Eu não era eu mesmo na época, mas teria dado o meu máximo para prevenir isso, se pudesse.

— Eu sei. Você tentou. Toda vez que o via, mesmo que só conversando comigo, você o levava para longe. Sou grata por ter tentado me proteger. Ninguém, além de Danika, tinha feito isso por mim antes.

— Bem, eu falhei, e sinto muito por isso.

— Mas você tentou, com a melhor das intenções, e eu precisava disso, precisava de alguém para me proteger. Significou bastante. Tristan, eu…

Eu a interrompi, porque sabia o que viria a seguir, e era melhor deixar algumas coisas não ditas.

— Dahlia…

Ela ignorou o alerta na minha voz, seguindo em frente.

— Sou apaixonada por você. Tenho certeza de que você já sabia disso, mas eu precisava falar em voz alta. E o que tem feito pelo Jack, como o tem apoiado, nos ajudando financeiramente, o quanto vem nos visitar sem falta, significa muito para mim. Para nós dois.

— Dahlia, sou apaixonado pela sua irmã — eu disse, meu tom neutro. Era melhor lidar com isso de uma vez por todas, agora que estava em aberto. — Sempre vou ser. Sinto muito. Vá encontrar alguém, alguém que possa te amar de volta, mas eu não sou esse alguém.

Ela jogou os braços em volta de mim, apertou com força e me beijou, seu corpo magricelo se esfregando no meu.

Fiquei totalmente parado, deixando-a continuar por um minuto inteiro. Não senti nada o tempo todo. Nem um arrepio, nem mesmo o mais vago rastro de interesse. Pensei que era assim que me sentiria se minha irmã tivesse me beijado.

Por fim, ela recuou, arfando. Pude ver, por seus olhos magoados, que eu a tinha feito entender. Não havia forma mais clara de mostrar que eu não conseguiria me interessar por ela, dentre todas as pessoas.

— Você é uma menina linda. Doce e gentil. Precisa esquecer essa ideia. Nunca será como você quer. Isso está te bloqueando. Estou aqui para você, como irmão, como amigo, e você sabe que estou aqui para Jack. Amo esse garoto como se fosse do meu próprio sangue. Mas não posso ser mais do que isso para você. Espero que entenda agora.

Ela assentiu, seus lábios tremendo.

— Como ainda pode amá-la tanto? Ela nem quer falar com você.

— Porque é assim que o amor funciona. Não morre, mesmo quando você não o alimenta. Simples assim. Eu não mudaria isso, mesmo que pudesse. O fato de amá-la se tornou parte de quem eu sou.

— É tão injusto — ela disse, mal-humorada, dando um passo grande para longe de mim.

Era mesmo.

Acabei ligando para Adair naquela noite, embora o pensamento do que eu iria dizer não tenha se formado totalmente até ter saído da minha boca.

— Você conhece o filho da Dahlia, o Jack? — perguntei sem nem o cumprimentar. Não falava com ele havia muito tempo, e a banda tinha acabado anos atrás.

— O filho do Dean — ele falou, pensativo, sem se importar com o início grosseiro. — É bom falar com você, Tristan. Estava conversando com Kenny outro dia. Falamos sobre nós quatro nos encontrarmos de novo, para ver se ainda temos o dom.

Isso me fez pausar, mas então continuei:

— Eu já tinha minhas suspeitas, mas acabei de descobrir que realmente a Dahlia não consentiu com o ato. Você sabe algo sobre isso?

— Meu Deus, não! — ele respondeu depressa e com convicção. Acreditei imediatamente nele. Era um cara bom, apesar de também sofrer com o vício. Tinha cumprido seu próprio tempo na reabilitação depois de, mais ou menos, um ano que fui. Até onde eu sabia, ele também se manteve sóbrio. — Aquele otário. Eu já deveria ter desconfiado, mas, falando sério, pensei que ele a tivesse convencido a transar com ele. Não sabia que era um estuprador, cara. Não teria trabalhado com ele, se soubesse, pode ter certeza disso. Eu sempre soube que ela era inocente demais para ele. Poooorra, isso acabou comigo.

— É, é difícil aceitar que estávamos lá e não impedimos.

— É, é mesmo. Posso garantir que Cory e Kenny também não faziam ideia. Nenhum de nós teria deixado acontecer uma coisa dessas. Você deve saber disso.

Eu sabia. Só precisava ouvir.

— Ignorância não é desculpa. Devemos isso para aquela pobre garota, Adair, e aquele garoto não tem pai. O mínimo que podemos fazer…

— Concordo plenamente. Vou ligar para ela hoje. Só, sei lá, pensei que houvesse alguma coisa entre vocês dois. Sei que ela sempre foi a fim de você, desde o início. Não queria invadir seu território.

— Ela é como uma irmã para mim. Não tenho nada com ela. Não é meu território.

— Então não se importa se…?

— Pode chamá-la para sair. Mas trate-a bem. Eu levaria para o lado pessoal se você a fizesse sofrer mais do que ela já sofreu. Entendeu?

— Sim. Não sou mais como costumava ser, cara. Amadureci. Vou tratá-la bem, se ela estiver a fim, juro.

Isso me deixou tranquilo. Dahlia precisava encontrar um novo foco para seu afeto.

♥TD♥

TRÊS ANOS APÓS O ACIDENTE

DANIKA

As estrelas tinham se alinhado, e Bev fez um churrasco para todo o bairro em seu quintal durante uma das minhas viagens de negócios a Vegas ao mesmo tempo em que Dahlia estava visitando sua cidade menos preferida do planeta.

Passei a tarde na piscina com Mat, Ivan e o pequeno Jack. Foi um dia encantador, e tão raro que eu soube saborear cada segundo.

Os meninos tinham nove e onze anos agora, e eu ainda os via com frequência, mas toda vez que olhava para eles, não conseguia acreditar no quanto tinham crescido e mudado.

Não conviviam muito com Jack, mas faziam de tudo para serem legais e brincarem com ele. Eram queridos e me amavam tanto quanto eu os adorava e, como Jack era da minha família, eles o tratavam como se fosse da família deles. Bev e Jerry também. Era comovente.

Dahlia ficava meio afastada de tudo, mas eu sabia que eram raros seus momentos de descanso nos cuidados com Jack, então ela aproveitou a tarde para tomar sol, ficando de fones de ouvido para impedir que ouvisse muito do barulho da festa na piscina acontecendo ao seu redor.

Eu não me importava nem um pouco. Só estava feliz demais e aproveitando todo o tempo que podia, grata por ela confiar em mim para cuidar de Jack em meio ao caos.

Brinquei na piscina por horas com meus três meninos e muitas das crianças vizinhas. Eu ainda era boa na água. Melhor do que era andando, na verdade. Meu joelho, com toda a perda de cartilagem, ficava mais leve ali.

Me diverti muito com aqueles garotos. Mais do que me diverti em anos. E tinha que impedir, o tempo todo, que minha mente ficasse agoniada pelo fato de eu nunca ter conseguido um filho meu.

Sempre adorei crianças, sempre tive o dom de cuidar delas. Tentava não odiar a injustiça disso tudo.

Os pensamentos sombrios nunca duravam muito, pois os meninos sempre me puxavam de volta para suas brincadeiras.

Estava um dia muito incrível, porém foi arruinado pela fonte mais improvável.

O relacionamento de Bev e Jerry estava mais forte do que nunca e, bem de vez em quando, eles tinham momentos aleatórios de demonstração pública desse afeto.

Os meninos tinham crescido bastante, mas ver seus pais se beijando ainda lhes faziam gritar de desgosto.

Eu estava segurando Jack quando aconteceu. Ele estava ficando grande, mas não tão grande para se empoleirar no meu quadril a fim de carregá-lo pela piscina.

— Eles estão beijando? — Jack me perguntou.

Olhei para trás, para Bev e Jerry. Estavam mesmo se beijando.

— Sim, capitão Jack, estão se beijando. Devem estar passando piolhos de um para outro enquanto a gente conversa. — Demonstrei ao lhe dar um beijão na bochecha que o fez gargalhar.

— A mamãe e o tio *Tuistan* também beijam — ele arfou quando o ergui.

Nem preciso dizer que não recebi muito bem essa informação.

Tive que me sentar, me sentindo fraca de repente. Não tenho orgulho de, em seguida, ter interrogado um menino de três anos.

Minha irmã era tão reservada que eu não esperava tirar respostas suficientes dela que me satisfizessem. Preferiria entrar em uma conversa com ela já com algumas respostas.

— Você tem um tio Tristan, Jack? — indaguei, tentando manter meu tom casual.

Ele assentiu, feliz.

— Ele é o homem mais *fote* do mundo. Me diz para comer meu *bócolis* e me leva ao parque.

Tive alguns momentos insanos em que tentei me convencer de que poderia ser outro Tristan, mas eu trabalhava com probabilidades, e qual era a chance?

— Ele faz mágica.

Qualquer esperança que eu tivesse desapareceu em um piscar de olhos.

— Que tipo de mágica?

— Ele me ensina *tuques* com carta e consegue fazer qualquer coisa desaparecer. *Qualquer coisa.*

— Você o vê bastante?

Ele assentiu com vigor.

— O tempo todo. Queria que ele morasse com a gente. Você também. Queria que morasse com a gente.

— Moro bem perto, capitão. *Eu* também visito o tempo todo. Você acha que ele visita vocês mais ou menos do que eu?

Jack, um menino de três anos que já estava ficando entediado com a conversa, nem ouviu essa última pergunta. Estava apontando para o outro lado do quintal, onde Ivan tinha começado a encher uma quantidade enorme de bexigas de água.

Suspirando, deixei que ele corresse até lá para ajudar.

Mas eu não pretendia me esquecer do assunto. Precisava saber o que isso significava. Minha sanidade dependia disso.

Ele não faria isso, falei para mim mesma. Não chegaria perto da minha irmã, não desse jeito, não depois de tudo que passamos juntos. Ele saberia que isso acabaria comigo.

Não, falei para mim mesma de novo. Ele não faria mesmo. Tem que haver alguma explicação.

♥TD♥

Cutuquei seu ombro nu.

Ela estava esparramada na espreguiçadeira em um biquíni amarelo minúsculo, sua pele clara brilhando ao sol. Eu não sabia como ela não estava queimando, porque estava deitada tomando sol havia muito tempo.

Ela baixou os óculos escuros para me olhar, mas não tirou os fones de ouvido.

Cutuquei minha própria orelha, ficando impaciente.

Ela tirou um fone, erguendo a sobrancelha para mim.

— O que foi? Jack está se comportando?

— Ele está bem — respondi, lacônica. — Bev vai ficar de olho nele por alguns minutos. Precisamos conversar.

Ela franziu o nariz.

— Agora não. Estou relaxando.

— Agora — retruquei.

Ela arregalou os olhos devido ao meu tom. Eu costumava tratá-la com luvas de pelica.

Não a arrastei para fora da espreguiçadeira, mas foi quase isso. Levei-a até meu antigo quarto, fechando a porta.

— Você está saindo com o Tristan? — perguntei, minha voz tremendo. Não conseguia ficar calma nem por um *segundo* quanto a isso.

Ela suspirou e se sentou na cama. A forma como curvou o lábio para mim me lembrou de uma adolescente carrancuda.

— Jack falou alguma coisa — ela adivinhou.

Assenti, com boca e punhos cerrados.

— Falou que viu vocês se beijando. Me conte a verdade. Você está saindo com ele?

Ela revirou os olhos.

— Não quero conversar sobre isso. Você e o Tristan! Deus! Me recuso a falar dele com *você*.

— Você está saindo com ele? — repeti, entre dentes cerrados.

Queria chacoalhá-la, ou pior, apesar de saber que a fonte verdadeira da minha raiva não era ela. Era ele. Ela era minha irmã, mas parecia que a verdadeira traição estava vindo *dele*.

A lógica tinha saído voando pela janela.

Ela soltou um pequeno grunhido irritado, bem como uma adolescente.

— Comecei a sair com o Adair, tá bom? Tristan ainda aparece, ajuda com Jack, dá a ele um pouco da atenção masculina de que ele precisa, mas qualquer coisa que aconteceu, qualquer coisa entre a gente, aff, acabou.

Ela sorriu de repente.

— Sei no que está pensando; estou passando por toda a banda. — Ela soltou uma risada como se fosse engraçado.

Arregalei os olhos para ela, repletos de terror.

— Não era nisso que eu estava pensando. É isso que está *fazendo*?

Riu de novo. Ela estava se divertindo demais com tudo isso, sendo que eu queria arrancar meu próprio cabelo. Arrancar o cabelo *dela*.

— Não é nada disso que estou fazendo. É só, você sabe, o que deve parecer para algumas pessoas.

— Não estou perguntando o que parece. Estou perguntando o que é. O que aconteceu entre você e Tristan? Por que Jack me contou que viu vocês se beijando?

Ela acenou, me ignorando.

— Não quero conversar sobre isso e, como falei, o que quer que fosse, acabou. — Seus olhos se estreitaram em mim de repente. — Você não tem o direito de dar o fora nele e depois decidir com quem ele pode sair. Eu *nunca* teria dado o fora nele.

A tradução na minha cabeça para isso foi que ele havia dado o fora nela.

Fiquei pálida.

— Você não faz ideia do que a gente passou, não faz ideia do porquê me afastei. Não é da sua conta, mas eu não *dei o fora nele*. Quase não saí intacta desse relacionamento. E, sim, a gente terminou, mas existem regras para esse tipo de coisa. Você e ele... não, é simplesmente errado. Você é minha irmã. Ele não tem permissão de chegar perto de você.

— Relaxe, tá bom? Somos só amigos agora. Estou saindo com o Adair, e está indo muito bem. E já cansei de falar sobre isso. Você vira uma louca quando se trata do Tristan. E vice-versa.

Ela não falaria mais disso, não importava o quanto eu pedisse, mas não significava que não me incomodava menos. Me corroía, porque eu ainda não sabia o que tinha acontecido, e talvez nunca fosse saber.

Capítulo Quatro

DANIKA

Seu nome era Milton Sagar. Era o *quarterback* que tinha acabado de ser enviado para jogar em San Diego. Eu o conheci em uma mostra da galeria em Los Angeles em uma noite de sexta-feira. Ele veio me visitar na galeria de Vegas na segunda seguinte.

Era encantador, inteligente, bonito e muito, muito interessado e, pela primeira vez em bastante tempo, percebi que eu estava interessada de verdade.

Interessada não do tipo recatado.

Interessada do tipo coração acelerado.

Não acontecia isso comigo desde Tristan. Não tinha certeza se estava aliviada ou horrorizada por isso.

Ele era bem persistente. Eu o recusei duas vezes.

Tinha braços enormes, cabelo escuro lindo, olhos azuis gentis. Tinha até covinhas. Devia flertar com todo mundo. Era exatamente o tipo de cara que eu deveria evitar.

Na terceira vez que me chamou para sair de forma encantadora, aceitei almoçar com ele em Vegas, na minha pausa do trabalho. Ele pegou um voo só para me ver.

Eu não pretendia ir além disso.

— Então você mora em Vegas, mas trabalha bastante em Los Angeles? — ele me perguntou enquanto comíamos os aperitivos.

Balancei a cabeça.

— Exatamente o contrário. Moro em Los Angeles, mas estou ficando bastante em Vegas no momento. Estou gerenciando as duas galerias até conseguir treinar alguém aqui.

— Los Angeles não é muito longe de San Diego. — Ele sorriu.

Eu sorri de volta, admirando suas covinhas. Falei para mim mesma que eu só podia ter batido a cabeça.

Seu sorriso diminuiu um pouquinho.

— Tenho uma pergunta bem estranha para você. Espero que não se importe de falar sobre isso, mas um amigo meu me contou uma coisa que está… me incomodando. Acho que ele conhece seu ex-marido.

Eu estava tomando um gole no vinho e quase engasguei.

— Meu ex-*marido*?! — perguntei, tentando soar bastante casual. — Esse seu amigo está falando da garota errada.

Apenas algumas pessoas do planeta sabiam que eu tinha sido casada por um minuto intenso e disfuncional.

Ele pareceu surpreso, mas não descontente.

— Ah, é? Bem, que bom. É claro que consigo me defender, mas ele me assustou.

Eu não podia deixar isso para trás. Era bizarro demais.

— Qual é o nome desse seu amigo?

— Tristan Vega. Tenho certeza de que já o viu por aí. Ele faz um show de mágica aqui. É muito bom.

Senti que fiquei pálida. Com muito cuidado, coloquei a taça na mesa, apoiando as duas mãos no colo, devagar, onde eu poderia apertá-las o máximo que precisasse sem parecer maluca.

— O que Tristan te contou, exatamente?

— Ah, então você o conhece? Não muito. Ele só meio que… me alertou, de uma forma bem vaga. Falou que você tinha um ex-marido que era passível de me esfaquear durante o sono, se eu encostasse a mão em você. Falou que ele era enorme e bastante violento quando se tratava de você, ou, melhor, de com quem você saía. Basicamente me contou que seu ex iria preso por assassinato para não deixar você sair com alguém como eu.

A pura ousadia disso, a coragem totalmente hipócrita disso, me fez querer gritar.

Abri um sorriso tenso.

— Tristan tem um senso de humor diferente. Ele estava só brincando com você. Eu nunca fui casada.

Infelizmente, nos víamos de vez em quando mesmo, mas aquela noite foi a primeira em que procurei Tristan de propósito desde o acidente.

Por trabalhar no hotel, consegui ir aos bastidores antes do show dele e, por fim, ao seu camarim. Era bem útil conhecer todos os seguranças da propriedade pelo nome.

Ele me viu na porta e cerrou a mandíbula.

Entrei, já soltando fumaça. Esperei para falar até ele fechar a porta, nos dando privacidade.

— Como *ousa*?! — chiei, tremendo. Parecia surreal estar sozinha em um cômodo com ele. A única coisa que tornava aquilo suportável era minha *ira* autêntica.

— Já sei por que está aqui — ele disse, com calma. — Posso explicar.

— Ah, por favor, explique. *Adoraria* ouvir.

Ele deu alguns passos na minha direção, mas recuei a mesma quantidade de passos, mantendo distância.

— Não ouse tentar encostar em mim.

Ele olhou para baixo, respirando fundo.

— Claro, Danika. Sei como você se sente quanto a isso. Imagino que isso tem a ver com o Milton.

Assenti, me contendo para não falar várias coisas sarcásticas que vieram à mente.

— Claro que sim. Por que mais eu estaria aqui?

Queria dizer muito mais, sobre como minha vida amorosa não era da sua conta, sobre como ele não podia beijar minha irmã e só Deus sabe o que mais e, então, por ter tentado interferir na *minha* vida, mas segurei a língua. Foi um esforço fenomenal, mas consegui. Não lhe daria a satisfação de saber o quanto aquilo me incomodava, como tinha me mantido acordada, a dúvida, a incerteza. Será que eu já cheguei a conhecê-lo de verdade um dia?

— Por qual outro motivo estaria aqui? Olha, falei aquilo para ele porque…

— Não acredito que contou a ele que eu era divorciada!

Ele me olhou nos olhos. Os seus estavam parados, sua mandíbula tão teimosa que eu não sabia se queria dar um tapa nele ou beijá-lo.

— Você *é* divorciada. — Seu tom foi punitivo.

— Aquele casamento foi uma piada. Nem conta como um.

Ele se encolheu, nem sequer tentou esconder, erguendo a mão para massagear a têmpora pulsante.

— Contei aquilo porque ele não é o cara para você.

— Que fofo. Você acha que sabe o que é bom para mim?

— Ele é mulherengo.

Dei risada. Foi tão amargo que eu queria parar, mas não consegui, não consegui me conter.

— Olhe quem está falando.

— E um mentiroso.

Comecei a olhar em volta e, quando percebi que estava tentando encontrar alguma coisa para jogar, eu soube, com absoluta certeza, de que precisava ir embora.

Cada segundo que ficávamos próximo um do outro era ruim para minha paz de espírito. Essa ceninha iria me assombrar por meses. Só de olhá-lo de perto daquele jeito e de respirá-lo já acabaria comigo, seria um retrocesso.

Encontrei seu olhar firme, tentando não rosnar.

— Isso não vem ao caso. Nada disso é da sua conta. *Nada* na minha vida é da sua conta. Fui clara?

— Por favor, Danika, fique longe dele. Sei que tem o direito de fazer o que quiser, mas entenda que eu não iria interferir se não estivesse preocupado. Esse cara é má influência. Vai partir seu coração e, quando ele fizer isso, pode ser que eu quebre o pescoço dele.

Minha boca estava tremendo. De ódio. De dor. A ideia de ele estar me vigiando como um irmão mais velho, de ele pensar em si mesmo dessa forma… doía.

Dilacerava.

Feria.

E eu já estava bastante ferida.

Apontei para ele.

— Pare. Pare de agir como se você se importasse e fique fora da porra da minha vida. Você e eu… não somos nada um para o outro. Somos menos do que estranhos.

Ele balançou a cabeça e isso acabou comigo. Tive que me conter para não o atacar, mas, na minha mente, eu o estava empurrando, socando e estapeando. Segurando sua camisa com os dois punhos.

Na verdade, naquele momento crucial e inútil, apenas nos encaramos.

Nós dois estávamos ofegantes. Cerrei e soltei os punhos e observei suas mãos copiarem o movimento.

— Por favor — ele sussurrou.

Saí e, graças a Deus, ele não me impediu.

Fui a uma festa de gala bem pública com Milton no fim de semana seguinte. Havia um tapete vermelho com fotógrafos. Eu sorria para as câmeras como se estivesse tendo a melhor noite da minha vida e tentava não pensar no fato de que tinha aceitado aquilo, sobretudo, por birra. Tristan veria essas fotos e saberia exatamente o quanto ele podia se intrometer na minha vida.

Deixei Milton me dar um beijo de boa-noite quando me deixou no meu apartamento, mas não o convidei para entrar. Foi um beijo bom. O cara sabia o que estava fazendo. Eu sabia que o deixaria me beijar de novo.

Ele me encontrou para almoçar na segunda-feira seguinte em um café chique, perto da galeria de Los Angeles.

Ele estava com um olho roxo e uma bochecha bem inchada que jurava ter sido do treino de futebol americano. Sua história não mudou, mesmo quando tentei xeretar mais.

Mesmo assim, não conseguia tirar a ideia bizarra de que Tristan havia colocado ideias na minha cabeça. Eu não tinha provas, só um forte pressentimento.

Fiz lasanha para ele na minha casa no fim de semana seguinte e o deixei me beijar de novo. Até o deixei ir além, e fiquei bem tentada a deixar que chegasse aos finalmentes.

Embora não o tivesse deixado, foi bom me sentir tentada. Estava receosa de que essa parte de mim estivesse quebrada para sempre.

Talvez eu ainda tivesse uma chance de ter uma vida amorosa.

Era fácil conversar com ele, e conversamos por telefone quase todos os dias por três semanas. Eu não estava me permitindo pensar nele como meu namorado nem me sentia pronta para querer algo assim, mas, com certeza, parecia estar seguindo nessa direção.

Eu não tinha certeza de como me sentia quanto a tudo isso, mas estava me divertindo. Ele não me dava exatamente aquele friozinho na barriga, mas pelo menos eu sentia *alguma coisa*, uma sombra do fervor que havia experimentado por um breve período.

Não era nada parecido com a paixão que eu tinha sentido por Tristan, mas, mesmo assim, era um alívio ver que algo ainda se acendia em mim, ainda que fosse apenas uma chama minúscula.

Foi quase exatamente na marca de três semanas que recebi uma ligação do número dele, só que não era ele do outro lado da linha.

Tínhamos feito planos de nos encontrarmos naquela noite para jantar, e eu não estava esperando uma ligação dele, então meu tom estava meio duvidoso quando atendi:

— Alô?

— É a Danika? — uma mulher perguntou do outro lado. Ele falava como se tivesse chorado.

— Sim. Quem é?

— Aqui é a Belinda.

— Olá, Belinda. Como posso ajudar? — Sua voz trêmula me fez ligar o piloto automático que, para mim, era meio que um profissionalismo desapegado.

— Sou a *namorada* do Milton — ela proclamou, sua voz trêmula se firmando com raiva.

— Como é? — indaguei, pega totalmente desprevenida. Como eu não tinha percebido?

— Estamos juntos há nove anos. Eu *moro* com ele. Ele não sabe que sei sobre você, mas, quando sair do banho, vou entregar para ele o celular e ele pode te contar tudo sobre *mim*.

Eu não fazia ideia do que dizer, então compartilhamos um silêncio constrangedor por uns bons dois minutos antes de eu falar:

— Eu não fazia ideia...

— Bem, agora faz, então o que *você* vai fazer quanto a isso? — Seu tom era enérgico, mas havia algo bem esquisito sobre a coisa toda, como se ela não estivesse nada surpresa. *Quantas vezes Milton tinha feito isso com ela?*, me perguntei, me sentindo meio desconectada da coisa toda.

Enfim, Milton pegou o celular. Seu tom era uma desculpa, uma desculpa para mim, que ouvi que logo abalou Belinda do outro lado da linha.

— Danika, eu posso explicar.

Revirei os olhos, me sentindo mais idiota do que magoada. Ele só tinha falado quatro palavras, da maneira como havia formado cada sílaba como se as tivesse dito milhares de vezes, a entonação perfeita em seu tom persuasivo ao lançar a salva inicial que levava às mentiras.

Ouvi o mentiroso nele, a frase que estava prestes a dizer. Agora sabia quem ele era. Não havia como desfazer isso.

— Não se incomode. Só me apague da sua lista de contatos, por favor.

Era bastante o fato da minha mente se focar, principalmente, em Tristan e na questão de que ele estava certo quanto a Milton. Se eu o tivesse escutado, teria me poupado desse constrangimento.

E isso me irritava mais do que qualquer outra parte da situação sórdida toda.

Capítulo Cinco

QUATRO ANOS APÓS O ACIDENTE

DANIKA

Havia saído apenas algumas vezes sem compromisso no último ano, quando conheci Andrew em uma exposição.

Ele era fotógrafo, artista, mas o menos temperamental que eu já tinha conhecido. Nos demos bem desde nossa primeira conversa. Sentíamos como se fôssemos velhos amigos, logo de início.

Ele era bem fofo e também muito bom na teoria. A atração genuína, é claro, era uma armadilha para mim, então fiquei bem satisfeita com isso.

Bom, na teoria parecia ser a aposta mais segura que eu poderia esperar.

Ele era gentilmente persistente, mas sempre parecia respeitar meus limites.

Adorava meu senso de humor, e eu adorava mesmo fazê-lo rir. Era uma boa base para um relacionamento significativo. Um relacionamento sério.

Deixei que ficasse sério. Andrew era bom em tornar as coisas mais fáceis do que deveriam ser, e até essa parte ele facilitou.

Morávamos a uns quarenta minutos de distância e, com apenas seis meses, ele já queria morar junto, dizendo que isso nos faria nos ver com muito mais frequência, porque era mesmo um saco dirigir em Los Angeles.

Recusei, explicando o quanto era importante, para mim, não apressar as coisas.

Ele respeitou, claro. Era um talento dele saber exatamente o quanto insistir e quando recuar por completo.

Não tive coragem de dizer que eu não tinha necessidade de vê-lo todos os dias.

Eu sabia que deveria ter me sentido mal por isso. Me sentia mal por não me sentir mal. Ele me adorava.

Da primeira vez que fizemos amor, me tranquei no banheiro depois e chorei como um bebê por três horas; foi a primeira vez que havia chorado em anos. Tentei não refletir sobre o motivo disso.

Ele foi compreensivo até nisso. Me deixou ter meu espaço e chorar sozinha.

Tristan teria quebrado a porta, minha mente traidora me disse. Ele teria feito melhor.

Tristan estava envolvido demais em si mesmo para sequer enxergar a *sua* dor, meu lado sensível me disse.

Esse foi o lado de mim mesma que tinha me feito sair intacta daquele relacionamento.

Bem, intacta o suficiente. Era difícil fingir que estava bem quando a mera ideia de transar com meu namorado de novo me deixava histérica.

Andrew era muito compreensivo. Não tinha contado muita coisa a ele, mas ele sabia que eu havia sofrido um trauma na vida e me garantiu que não tinha problema em esperar o quanto precisasse para eu estar pronta.

Ele era mesmo um cara muito legal. Tentei mostrar o quanto era grata por ele.

Fazia jantares envolventes e extravagantes para ele. Ele se considerava um viciado em comida.

Comprava presentes carinhosos para ele, porque era um homem carinhoso. Sempre prestava atenção em novas músicas de que ele gostaria. Ele era meio hipster, sempre procurando algo obscuro.

Fazia tudo que podia com meu tempo livre para mostrar que me importava com ele, tudo que não envolvesse dormir com ele de novo, e tentava não focar no fato de que meu namorado era muito mais um amigo para mim do que um dia seria amante.

♥TD♥

Foi no início do outono que Bev fez um exame de rotina e seu médico descobriu um nódulo na lateral de sua mama esquerda.

Após uma série de exames, ela foi diagnosticada com câncer de mama.

Dentro de dias, ela foi obrigada a se submeter a uma dupla mastectomia. O câncer era agressivo, e exigia um tratamento agressivo.

Após uma pausa curta para ela se recuperar da mastectomia, iniciou seis exaustivas rodadas de quimioterapia, sendo seguidas de cinco semanas de radioterapia.

Fui a cada dia de tratamento. Dirigi, voei, trabalhei do aeroporto e da recepção da clínica. O que quer que acontecesse, eu estava ao lado dela, fazendo companhia, demonstrando meu apoio.

Pensei que eu fosse forte, mas Bev me mostrou o que era a força enquanto lutava pela vida.

Apertou minha mão com a sua enfraquecida, sua cabeça careca e toda macia, seu corpo emagrecido, mas seu sorriso tão grande como sempre foi.

Uma onda fresca de químicos tóxicos percorria sua corrente sanguínea, deixando-a enjoada, mas, se Deus quisesse, salvando sua vida.

Tudo isso, e era ela quem estava *me* confortando.

— Acha que esse câncer é páreo para *mim*? — ela me perguntou com malícia. — Qual é, Danika. Você sabe como sou. Você já deveria saber que sou teimosa demais para morrer antes do Jerry. Isso *nunca* aconteceria.

Dei risada, então chorei, porque estava tão preocupada com ela que isso me deixava *fraca*.

— Eu que deveria estar chorando — Bev me disse. — Sinto falta das porras dos meus peitos.

Sequei meus olhos.

— Você deveria comprar uns novos quando tudo isso acabar.

— Hum, pois é. É a primeira coisa que vou fazer. Não enormes, mas pode ter certeza de que serão empinados.

Nós duas demos muita risada por bastante tempo, e daquela vez, nenhuma de nós acabou em lágrimas.

Andrew foi mais do que solidário em todo o processo, às vezes indo comigo de carro ou até no avião. Bev gostava dele; Bev aprovava. Ela estava confortada por eu estar, finalmente, seguindo sem Tristan.

Menos de um ano após o câncer ter sido descoberto, ela ficou livre dele.

Senti como se todos nós tivéssemos recebido uma nova chance na vida depois disso e, por impulso, concordei em morar com Andrew.

Eu sabia, depois de um mês, que tinha sido um erro. Precisava de mais espaço. Bom na teoria, mas era sufocante demais na vida real.

♥TD♥

TRISTAN

Havia apenas duas noites na semana em que eu não tinha show, então os caras vieram até Vegas para trabalhar no novo álbum.

Não haveria turnê. Coloquei esse limite desde o início. Eu gostava de trabalhar com eles, e seria legal fazer alguns shows de vez em quando, mas nunca mais cairia na estrada. Havia gatilhos demais para mim.

Me certifiquei de que todos soubessem que não haveria drogas no estúdio, mas alguma coisa, talvez o fato de dois dos cinco integrantes da formação original terem morrido por causa das drogas, tinha nos deixado sóbrios.

Kenny e Cory bebiam uma cerveja às vezes, mas, fora isso, estávamos retornando como quatro adultos sóbrios.

Era bizarro, mas bom, porque, se essa coisa toda da banda tivesse se transformado em um gatilho para mim, eu teria parado como se fosse um hábito ruim.

Agora que não estava me drogando, descobri que curtia me envolver em todo o processo, enquanto Kenny escrevia as letras, e comecei a escrever algumas músicas.

Eu era uma merda de compositor, mas fiquei bem surpreso quando descobri que tinha jeito com as palavras.

Adair e Dahlia ainda estavam firmes, e ela e Jack vinham nos ouvir gravar com bastante frequência.

Era um bom remédio. Todos nós adorávamos aquele garoto, e ele era mimado com atenção por cada membro da banda. Todos nós percebemos a semelhança sinistra com Dean, e nos sentíamos um pouco responsáveis e cuidávamos para ele ter tudo de que precisasse.

Ela e Adair já estavam morando juntos, e Jack o adorava. Era, no mínimo, um grande alívio.

Terminamos de gravar o segundo álbum na metade do tempo que tínhamos demorado para gravar o primeiro, mesmo que eu trabalhasse quase todas as noites no meu show de mágica. Todos nós estávamos amadurecidos, e o resultado foi uma banda muito mais entrosada.

Mal consegui acreditar quando nossa primeira música do álbum foi a mais tocada, e, quando uma segunda e uma terceira a seguiram, fiquei totalmente impressionado.

Nenhum de nós conseguia acreditar. Só falávamos disso. Kenny, Cory e eu sonhávamos com isso desde que tínhamos catorze anos, e deu mesmo certo para nós.

Era um momento agridoce para mim. Toda vez que comemorávamos outro sucesso, eu só conseguia pensar em quem estava faltando na comemoração.

Capítulo Seis

CINCO ANOS APÓS O ACIDENTE

DANIKA

Foi no verão que conheci a artista misteriosa.

Havia recebido um recado de que o chefe tinha uma namorada e estava insistindo em dar a ela uma exposição na galeria. Isso foi me dito de forma bem desdenhosa pela gerente da galeria de Nova York. Eu sabia que ela tinha uma queda por James, porém havia dado em cima dele por anos, e ficou bem claro que ele não estava interessado. Ainda assim, pensei, enquanto ela me dava a notícia por telefone, que ainda estava apegada à esperança de que ele mudaria de ideia. Ela não falou em voz alta, mas ficou claramente mais chateada com a nova namorada do que com o fato de James estar patrocinando essa mulher misteriosa como artista.

Eu mesma fiquei chocada em relação à namorada. Conhecia James há anos e nunca tinha pensado que veria o dia em que ele se comprometeria com algum tipo de relacionamento romântico. Pelo que eu havia observado, ele nunca tinha ficado sério com nenhuma das legiões de mulheres com quem saía. O choque foi logo seguido de contentamento, já que eu gostava muito de James e imaginei que, se estava fazendo tudo isso, era porque gostava da mulher.

Mesmo assim, não fiquei animada com a ideia, pelo menos não com a que me foi apresentada a princípio. Uma exposição enorme e luxuosa, com exclusivamente pinturas dessa mulher. Ela trabalhava com acrílico e aquarela, e tinha uma quantidade infinita de quadros, mas nenhuma formação.

Era óbvio que ele estava apaixonado por sua nova namorada, mas isso não facilitaria nosso trabalho.

Então vi os quadros dela.

Eu estava casualmente apoiada na minha mesa alta de trabalho, folheando minha agenda de trabalho do dia.

Eu era meticulosa, então organizava minha agenda e fazia listas de afazeres todos os dias, e qualquer coisa que viesse diretamente do chefe, o que era raro, ia logo para o topo.

Abri o portfólio, que continha apenas fotos dos quadros, sem absolutamente nenhuma expectativa. Uma olhada, e tive que me sentar.

Três horas depois, já estava obcecada.

A cor, a profundidade e a imaginação sonhadora que cada quadro continha fizeram meu coração bater mais rápido. Essa era a parte do meu trabalho de que eu gostava. Não acontecia com frequência, não desse jeito, mas, quando acontecia, eu simplesmente *vivia* para montar uma exposição assim.

Senti muita admiração pela habilidade sem instrução por trás de tudo. Sempre me surpreendia com as porcarias que apareciam no mundo da arte, de artistas que tinham referências impressionantes e anos de estudo, e, ainda assim, os resultados mostravam pouca habilidade ou profundidade.

Isso era o contrário. Essa mulher colocava sua alma nas telas com uma habilidade e um talento que eu não conseguia acreditar que não havia uma formação.

Após olhar o portfólio dela e me apaixonar, falei com James ao telefone e ele colocou a exposição sob minha responsabilidade. Éramos espíritos afins quando se tratava desse tipo de coisa, e acho que só meu entusiasmo já me fez conseguir o trabalho.

Tudo fez sentido quando a conheci. Ela era muito serena, muito reservada. Eu a teria achado fria, se já não tivesse uma abordagem semelhante com estranhos.

Sua paixão e sua animação eram expostas nas telas, isso estava claro. Era toda a expressão de que ela precisava, até onde percebi.

Fui promovida. Não foi uma promoção pequena. Em um dia, eu estava bem satisfeita em ser a gerente de uma galeria muito bem-sucedida, no outro, já estava gerenciando sete, localizadas em todo o mundo.

Era assustador, mas emocionante. Tive que me mudar de volta para Vegas, mas viajava bastante, então era um consolo.

Era surreal estar trabalhando no mesmo prédio que Tristan, mas após algumas semanas sem nos vermos, fiquei bem confiante de que poderíamos nos evitar.

Andrew ficou feliz com minha promoção, mas não com o fato de eu ter que me mudar. Ainda assim, aceitou minha decisão sem me confrontar.

Ele não era confrontador.

Ele vinha me ver um fim de semana sim, outro não, com frequência me surpreendendo com vários ingressos de shows.

Certa vez, esses ingressos foram para o show de Tristan.

A princípio, tentei inventar desculpas e convencê-lo a pedir o reembolso. Ele pareceu ficar tão perplexo que mudei de ideia, engoli o sapo e apenas fui.

Se eu fosse um pouquinho sincera comigo mesma, teria admitido que estava morrendo de vontade de ver o show. Pura curiosidade, falei para mim mesma.

Nós nos sentamos a três fileiras do palco, no meio. O local era gigantesco, e eram assentos incríveis. Andrew deveria ter gastado, no mínimo, quinhentos dólares nos ingressos.

Quinhentos dólares para me deixar paranoica. Ficamos tão perto que, o tempo todo, eu tinha certeza de que Tristan me veria, de que saberia que eu havia ido.

Ele não me viu, graças a Deus, mas, assim que acabou, me certifiquei de sairmos de lá rápido, como se eu estivesse fugindo de uma bala.

Esperei até Andrew dormir naquela noite, fui ao banheiro e chorei por horas. O show tinha sido maravilhoso, mas havia doído tanto vê-lo de novo, ainda mais daquele jeito, tão lindo, tao atraente.

Me lembrei do quanto de mim mesma havia investido nele, sabendo que aquilo era o investimento, aquele homem incrível que eu havia visto naquela noite. Ele tinha sido uma aposta, com um forte potencial de ganho e perda. Eu havia sofrido a perda. Naquela noite, eu fui lembrada, brutalmente, da promessa do ganho.

Chorei por causa disso. Mas também porque era boba. Eu estava muito orgulhosa dele.

♥TD♥

TRISTAN

Vi James e sua nova mulher assim que finalizei minha passagem no tapete vermelho tirando fotos sem sentido.

Sorri para a forma como James me encarou em desafio só porque olhei na direção dela. O cara estava apaixonado.

Fui até eles, fingindo que iria abraçar Bianca, porém James chegou, me pegando em um abraço forte, me erguendo apenas o suficiente para me mostrar que ele não seria fácil.

— Se encostar um dedo nela, vou quebrar essas suas mãos mágicas — rosnou no meu ouvido.

Joguei a cabeça para trás e dei risada. Era bem disso que eu precisava para amenizar um pouco da minha tensão após ver Danika de novo.

Eu o encarei, mais por força do hábito do que por qualquer outra coisa. Nunca tinha perdido uma luta na vida, mas imaginei que James poderia ser um bom oponente antes de eu derrubá-lo.

Era uma arrogância vinda do simples fato de que eu era invicto. Ele era tão alto quanto eu, mas eu era mais forte, portanto, poderia derrotá-lo. Era uma fórmula simples que sempre tinha funcionado para mim. Além disso, não havia como o príncipe da escola particular ter se envolvido em tantas lutas quanto eu.

Ele se afastou, mas não antes de eu roubar seu relógio.

Ele ficou bem entre mim e sua mulher. Eu não conseguia me cansar desse seu novo lado. Era fácil demais irritá-lo.

Bianca me deu um tchauzinho e um sorriso.

Me curvei para ela, sorrindo. Ela era linda e bastante doce, e eu vi a mudança que ela havia feito em James. Eu aprovava de coração. Ela fazia bem para ele. Mesmo que o *tivesse* transformado em um ciumento doentio.

Eu ia me divertir bastante com isso.

— Então, nada de tocar — comentei. — Posso pelo menos ver a tatuagem? Fiquei sabendo sobre ela. Fiquei sabendo também que ela tem costas adoráveis, assim como todo o resto.

Bianca deu uma risadinha, e até James sorriu, balançando a cabeça.

— Bastardo ultrajante — James disse baixinho.

Eles me apresentaram a um cara chamado Stephan e seu namorado, Javier.

Eu tinha ouvido falar de Stephan, o melhor amigo de Bianca, e nos demos bem de imediato. Eu tinha a sensação de que ele era o tipo de pessoa que se dava bem com todo mundo e parecia muito sincero.

Foi legal ele ter ficado todo empolgado em me conhecer.

— Aposto que ele deixa *você* abraçá-la — eu disse a Stephan, dando um sorrisinho para James.

Isso irritou James, e nos insultamos por alguns gratos minutos de distração.

Parecia que eu estava me preparando para um soco, e meus olhos sempre escaneavam a multidão à procura de uma cabeça com cabelo escuro.

— Bianca só descobriu agora que você é mágico e *cantor* — James lançou para mim.

— Bem, paga as contas. Alguns de nós temos que ter mais de um talento. Não dá para todo mundo confiar só na aparência. Está usando condicionador novo ou algo assim? Juro que o seu cabelo está ainda mais brilhante do que o normal. Aposto que tem cheiro de morango. E, admita, você está usando lente de contato.

— Por favor, eu sei muito bem o quanto você recebe apenas pelo número de mágica. Todas as suas contas já foram pagas antes mesmo de vocês reunirem a banda de novo. E não faço ideia de que condicionador usei. Tudo simplesmente aparece, como mágica, na prateleira do chuveiro. E, se tentar cheirar meu cabelo, vou supor que você está dando em cima de mim.

Bianca riu, e James e eu sorrimos um para o outro. Isso era sério para ele, e pensei que não poderia ter acontecido com um cara melhor, por mais esquisitão que ele fosse.

Bianca nunca parecia se entediar com as brincadeiras, mesmo quando ficava em silêncio. Pelo contrário, sua expressão me fazia pensar que ela estava encaixando novas peças de um quebra-cabeça. James deveria ser um cara estranho de namorar. Eu era um de seus amigos mais próximos, mas nem eu sabia muito sobre seu passado.

James estava reclamando do quanto eu planejava arrancar dele com minha próxima renovação de contrato quando olhei para seu relógio no meu pulso.

— Já acabou de me assediar, menino bonito?

James xingou, estendendo a mão.

— Me devolva meu relógio — ele exigiu.

Acenei para ele.

— É quase meu aniversário. Não podemos fingir que estamos quites?

Ele sorriu e balançou a cabeça.

— Eu não gosto tanto assim de você.

Dei de ombros e o devolvi para ele.

Meu corpo inteiro se enrijeceu quando vi uma pessoa dolorosamente familiar andando pela multidão.

Pensei que estivesse preparado.

Eu sabia que ela estaria ali. Ninguém poderia dizer que não fui alertado. Ainda assim, foi um golpe direto e brutal no estômago quando a vi.

Ela não estava sozinha.

Eu estava respirando de forma irregular e superficial, usando todo o meu esforço apenas para inalar o ar necessário para os pulmões.

Sabia que seria difícil, mas nada poderia ter me preparado para *aquilo*.

Eu a vi antes de ela nos abordar, flagrei-a se encolhendo rapidamente ao me ver antes de se virar um pouco para o outro lado, seus ombros se endireitando, o fulano colocando o braço em volta dela por um instante antes de ela se afastar dele. Ainda bem.

Ela estava com ele. Eu sabia disso, porque a vigiava. Sempre. Mas não parecia estar tão *a fim* dele. Nem lhe lançou um daqueles adoráveis olhares que costumava lançar para mim sempre.

Graças a Deus por essa pequena benevolência.

Mas, mesmo assim, ele tinha o privilégio de encostar nela, e eu odiei sua ousadia com um fervor profundo e contínuo. Parecia fazer uma eternidade desde que eu havia me envolvido em uma briga, mas tive um desejo repentino e persistente de começar uma com *ele*. Seria tão fácil apenas esmagá-lo. Ele tinha metade do meu tamanho e estava pedindo para ser colocado no seu lugar.

Ela se aproximou de nosso grupo, sem me evitar, sua perna manca mais nítida do que eu havia percebido.

Cada passo manco fazia meu peito doer.

Ela usava um vestido da cor de seus olhos. Acariciava suas curvas de um jeito chamativo. Estava tão em forma quanto sempre esteve, manca ou não.

— Olá, Danika — finalmente falei, minha voz mais baixa, menos confiante, do que pretendia.

O idiota com quem ela estava ficou para trás, conversando com o último grupo de pessoas com quem eles estiveram falando.

Fiquei bastante aliviado. Esperava nunca ter que lidar diretamente com ele. Nada de bom sairia disso.

Ela assentiu na minha direção, mas seu olhar firme se focou em outro lugar, ao longe, em qualquer lugar, menos em mim.

— Olá, Tristan. — Seu tom foi firme e impessoal.

Não foi nem um pouco inesperado, mas, ainda assim, doeu.

Como um novo corte em uma velha ferida. Uma que nunca cicatrizava, porque nunca tinha se curado de verdade.

— É ótimo ver você — eu disse a ela. Parecia que eu não conseguia ficar quieto. — Você está maravilhosa, como sempre.

Ela sorriu, tensa.

— Claro — respondeu.

Aquele idiota se liberou do casal com quem estava conversando e se aproximou dela por trás. Envolveu um braço em sua cintura, sorrindo para ela como se estivesse apaixonado. Claro que estava. O idiota não merecia beijar nem a porra dos pés dela.

Ele era muitos centímetros mais baixo do que eu e, pelo menos, vinte quilos mais leve. Estava pensando que conseguiria ter arrancado a vida dele com a mão. Queria mesmo testar essa teoria.

Danika tocou o ombro dele de maneira familiar.

— Pessoal, este é Andrew.

— Namorado dela — o idiota acrescentou.

Ela deu a Bianca outro sorriso tenso, então os apresentou.

Mantive os olhos fixos no rosto de Danika, tentando bloquear a mão daquele idiota nela. Ela não parecia exatamente feliz com ele, e eu sabia que era um desgraçado por estar feliz por isso.

Danika deixou o grupo com rapidez e educação, só me lançando um olhar direto bem no fim, o que apenas pareceu dar mais peso ao seu olhar quando se virou na minha direção.

Terminei suando frio, mas, tirando isso, achei que tinha me comportado bem.

Ela passou por mim ao ir embora.

Ah, meu Deus, consegui sentir seu cheiro. Apenas uma sugestão suave de seu perfume misturado ao cheiro dela.

Me obriguei a piscar devagar, contando mentalmente, para me impedir de fazer uma maluquice, mas foi um esforço puro e de cerrar os dentes.

Me virei para observá-los irem embora, e a mão daquele idiota ainda estava nela.

Eu precisava sair dali antes de segui-los e fazer alguma coisa extremamente burra.

— Se vocês me derem licença, eu preciso dar um soco em alguma coisa agora, para não ceder ao desejo de dar um soco em alguém. — Saí andando.

Descontei em um saco de pancada na academia da minha casa, porque era isso que adultos faziam quando tinham vontade de matar alguém com as próprias mãos, pelo menos foi o que meu terapeuta me disse.

♥TD♥

DANIKA

Planejar a exposição de Bianca foi um prazer raro para mim. Cuidei de cada detalhezinho. Ela tinha me dado a liberdade de fazer a maioria das escolhas sem nem consultá-la.

Eu não era criativa de nascença. Era puro cérebro, analítica até a alma, embora fosse uma grande admiradora de artistas, então uma exposição como essa era o mais próximo que eu chegava de exercitar minha criatividade, e assim a soltei.

A exposição foi dividida em ambientes, já que havia mais de cem quadros na coleção dela, o que praticamente nunca foi visto. Eu os organizei por cores, já que essa era a marca registrada dela, tentando tornar cada ambiente um verdadeiro complemento para seu olhar brilhante.

Ela ficou empolgada com o resultado, o que me fez querer beijá-la. Era a namorada do chefe e, de alguma forma, era a artista mais fácil com quem eu já tinha trabalhado.

Mal dormi nos dois dias que antecederam o grande evento, trabalhando incansavelmente para garantir que cada detalhe estivesse perfeito. Encontrei uma ansiosa Bianca na porta com a extrema confiança de que não havia nada da minha parte que não ocorreria dentro do previsto.

Havia pensado em tudo e, apesar de estar ansiosa, como em qualquer grande evento, não estava um bagaço. Isso durou até Frankie e sua namorada entrarem pela porta, cada uma envolvida pelos braços de Tristan.

Fiquei cega e, por um breve e louco instante, pensei que eu fosse perder. Não tinha certeza *do que* perderia.

O controle, a compostura, a cabeça, pode escolher.

Por sorte, o instante passou rápido, e consegui me conter, ignorando-o, embora ele tentasse me encarar o tempo todo.

Decidi que não deixaria uma noite que eu estava esperando tanto ser arruinada por *ele*.

Os quadros começaram a ser vendidos minutos após a abertura das portas. Foi emocionante.

Corria até Bianca após cada venda, me certificando de que ela soubesse que a noite era um evidente sucesso. Ela parecia bastante surpresa com tudo.

Eu estava de olho em um quadro em particular, uma pequena aquarela de rosas do deserto. Era tão nítido, as cores tão vibrantes, que quase se passava por uma fotografia, à primeira vista.

Eu a cobicei. Como os primeiros compradores interessados precisavam dar um lance, estava torcendo para cobrir o lance de todos, mas, dentro de algumas horas, sabia que tinha perdido. Estava longe demais da minha faixa de preço.

Foi por volta dessa hora que fui rápido ao banheiro para retocar a maquiagem.

Vi vagamente um par de tornozelos esbeltos que reconheci debaixo de uma das baias quando a porta se abriu atrás de mim. Meus olhos se arregalaram em choque e indignação quando percebi que Tristan tinha me seguido até o banheiro *feminino*. Havia me esquivado de suas duas tentativas de conversar ao longo da noite, mas isso... isso era passar do limite.

— Agora você está me seguindo? — perguntei a ele, forçando minha voz a não tremer.

Não ajudava em nada o fato de ele estar maravilhoso em um smoking alinhado que deveria ter sido feito sob medida para caber aqueles braços musculosos dele.

— Se essa é a única maneira de você falar comigo, então, sim — respondeu, como se tivesse o direito.

— Não temos nada para conver... — comecei.

— Eu ainda penso em você *todos os dias* — ele anunciou, severo. — Vamos falar sobre *isso*.

Isso me fez tremer, dos pés à cabeça, por pura afronta, por pura *indignação*. Sua coragem de seguir em frente, de seguir bem em frente, e então me atormentar com isso. Eu sabia o que era isso, era culpa da parte dele, e fiquei pálida ao perceber isso.

— Oh, por favor. Pegue sua culpa e saia de perto de mim, Tristan. Não quero me envolver nisso.

— Não é sobre a culpa que estou falando — ele disse, sua voz mentirosa tão convincente que quase acreditei. — É em você que eu penso. *Sempre* em você.

Bufei.

— Por favor! Você parou de tentar me ligar anos atrás. Eu não soube nada de você desde a sua reabilitação, quando entrou nessa maré de arrependimento.

Ele pareceu ser pego desprevenido, porém se recuperou rápido o suficiente, jorrando mais palavras sem sentido.

— Eu não confiava em mim, Danika. Precisava da minha sobriedade. Não sou nada sem isso, e você foi um gatilho adorável para mim. Aquele olhar em seus olhos, depois de tudo que eu fiz... O jeito como olhou para mim como se eu fosse a escória, sabendo que eu merecia toda a sua antipatia. Eu sabia que, se você olhasse assim de novo para mim, eu chegaria ao fundo do poço, e, dessa vez, não voltaria.

— Estou com alguém, Tristan — contei a ele, meu tom duro com determinação.

— E se não estivesse? Estaria disposta a falar comigo, passar um tempo comigo, se *não* estivesse saindo com alguém?

Retruquei:

— *Não*! Coisas ruins acontecem quando ficamos juntos, Tristan. Você e eu não somos nada além de problemas. O tempo não mudou isso. Por favor, fique longe de mim.

Ele se aproximou de mim, rápido como um flash, suas mãos segurando meus ombros.

— Danika, sinto muito. Eu nunca vou deixar de sentir sua falta. Você era minha melhor amiga. Pode me perdoar pelo que fiz?

Minhas mãos trêmulas se ergueram e tiraram as dele de mim.

— Eu te perdoei há muito tempo, Tristan — afirmei, mesmo dando um passo para trás, longe de seu toque. — Mas *nunca* vou esquecer. Por favor, mantenha distância. — Quase corri para fora.

Me certifiquei de procurar Bianca logo depois, já que sabia que ela havia ouvido nossa discussão no banheiro. Me importava com o que ela pensava, e não queria ser vista como uma vaca, então senti que devia uma explicação a ela.

— Sinto muito que você tenha ouvido aquela pequena discussão no banheiro — disse a ela com seriedade.

Ela pareceu desconfortável, mas seus olhos tinham empatia.

— Sinto *muito* por isso.

Acenei para ela.

— Não foi sua culpa. Você estava apenas usando o banheiro. Mas eu vi seus sapatos debaixo da cabine e quis me explicar. Eu provavelmente soei como uma vadia insensível.

Ela ergueu a mão.

— Nada disso. Eu entendo completamente. Às vezes, proteger o coração é a única maneira de manter a sanidade.

Ela havia acertado na mosca. Assenti.

— Sim, exatamente. Não vou me deixar levar por ele novamente, e me recuso a deixá-lo entrar no meu coração. Quando eu era mais jovem e estúpida, achava que ele era a coisa mais maravilhosa e excitante do mundo. Apaixonei-me louca e estupidamente. Foi como pular de um precipício. Ou estar apaixonada por um tornado. E, quando ele terminou comigo, senti como se realmente estivesse em um tornado. Levei anos para recolher todos os cacos nos quais ele me transformou, mas eu consegui, e não vou voltar. Atualmente, quero estabilidade na minha vida. Preciso disso.

Ela assentiu. Dei um tapinha em seu ombro e me afastei, satisfeita por ela ter compreendido.

Fui literalmente obrigada a lidar com Tristan de novo no fim da noite, já que ele comprou dois quadros de Bianca. De uma maneira inacreditável e enervante, um deles era o pequeno de natureza morta pelo qual fiquei obcecada.

— Você tem um ótimo gosto — disse a ele ao inserir seus dados no sistema. Eu tinha outras pessoas para fazer isso, porém era sempre eu que cuidava dos itens mais caros. Ficava nervosa ao deixar outra pessoa a cargo disso. Meus problemas de controle estavam a todo vapor.

— Sempre tive.

Me certifiquei de que me visse revirar os olhos. Ele sorriu como se eu tivesse acabado de lhe dar um presente, o que não foi minha intenção.

— Olhe, desculpe por ter sido bem incisivo mais cedo, mas acho mesmo que é hora de a gente começar a conversar de novo.

— Já falei para você que estou com uma pessoa.

— É, eu sei. Não estou falando dele. Estou falando *de a gente* conviver de novo. Só como amigos. Você está morando em Vegas; trabalhamos no mesmo prédio. Seria ridículo se não tomássemos um café de vez em quando. Para pôr a conversa em dia. Só isso.

Tive que me esforçar para não me descontrolar.

— Você quer pôr a conversa em dia? Quer saber quantas horas passo na fisioterapia depois que terminamos? — Ele se encolheu visivelmente, mas continuei: — Do que mais quer saber exatamente? Quanto ao Milton ter uma namorada, fato que você sabia, mas não se incomodou em mencionar quando me deu aquele alerta maluco para ficar longe dele?

— Ei, eu não fazia ideia de que ele tinha namorada…

— Não importa. — Apesar de ter sentido uma pontada de alívio por ele não saber, nem conseguia dizer por quê. — O que importa é que as únicas coisas que temos que pôr em dia são as que não tenho nenhuma vontade de falar. Nunca mais. E, com certeza, não com você. Seus quadros vão chegar na sua casa nos próximos dias, seguidos da verificação do seu cartão de crédito etc. Tenha uma boa noite, Tristan. — Saí andando antes de falar qualquer outra coisa de que me arrependesse depois.

Quando se tratava de Tristan e eu, nunca haveria vencedores.

♥TD♥

TRISTAN

Naquela noite, fui dormir bravo e chateado. Tão agitado que, mesmo em repouso, meu coração estava batendo forte.

Me virei e revirei por horas até cair em um sono inquieto.

Estava tomando meu café matinal quando senti algo estranho se mexer no meu peito.

Foi bom, mas estranho, e demorei bastante tempo para identificar.

O que era esse sentimento? Tive que pensar por um bom tempo a fim de entender, mas compreendi após um tempo.

Um vislumbre louco de otimismo tinha acabado de entrar no meu corpo.

Esperança. Foi uma sensação mínima de esperança. Mas por quê? Ela tinha sido veemente como sempre. Não queria nada comigo. Nada havia mudado. Mas minha cabeça estava focando nessa coisinha, nesse mínimo contato, então não havia me esquecido de sequer um detalhe.

Pelo contrário, eu acabei decorando cada segundo daquela breve discussão.

Cada gesto.

Cada vez que ela piscava, lambia os lábios ou engolia em seco com nervosismo.

Ela tinha feito um trabalho tão bom ao demonstrar nada além de indiferença nos últimos anos para mim, que eu não tive escolha a não ser acreditar que era assim que ela se sentia de verdade, e tinha acabado por acreditar nisso, dando o espaço de que ela precisava.

Ela merecia isso. Merecia muito mais do que um dia eu poderia lhe dar, porque eu tinha pegado muito dela, então a havia deixado em paz.

Mas alguma coisa em relação à noite anterior, talvez a forma como suas mãos tremiam quando ela afastou as minhas, ou o fato de ter me mostrado seu raro comportamento com um simples toque de provocação. E a parte em que havia dito: "Por favor! Você parou de tentar me ligar anos atrás. Eu não soube nada de você desde a sua reabilitação, quando entrou nessa maré de arrependimento". *Essa* parte me fascinou. Será que ela *queria* que eu tivesse ligado para ela? Ou eu só estava interpretando do jeito que desejava?

O que quer que fosse, algo tinha mudado e peças importantes da minha vida estavam se encaixando.

Eu sabia o que precisava fazer.

Capítulo Sete

DANIKA

Era um dia normal e caótico na galeria de Vegas. Ainda estava me adequando enquanto a colocava sob minha gerência. Era um desafio, mas eu gostava de desafios, mesmo daqueles que me faziam perder o sono, então eu estava, mais do que qualquer coisa, animada.

Soube quem ela era no instante em que colocou o pé no piso de mármore da minha galeria. Independente de gostar ou não, a vida amorosa de Tristan rendia notícias em sites de fofocas, e eu ficava a par de cada mínimo detalhe, graças às duas garotas que os adoravam e trabalhavam comigo.

Mona Biello era uma loira escultural com curvas ridiculamente exageradas. A loira era um violão, e pelo menos metade dessas curvas foram adicionadas por um médico, mas quem ficava contando?

Era a filha do famoso mágico Tony Biello. Ele havia aposentado seu número recentemente, que era feito no Cassino Cavendish. Tristan tinha praticamente pegado o trabalho dele. Imaginei que não deveria haver nenhum ressentimento, já que, até onde a mídia sabia, eles pareciam ser amigos.

E o homem não parecia se importar que Tristan saísse com sua filha, e isso já durasse *anos*. Ela também era uma das assistentes sensuais de seu número de mágica. Havia até boatos de que ele a pediria em casamento.

Ela era quase a última pessoa no mundo que eu queria ver. A penúltima, para ser mais exata.

Passou bem ao lado das duas outras mulheres trabalhando na galeria lotada, cumprimentando-as com um sorriso encantador.

Ela foi direto à mesa alta, onde eu estava conversando com um casal simpático, que estava pensando seriamente em comprar uma das edições limitadas do fotógrafo de destaque do mês. Era uma venda de cinquenta mil dólares. Eu havia cortejado essa venda, e fecharia negócio, mas imaginei que o casal precisaria voltar, pelo menos, mais uma vez antes de tomar a decisão. Eram compradores reais. Eu tinha bastante experiência para saber a diferença.

Mona não interrompeu, o que foi respeitoso. Em vez disso, esperou pacientemente, enquanto eu terminava de conversar com os potenciais compradores.

Eu a analisava com olhares furtivos enquanto falava.

Não fazia ideia de por que ela estava ali. Meu melhor palpite era que ela queria saber sobre alguma peça de arte. No entanto, qualquer que fosse o motivo, estava vestida para matar em um vestido justo e preto com um decote que não parecia, nem de longe, ser capaz de conter seus seios ridiculamente enormes.

Para começar, ela era mais alta do que eu, porém seus saltos de dez centímetros a faziam ficar bem maior. Eu não gostava disso. Por algum motivo, teria preferido que ela fosse mais baixa do que eu. E com certeza poderia ter ficado sem aqueles seios falsos ofensivos dela.

Não queria conversar com aquela mulher. Por nenhum motivo.

Entreguei meu cartão ao casal, e eles foram embora.

Me virei para Mona com um sorriso profissional engessado no rosto.

— Boa tarde. Como posso ajudá-la?

Ela sorriu de volta e foi simpática. Ela era bonita, com certeza, e atraente o suficiente, com lábios carnudos e olhos escuros e misteriosos. Não fiquei tão encantada assim por sua beleza, mas quem era eu?

— Danika Markova — ela começou. Não foi um início promissor, embora, se eu fosse julgar pelo seu comportamento por si só, ela estava mais feliz de me conhecer do que o contrário. — Sou Mona Biello. Tristan te falou sobre mim?

Pisquei para ela, bem confusa.

— Como é?

Seu sorriso se alargou, e ela achou graça.

— Gostaria de tomar um café comigo? Você e eu temos muito o que conversar.

Suspirei, sem enxergar uma saída. Ela tinha me colocado em uma posição ruim, vindo ao meu local de trabalho.

— Por que não? Vamos lá.

Assenti para Sandra ao sair.

— Volto em quinze minutos — eu disse baixinho a ela.

— Em trinta — Mona falou, com aquele sorriso encantador na voz.

Não a corrigi, só olhei em desafio para suas costas e a segui.

Ela andou rápido, sem poupar minha marcha mais lenta.

Estava tudo bem. Eu chegaria no meu tempo. Conhecia o caminho e não iria me apressar por *ela*.

Ela já estava sentada à mesa, tomando café, quando cheguei à cafeteria. Não me incomodei em pedir um, apenas fui direto até o assento à frente dela.

Cruzei as pernas, os braços à frente do peito e ergui uma sobrancelha.

Com a expressão serena, ela começou:

— Tristan e eu temos dormido juntos há dois anos. Também somos *melhores* amigos.

Sua voz era sincera e envolvente.

A vadia queria que eu gostasse dela. Tinha vindo à mulher errada se estava esperando algum tipo de amizade.

Ergui a mão, mantendo a expressão bem neutra. Eu sabia e, embora ouvir isso me deixasse enjoada, infelizmente, a parte do "melhores amigos" me deixava ainda mais do que a de dormir juntos, mas de jeito nenhum eu *a* deixaria saber disso.

— Vou te interromper bem aí. Nada disso é da minha conta. Se está aqui para conversar comigo sobre Tristan, é extremamente desnecessário. Não há nada para conversar.

Sua expressão agradável não oscilou, nem por um maldito segundo, mas tive a distinta sensação de que ela achava que eu estava mentindo.

Minha coluna se enrijeceu, ofendida.

— Gostaria de ser franca, Danika. Vim falar com você, porque gosto do Tristan, mas, no momento, ele está me ignorando. Estava torcendo para que você e eu pudéssemos nos ajudar, para o bem do Tristan. Sei que você e ele têm um tipo de história, e é algo que reacendeu entre vocês dois.

Comecei a balançar a cabeça, mas ela não tinha acabado, e qualquer balançar de cabeça não iria fazer aquela lá parar.

— Precisa cagar ou sair da moita, Danika.

As palavras foram incendiárias, porém seu tom ainda foi agradável, quase brincalhão, como se fôssemos velhas amigas.

— Como assim?

— Não acredito em joguinhos, e sempre fui fã de ser direta. Tristan ainda sente algo por você. É bem romântico, mas eu gostaria muito de saber se vai dar em alguma coisa. Você o está enrolando ou ele tem uma chance? Estou perguntando como amiga dele. Porque, se ele não tiver chance, precisa deixá-lo ir. Precisa parar de ficar atraindo-o.

Cerrei os dentes e respirei fundo para ter paciência com a mulher. Não sabia por que me incomodava. Sendo legal ou maldosa, boa ou má, eu não queria nada com ela, nada com *nada* disso. Foi o principal motivo que me fez até respondê-la.

— Você está enganada. Nada reacendeu. Não sei de onde está tirando essa ideia, mas não há nada entre mim e Tristan além de alguns arrependimentos em comum. Tenho certeza de que percebeu que eu manco. Tristan se acha responsável por isso. Se sente culpado. Ele não deveria se sentir assim, mas sente, e se você teve a impressão de que o que ele sente por mim é algo além de culpa, está totalmente errada. Agora, há mais alguma coisa?

Sua expressão mudou para uma de empatia sincera.

— Isso é muito triste. Sinto muito por saber disso. Mas ainda não consigo parar de pensar que ele é *obcecado* por você.

Dei de ombros, minha expressão tão rígida que parecia que iria rachar.

— Obcecado por culpa, talvez. Se era só isso, é melhor eu ir.

Esse encontro já tinha sido bem agitado, mas meu dia estava longe de terminar.

Menos de duas horas depois, Tristan teve a pura ousadia de entrar na *minha* galeria.

Tínhamos imposto claros limites de território, que eram necessários para manter a paz, e ele teve a coragem de invadir o *meu*.

Agarrei a mesa alta e rezei por força.

Ele estava visivelmente agitado quando se aproximou. Vestia seu jeans e sua camiseta de sempre. Claro que estava bonito. Incrível, na verdade.

— Precisamos conversar — ele começou sem rodeios.

Olhei em volta, me sentindo terrivelmente constrangida. Não suportava pensar que poderiam começar algum boato de nós dois juntos. Era uma ferida recente demais para ter que lidar com gente de fora a cutucando.

— No meu escritório — disse a ele, séria. — Você tem dez minutos.

Ele me seguiu até lá, fechando a porta ao entrar.

Fui para o canto mais longe da sala e, então, dei a volta na minha mesa de projetos, colocando-a entre nós.

— Sei que Mona veio falar com você. Quero explicar.

Fechei os olhos e balancei a cabeça. Não conseguia fazer isso. Precisava interromper antes que começasse.

— Por favor, não. Não estou disposta a me envolver em alguma briguinha de vocês dois. Francamente, não estou nem aí. Nada disso é da minha conta. Estou com uma pessoa. Estou *apaixonada* por outro homem.

Por que essas palavras soavam tão vazias? Por que soavam como uma mentira deslavada e por que eu me sentia tão suja ao dizê-las?

Meus olhos ainda estavam fechados, mas eu poderia jurar, só pela mudança no ambiente, que pude senti-lo recuar.

— Você diz que quer ser meu amigo, que quer conversar. Tudo bem. Mas você está preparado para me ouvir falar sobre *ele*? Nosso relacionamento é sério. Está pronto para me parabenizar quando ficarmos noivos? Vai acontecer em breve. Somos *amigos* o suficiente para eu te contar os detalhes?

Ele ficou em silêncio por tanto tempo que pensei que não fosse responder.

— Cavalo dado não se olha os dentes — ele disse, sua voz pouco mais do que um sussurro.

— Tudo bem. Deixe o seu número. Vou te ligar a qualquer hora. Vamos tomar um café. O que acha? — Eu teria dito qualquer coisa para ele sair dali naquele instante.

— Tudo bem, se você está falando sério.

— Bom, você vai ter que esperar para ver. Seus dez minutos acabaram.

Enfim, olhei para ele. Ele abriu um sorriso minúsculo que fez um estrago no órgão idiota e traidor no meu peito.

— Você não me deixou falar uma palavra. Quero tentar de novo.

Balancei a cabeça, deixando o minúsculo sinal de um sorriso pesaroso se abrir em minha boca.

— Não vai rolar. Agora, faça como um mágico e desapareça.

Ele deu risada, e tentei não deixar meu coração se mostrar nos meus olhos.

Nunca liguei para ele, e nunca o atendi.

♥TD♥

TRISTAN

Com frequência, nos encontrávamos para almoçar, mas era raro eu ser chamado para o escritório do chefe. No entanto, soube o motivo disso no segundo em que vi James.

Bastou um olhar para sua expressão dolorosa, e eu soube.

Parecia que ele estava se preparando para entrar no meio de uma situação que deveria colocá-lo em uma posição ruim.

Me sentei sem falar nada e esperei a bomba.

— É sobre a Danika — ele me informou, com um suspiro pesado.

Apenas assenti, embora, por dentro, a agitação tenha se alastrado. O que quer que ele estivesse prestes a dizer, eu sabia de que não iria gostar.

— Como sabe, recentemente ela se mudou de volta para a cidade, e estará trabalhando com frequência no local.

Apenas assenti. De novo. Pelo menos, isso tudo estava vindo de

James. De alguma forma, deixava tudo mais fácil. Por mais que fosse um mensageiro, amigos próximos eram uma situação melhor.

— Ela... bem, ela me pediu para passar uma mensagem a você.

Me encolhi, porém assenti para ele continuar, adequadamente preparado.

— A galeria e tudo a oeste da Frankie será considerado território dela, tudo a leste, incluindo o seu teatro, claro, será seu. Imagino que você tenha ido visitá-la no trabalho.

— Sim — confirmei, cerrando a mandíbula.

— Meu Deus, cara, o que houve entre vocês dois? Perdi todas as peças importantes. Só peguei os sinais das consequências. Vocês não dão um pio sobre toda essa situação.

Olhei para baixo, para minhas mãos.

— Ela não gosta de que eu fale sobre isso, mas ficamos juntos. Não por tempo suficiente, mas, como você pode ver, mudou nossa vida. — Respirei fundo. — Chegamos a ser *casados*. — Era tão bom dizer essa parte em voz alta, reconhecer que tinha sido real.

Dava para ver, pela sua expressão, que ele não fazia ideia.

Eu sorri com amargura.

— Ninguém sabe. Não contamos nem para a Frankie. E Danika não reconhece que isso aconteceu. Mas já fomos *casados*. Foi alguns meses após eu perder Jared. Pensei que eu estava bem, mas não lidei como deveria com a morte dele.

James assentiu, parecendo ter empatia. Ele tinha enviado suas condolências na época, porém não havia ido ao funeral. Não quis transformar a coisa toda em um circo para a mídia, como tudo parecia virar em sua vida.

— É claro que você sabe de tudo sobre as drogas e a bebedeira enquanto a gente gravava aquele álbum com Dean. Você que pagou a reabilitação.

— Valeu cada centavo, para dizer o mínimo.

Minha boca se elevou em um sorriso.

— A gente estava tentando engravidar. Ela era mesmo jovem demais para isso na época, mas não havia nada sensato em relação a nós. Éramos loucos um pelo outro. Ela perdeu nosso bebê, e eu não dei a mínima. Depois disso, bem, as perdas começaram a se acumular, até eu ter certeza de que ela diria que havíamos perdido mais do que tivemos juntos. Não é verdade. Tivemos mais do que perdemos, mas, de qualquer forma, eu estraguei tudo. Poderia ter culpado a bebida e as drogas, mas, independentemente de como conto, fui eu que a deixei escorregar por entre os dedos.

Ele pareceu extremamente preocupado, seus dedos pousados diante de si.

— Sempre tive a impressão de que você se sentia responsável pela perna dela.

Me encolhi.

— Eu sou o responsável. Ela foi me ver após o divórcio. Não consigo me lembrar de por que ela foi até meu apartamento, eu estava completamente louco e arrasado pelo divórcio. Há lacunas enormes dessa noite na minha memória, mas me lembro de gritar com ela para pegar uma carona com Dean, que, depois, descobri que a tinha drogado. Você sabe o que aconteceu depois disso.

— Meu Deus — ele pronunciou, baixinho.

— Fico feliz que tenha encontrado Bianca, James. Não é algo que dá para descrever até acontecer com você, mas vejo que encontrou a garota certa, e fico feliz por isso.

Ele me analisou, seus olhos pensativos, mas também com pena.

— Sinto muito, Tristan. Não sabia que era com isso que você estava lidando. Pensei que fosse algo como ela querer demais de você, e você ter seguido seu caminho. Eu sabia que você a amava, mas pensei que tivesse terminado com ela por escolha.

— Por escolha? Não, meu amigo. Não foi minha escolha. Eu estraguei tudo de forma fenomenal, mas, se fosse por mim, nunca teria acabado assim.

— Não sei como você consegue. Com a Bianca… Ela me recusou por um mês e pensei que iria enlouquecer. Não consigo imaginar passar pelo que você tem passado, todos esses anos, toda a distância. Não sei onde você encontra força.

Fechei os olhos, e as palavras saíram de mim como uma tortura calmante.

— Também não sei. Não faço ideia.

Capítulo Oito

SEIS ANOS APÓS O ACIDENTE

DANIKA

Fiquei mais do que lisonjeada em ser convidada por Bianca para ser sua madrinha. Aceitei na mesma hora. Eu a abracei quando ela me contou e, toda constrangida, até chorei.

Sua amizade tinha sido muito boa para mim. Havíamos nos aproximado, particularmente, após a exposição. Eu a visitava quando podia, já que ela estava se recuperando.

Ela conseguiu me convencer, daquele seu jeito discreto, a posar para uma série de quadros para ela enquanto se recuperava.

Fiquei extremamente lisonjeada e empolgada, porque ela tinha me prometido um quadro pelo meu tempo.

Ela era extremamente generosa com sua arte, várias vezes me oferecendo para me dar quadros que eu queria, mas eu sempre recusava, insistindo em pagar pelos dois quadros pequenos que acabei comprando de sua coleção. Mas, com isso, a troca de inspiração por arte não me fazia sentir como se estivesse tirando vantagem, então aceitei a oferta de escolher meu quadro em sua próxima coleção depois de termos terminado as sessões.

Um quadro se transformou em mais um, até eu me tornar sua inspiração preferida, perdendo apenas para James.

As horas se transformaram em dias, ou melhor, em semanas, e sua próxima exposição, que aconteceu apenas oito meses após a primeira, tinha tantos quadros de mim que não consegui acompanhar. Me tornei parte da exposição. Foi uma experiência, no mínimo, estranha, mas boa.

Nos abríamos uma para a outra enquanto eu ficava sentada e ela pintava, até mesmo conversando sobre nossas infâncias difíceis. Em relação a pesadelos, achava que os dela ganhavam, mas era bom ter uma amiga que se identificava em ter sobrevivido a um passado problemático. Alguém que saiu do fundo do poço e o deixou para trás.

♥TD♥

Foi difícil, mas jurei para mim mesma, pelo bem de duas pessoas que eu adorava e que teriam o casamento dos sonhos que mereciam, que seria simpática com Tristan durante todo o evento.

Não apenas civilizada. Não apenas menos hostil. Mas simpática.

Eu conseguiria fazer isso, falei para mim mesma, muitas vezes.

E, quando chegou a hora, foi assustador perceber o quanto foi fácil voltar ao padrão do relacionamento antigo.

Não apenas fácil. *Natural.*

Toda vez que eu visitava Bev e Jerry na casa deles, eu tinha esse momento. Entrava, e todo mundo simplesmente parava o que estava fazendo para vir correndo até mim. As crianças, não importava o quanto cresciam, me abraçavam. Os cachorros, sem Mango agora, mas com um filhote extra no grupo, vinham e me rodeavam, até eu me sentar em algum lugar e deixar todos eles subirem em mim. Bev vinha e me beijava na testa, enquanto Jerry andava por todo o caos para me fazer um carinho na cabeça.

Eu era apertada com tanta força que o ar saía dos meus pulmões, passava por cada parte de pele que não estava coberta, e em geral durava muitos minutos. Aquela quantidade de crianças, pessoas e cachorros não deveria caber confortavelmente em um espaço, mas era confortável, era certo. Como se eu estivesse voltando para casa.

Toda vez.

Era assim que eu me sentia.

Tristan e eu estávamos entrando em um capítulo novo e desconhecido, só não parecia. Não parecia que havia passado tempo algum.

Foi assustador. E reconfortante, porque não tinha sido tudo apenas um sonho, houve um motivo para eu ter passado o inferno com esse homem, *por* esse homem, algum bem verdadeiro que precedia o mal. Ao longo dos anos, eu meio que tinha me convencido de que havia imaginado grande parte do lado bom. Era mais fácil assim.

Éramos um par na festa de casamento, o que significava que andávamos juntos e, em todas as festas, nos sentávamos juntos.

Eu costumava cuidar da minha aparência, mas isso tomou grandes proporções nesse fim de semana, então gastei bastante tempo no cabelo, maquiagem e nas compras por dias para ficar o melhor possível.

Não estou nem aí como as coisas estavam, toda garota quer se sentir linda quando vê "aquele ex" de novo. Você sabe de quem estou falando. Aquele que você nunca superou. Aquele que exigiu tanto de você que um pouco disso acabou se perdendo na separação.

Eu estava usando um vestido dourado de renda sem manga no jantar de ensaio, pesando na sombra dourada e nos brincos grandes de argola. Meu cabelo estava liso e repartido ao meio. Eu o deixei solto, já que teria um penteado complicado no dia seguinte.

Estava no modo *vestida para matar*. Já tinha visto Tristan muitas vezes desde que começaram as festividades, e toda vez eu me arrumava com um cuidado especial.

Vaidade no sentido mais perverso.

Olhando pelo lado bom, estávamos nos dando bem, os dois cuidadosos o suficiente para não sair da zona de conforto a fim de não haver briga.

— Aliás, cadê aquele cara? — Tristan perguntou, em algum momento durante o terceiro turno do jantar, sua boca zombando as palavras com apenas um toque de sorriso infeliz.

Seu cabelo estava mais comprido. Ficava bom nele. Dava para agarrar. Me dei um tapa mental só por pensar nisso.

— Andrew — esclareci. Algo em sua voz me perturbou e, a contragosto, me intrigou.

Havíamos mantido as coisas leves até então, e parecia estar funcionando. Isso era uma reviravolta, ou havia potencial para uma.

— Você acha que não me lembro do nome dele? Qual é a probabilidade disso?

— Cadê aquela garota? — indaguei, na mesma hora querendo voltar atrás. Não precisávamos fazer isso um com o outro.

Olhei para baixo, para cima, me mexi desconfortavelmente, porém os olhos dele ficaram grudados no meu rosto, sua consideração intensa tão forte que pareceu um toque físico.

— Que garota? — ele finalmente questionou.

Fiz um movimento desdenhoso com a mão. Eu sabia o nome dela, mas já me arrependia de ter perguntado.

— Ninguém. Foi uma pergunta muito boba.

— Não, me diga. Que garota?

— Aquela loira com quem você sempre está. Sua namorada.

— Ela não é minha namorada. É estranho trazer uma garota que não é sua namorada para um casamento. Sua vez. Cadê aquele cara?

Ele tinha a perfeita barba por fazer no queixo. Me distraía.

— Andrew não conseguiu vir.

Era mentira. Ele quis vir, mas estávamos dando um tempo, um tempo bem longo, devido ao fato de que ele tinha me pedido em casamento muitos meses antes, e eu o tinha afastado de novo, e dizer que ele estava infeliz por isso era um grande eufemismo.

Ultimamente, éramos apenas amigos, mas Tristan não precisava de uma atualização da minha vida amorosa ou da falta dela.

— Ah, bem, que pena. — Sua declaração não foi nem um pouco convincente, e tive que me esforçar para não rir.

— Você não é lá muito fã do Andrew?

Ele sorriu com pesar, seus olhos castanhos muito cativantes. Dava para ver que ele estava prestes a dizer algo engraçado. Eu o conhecia bem demais.

— É como me perguntar se sou fã de câncer. Detesto pra caralho, mas sei como me livrar dele? Nem um pouco.

Isso me arrancou uma surpreendente risada.

— Ai, meu Deus. Pare com isso. Você é impossível.

Seu foco mudou para uma coisa atrás de mim, e eu me virei para olhar. De um jeito quase cômico, parecia que todo mundo estava olhando em nossa direção, todos em silêncio. Ninguém estava acostumado a nos ver interagindo um com o outro como seres humanos normais.

— A gente deveria mesmo surpreendê-los e começar a nos agarrar — ele sussurrou.

Dei risada de novo e tive que pensar para não dar um soco de brincadeira no braço dele.

— Você é um babaca. Cale a boca — eu disse a ele.

Seu sorriso cresceu e seus olhos brilharam de prazer, como se eu tivesse acabado de lhe dar um presente.

Capítulo Nove

A FESTA DE CASAMENTO DE JAMES E BIANCA CAVENDISH

DANIKA

— Aquele otário é ainda maior do que você — saiu da minha boca, conforme Tristan sentava-se ao meu lado na mesa comprida designada à festa de casamento.

Ele me olhou rapidamente, então olhou para Akira, mas esse olhar me disse muitas coisas que eu preferiria não ter sabido. Para começar, minha declaração saiu mais atrevida do que eu pretendera, e Tristan ainda amava meu atrevimento. Na verdade, ele o desejava. Seu olhar tinha sido ardente, e... alguma outra coisa que eu não queria reconhecer.

— Não tenha nenhuma ideia — ele disse preguiçosamente, bebendo um gole de água. — Aquele desgraçado gigante é comprometido.

Meus olhos se estreitaram para ele.

— Sei disso. Ele é casado com uma supermodelo. Só estava dizendo... que deve ser estranho para você, geralmente o maior cara do lugar, ter que olhar para cima para alguém. E os bíceps dele são um pouco maiores do que os seus.

Sua respiração saiu em uma risada surpresa.

— Você e seu fetiche por braços. Os meus ainda são maiores do que sua cintura. Eles não diminuíram.

Não me permiti olhar para eles, mas foi difícil. E já tinha olhado o suficiente para saber que ele tinha razão.

Distraída, esfreguei meu joelho ruim debaixo da mesa.

Eu o senti me encarando.

— Ainda dói? — ele perguntou baixinho, como se não conseguisse evitar.

Transformei minha expressão em uma máscara bem cuidadosa.

— Está tudo bem, só um pouco rígido. Nada para se preocupar.

Nada poderia ter me chocado mais do que quando sua mão tocou minha perna, deslizando debaixo da minha para esfregar meu joelho, de alguma forma sabendo exatamente onde tocar a fim de amenizar a dor. Ele sempre teve talento especial para isso.

— O que está fazendo? — perguntei entre dentes cerrados.

Ele nem se encolheu com o olhar assassino que lhe dei, o ousado desgraçado.

— Só estou tentando ajudar — ele disse, fatalmente sério.

— Não preciso da sua ajuda. — Meu tom foi venenoso.

Ele não parou de massagear, ainda sem se encolher. Pelos seis últimos anos, tinha sido fácil demais mantê-lo afastado, e descobri que eu não fazia ideia de que outras medidas tomar quando meu veneno não o afastou.

— Sei disso. Acredite em mim, sei disso, mas e se eu precisar te ajudar?

— Estamos no casamento de duas pessoas que adoro, então serei civilizada por mais uns dez segundos, mas é melhor acreditar que…

— E quanto à amizade? Podemos só tentar? Nada de ações engraçadinhas, juro.

Me senti muito rígida, e sabia que a hostilidade estava irradiando de mim em ondas.

Frankie flagrou meu olho, seu braço em volta da sua garota. Aquele era um casamento, uma ocasião alegre, e seu olhar preocupado me balançou. Ela estava preocupada que eu causasse uma cena, e me magoou o fato de ela ter razão em estar preocupada.

Sou mais madura do que isto, disse a mim mesma. E, inferno, por que não poderíamos ser amigos? Não achava mais que ele sentisse atração por mim. Sabia que o que ele realmente queria era apenas amizade, e perdão, então por que não poderia simplesmente dar isso a ele? Por que sentia a necessidade de evitá-lo por completo?

Eu sabia a resposta. Eu era como um animal ferido, descontando em sua indiferença, que tinha, ao longo dos dias, se solidificado na causa da minha dor ainda crua.

— Nada de ações engraçadinhas? — perguntei, então falei de novo antes de ele conseguir responder. — Na verdade, agora acredito nisso. Não imaginei que você gostasse de aleijadas.

Sua mão caiu mole do meu joelho.

Olhei para seu rosto, logo antes do seu olhar baixar para a mesa e, instantaneamente, me arrependi de dizer algo tão feio.

A despeito de como seus sentimentos tinham se transformado por mim, eu ainda tinha o poder de feri-lo profundamente.

— Desculpe — pedi a ele com rapidez.

Abri a boca para falar de novo, mas fui interrompida por uma Frankie furiosa.

Ela se sentou do outro lado de Tristan, me dando um olhar hostil que eu nunca tinha imaginado que fosse direcionado a mim.

— Você está bem? — ela perguntou a Tristan, sua mão indo para o braço dele.

Ele assentiu de forma curta, levantou-se e se afastou.

— Quando vai parar de magoá-lo? Quando vai ser suficiente para você? Se precisava puni-lo, parabéns, ele está vivendo um inferno. O que mais você quer?

Parte de mim ficou pálida por cada palavra que saiu da boca dela, mas outra parte, a parte que não queria calar a boca hoje, sabia que ela tinha razão. Eu o estivera punindo, eu o punira por seis anos, e tinha saído do controle.

Ela se levantou, e eu sabia que era para ir atrás dele, para garantir que ele estivesse bem.

Eu a fiz parar segurando sua mão.

— Pode deixar — eu disse a ela, me levantando. — Você tem funções de madrinha para cumprir.

— Danika, não precisa aceitá-lo de volta, mas, por favor, só seja gentil. Ele passou por bastante coisa. Vocês dois passaram. Você também está se machucando com essa besteira, sabe?

Eu sabia. Deixei meus olhos mostrarem isso a ela quando assenti.

Encontrei-o andando sem rumo pelas árvores, em algum lugar entre as tendas do casamento e a fortaleza que James chamava de "casa".

— Tristan — chamei alto.

Ele congelou. Não se virou, apenas parou.

Eu o alcancei bem rapidamente, segurando seu braço.

— Desculpe por ter dito aquilo. Foi uma coisa feia de se dizer, e nem falei sério. Você sabe como eu sou. Parece que nunca consigo guardar as coisas para mim mesma, e algumas vezes elas saem pior do que eu pretendo.

— Você tem sido muito boa em guardar as coisas para si mesma por bastante tempo.

Minhas sobrancelhas se ergueram de repente. Ele tinha razão. Eu havia melhorado em conter minha língua, mas não consegui decifrar muito bem o que seu tom significava.

— Isso é verdade. Amadureci, mas o que falei lá não foi maduro, e sinto muito por isso. Não guardo rancor de você. Realmente superei nossa… história juntos, e acho que tem razão. Não há motivo para não podermos ser amigos de novo.

— Obrigado. — Sua voz foi baixa e rouca, sua cabeça inclinada para a frente. Mesmo na semiescuridão, eu conseguia ver que seus olhos estavam no chão.

Havia algo tão derrotado em sua postura, algo tão desesperado em sua voz, que não consegui me conter; eu o abracei. Para conforto, para apoio. O que quer que fosse para ele, para mim ou para nós dois, não ousei pensar.

Tive que ficar na ponta dos pés para envolver os braços em seu pescoço, e isso era com ele curvado.

Ele ficou rígido como uma estátua por uns dez segundos antes de reagir, seus braços me apertando com tanta força que soltei um grunhido quando todo o ar foi tirado de mim.

Ele soltou um pouco, e respirei algumas vezes antes de relaxar nele.

Meu corpo pareceu assumir o controle, porque tocá-lo trouxe de volta muitas lembranças sensoriais. Éramos como um trem descarrilhado, ele e eu, mas alguma coisa ao tocá-lo sempre parecia exatamente certo para mim.

Me apertei nele, meu rosto ainda enterrado no seu pescoço.

Ele recuou um pouco; eu olhei para ele. Não conseguia identificar muita coisa na escuridão, mas sabia que ele estava olhando para mim.

— Tristan — pronunciei baixinho.

Ele baixou a cabeça até sua boca estar a uma respiração da minha e, mesmo assim, não pensei que ele pudesse chegar lá.

— Tristan.

Ele mexeu as mãos para segurar meu rosto e, no canto da minha visão, pude ver que elas estavam tremendo.

Ele inclinou minha cabeça para um lado, inclinou sua cabeça para o outro e uniu nossos lábios.

Ele me beijou.

Um tipo de beijo desesperado, faminto e selvagem, que me fez esquecer do passado e do futuro.

Eu havia passado a maior parte da minha vida exibindo uma reserva tranquila para o mundo, meu autocontrole garantido e aparentemente sem esforço. Um breve beijo e os anos tinham se dissolvido, o passado e o presente se fundindo em um único pensamento que existia naquele momento. E, naquele momento, tudo que importava era aquela conexão, aquela sensação que tinha iniciado em nossos lábios unidos e viajado pelo meu corpo, acendendo cada molécula do meu ser em um incêndio.

Enlouqueci.

Minhas mãos agarraram seus ombros, minha boca voraz na sua. Sempre tinha considerado que eu beijava bem, e sabia, por experiência, que Tristan beijava bem, mas não houve elegância naquele ato. Simplesmente beijamos e beijamos e cedemos à forma de dentes que batiam e línguas que guerreavam.

As mãos dele foram para os meus quadris, me erguendo alto contra seu corpo. Eu tinha desejado seu corpo, daquela forma exata, cada curva, músculo e parte dele inteiro que meu próprio corpo precisava. Minhas pernas envolveram sua cintura, choramingos animalescos escapando da minha garganta conforme sua ereção empurrava com força minha barriga e, após eu ter me mexido na medida certa, diretamente no meu clitóris.

Eu sabia que ele estava andando, me carregando, mas não me importava, apenas chupava sua língua, mordia seu lábio até sentir gosto de sangue.

O céu poderia ter caído em nossas cabeças, e eu não teria me importado. Não ia relaxar no meu apego; naquele instante negligente em que tudo parecia ter voltado para o lugar, minhas pernas eram um torno em volta dos seus quadris, meus braços travados em volta dos seus ombros. Ele afastou a cabeça para trás, e mordi seu pescoço, esfregando meu tronco no dele.

— Por favor — ele sussurrou, rouco.

Aquele pequeno pedido me fez recuar o suficiente para olhá-lo. Uma luz clara de lanterna brilhava na gente, e olhei ao nosso redor.

Estávamos na varanda de trás da casa de fazenda, e Tristan estava empurrando meus quadris para longe dos dele, me sentando no corrimão grosso que corria pelo pátio.

Confusa e desorientada, permiti.

Engoli em seco, abrindo a boca para dizer só Deus sabia o quê quando suas mãos foram para a bainha do meu vestido lavanda de dama de honra, erguendo-o até acima dos meus quadris.

Aquilo acabou, efetivamente, com meu desejo de tentar falar.

Estávamos mergulhando precipitadamente naquela maluquice, e eu poderia me preocupar depois com a confusão em que tínhamos nos metido.

Eu queria aquilo, precisava daquilo como não precisara de nada desde que tinha cauterizado toda a alegria da minha vida.

Ele ergueu totalmente o vestido, virando-o do avesso sobre minha cabeça até meus braços estarem efetivamente contidos. Eu não sabia, nem me importava, se aquela tinha sido sua intenção.

Ele abriu a parte da frente do meu sutiã, gemendo e se abaixando para sugar um globo trêmulo na boca.

As mãos dele se atrapalharam com seu cinto e zíper. Ele gemeu, e eu arfei conforme sua ereção se libertou na minha barriga.

Dedos grandes puxaram minha calcinha para o lado, e a ponta dele estava entrando em mim. Ele ergueu a cabeça e beijou minha boca de novo. Ele não hesitou, não perguntou se eu tinha certeza de que queria fazer aquilo.

Fiquei aliviada, porque um acidente tão brutal quanto aquele não conseguiria lidar com nenhum freio.

Ele recuou, então avançou, enterrando seu pau em mim com uma investida forte.

O mundo parou enquanto tomávamos aquilo de que precisávamos, aquilo pelo que eu me sentia faminta desde a última vez em que estivera em seus braços.

Foi uma transa frenética, uma união rápida que me levou a ferver de êxtase com algumas investidas bruscas e pesadas, acabando rápido demais — o testamento perfeito para nosso caso de amor tórrido.

Não nos mexemos por bastante tempo depois de terminarmos e, mais importante, não falamos. Palavras poderiam quebrar o encanto. Palavras eram realidade. Aquele era um momento roubado, eu queria manter o mais longe possível da realidade.

Minha testa tinha caído em seu ombro em algum momento, e sua bochecha estava pressionada no topo da minha cabeça. Ele não tirou, o único movimento entre nós era nossa respiração superficial e ofegante, e seu membro ainda latejando fundo dentro de mim.

Ficamos assim pelo que poderiam ser minutos ou uma hora. Eu não fazia ideia do que ele poderia estar pensando, e estava tentando muito não pensar em nada, exceto no momento presente, e o prazer de estar em seus braços por aquela nossa minúscula incursão na total loucura.

Foi a primeira coisa impulsiva que fiz em anos, mas, cara, foi incrível.

— Danika — ele finalmente disse, sua voz áspera, porém suave.

Suspirei pesado, recuando. O encanto foi quebrado.

Eu não conseguia olhar nos seus olhos e não dava para olhar para baixo, então mirei acima de seu ombro quando falei:

— Pode colocar meu vestido de volta? Precisamos voltar. Nós dois estamos na festa de casamento, então tenho certeza de que vão perceber nossa ausência.

Suas mãos começaram a endireitar meu vestido, mas ele ainda não tinha saído de mim. Eu teria tentado me afastar, mas temia que isso levasse a outra indiscrição.

— Danika — ele repetiu, sua voz bem baixa e bem triste.

Meu Deus, era incrível como só o fato de ouvir aquela sua voz grave conseguia me cativar. Apenas com o som de sua voz, eu poderia ter ficado grudada naquele local por tempo indefinido.

Afastei o pensamento, me chamando de boba.

— Preciso de um minuto sozinha, se não se importar. Vou me limpar.

Ele tentou me beijar, mas virei a cabeça.

— Meu vestido, por favor. — Minha voz não foi rude, na verdade, foi gentil, porém, pelo canto do olho, eu o vi se encolher.

Como ele sempre fazia isso? Me fazia querer retirar qualquer coisa que eu tinha dito que pudesse tê-lo magoado, mesmo depois de todo esse tempo. Era o milésimo motivo do porquê de eu precisar ficar longe dele.

Nós dois nos engasgamos em uma respiração ofegante quando ele se arrastou para fora de mim. Eu o apertei involuntariamente quando ele puxou, e isso pareceu tirá-lo, em um ato de pura tortura. Sua circunferência garantiu que ele atingisse cada terminação nervosa ao sair.

Xinguei.

Ele puxou meu vestido de volta aos meus braços, então por cima da minha cabeça, depois por meus ombros. Suas mãos foram gentis, acariciando enquanto ele colocava cada centímetro de volta no lugar.

Não olhei para ele.

Ele ainda estava com seus quadris próximos, ainda entre minhas coxas, mesmo enquanto alisava meu vestido de volta.

Eu o senti cutucar de volta no meu sexo, buscando mais uma vez a entrada. Não sei como, mas consegui balançar a cabeça. Não teríamos outra rodada, por mais viciante que pudesse ser.

Eu tinha que descer daquela montanha-russa *imediatamente*, não dar outra volta. Só precisava de um instante para ficar sozinha e pensar. Quanto mais rápido, melhor.

Ele deu um passo para trás e me ajudou a descer. Me soltou para se guardar na calça, e eu saí correndo para dentro da casa.

O lugar tinha inúmeros banheiros espalhados pela mansão, mas subi para minha suíte de hóspedes reservada e usei o banheiro a fim de me limpar, então penteei o cabelo e retoquei a maquiagem.

Encarei minha expressão atordoada por cinco minutos, me perguntando o que havia de errado comigo.

Será que isso era uma doença nova ou a antiga que persistia, apesar de tudo? Ou será que esse era o resultado de lidar mal com toda a situação? Como voltamos à estaca zero após seis anos, com apenas algumas conversas? Será que isso havia acontecido porque nunca aprendemos a lidar com o fato de compartilhar o mesmo espaço? Será que não ter tido nenhum contato só nos deixou mais suscetíveis a estragar tudo em proporções épicas? Será que só ficamos mais sensíveis à presença um do outro, quando o que precisávamos era nos *dessensibilizar*?

Será que era possível haver um meio-termo? Um tipo de desfecho à parte romântica de nosso relacionamento que eu nunca tinha buscado?

Sempre havia pensado em Tristan em termos de tudo ou nada, porém, é claro que isso não tinha funcionado. Esse fracasso estava me encarando no momento e, talvez mais humilhante, escorrendo por minha perna.

Eu admitia que cortar alguém que tinha sido uma parte tão inegavelmente significante da minha vida de forma tão completa tinha sido prejudicial para mim.

Tinha me atrofiado. Atrofiado minha felicidade. Atrofiado meu crescimento. Isso era um fato que eu havia aceitado muito tempo atrás, de uma forma resignada, enxergando isso como um mal necessário.

Mas e se não fosse necessário? E se fosse *apenas* danoso? Passar pouco tempo na companhia dele me fez perceber algo novo.

Eu tinha estado tão focada na parte ruim dele, de nós dois, na parte ruim de tudo que havia acontecido, que eu me esqueci da parte boa.

Vivi a parte ruim. Existi com ela a cada hora acordada de todos os dias e, em algumas noites, nos meus sonhos também.

Por que eu não deveria ter um pouco da parte boa?

E se talvez, só talvez, eu precisasse disso?

E se isso me ajudasse a encerrar esse capítulo da minha vida?

Ficar com ele estava fora de questão. Um relacionamento romântico de longo prazo era absolutamente inimaginável. Mas uma amizade? Será que eu não tinha seguido em frente o suficiente para, pelo menos, dar a mim mesma um pouquinho de consolo?

Será que eu não merecia isso?

♥TD♥

Eu já estava esperando. Não fiquei nada surpresa quando Frankie fez questão de me encurralar.

Ela e eu não éramos o tipo de amigas que brigava. Discutíamos bastante, mas aquela ceninha mais cedo foi tão extrema quanto um confronto completo entre nós.

Eu sabia que ela iria se sentir mal por isso e logo tentaria compensar.

A festa ainda estava a todo vapor quando retornei.

Eu teria ficado surpresa se não durasse até de manhã.

Fui discretamente até minha mesa, bastante consciente do fato de que, embora tivesse me limpado tão bem quanto poderia com pressa, não tinha tomado banho. Estava planejando sair de fininho e fazer isso assim que achasse o mais educado possível.

Frankie se aproximou um minuto depois que me sentei. Ela estava sozinha. Quase todo mundo da festa estava dançando. Estella estava se esbaldando enquanto dançava entre Stephan e Javier.

— Você se lembra de que eu juntei vocês duas, não é? — perguntei a ela quando encontrei seus olhos bem sérios. — Você me deve uma. Eu trouxe aquela gostosa para a sua vida.

Ela lançou um olhar carinhoso para a namorada de longa data.

— Sei disso. — Seu rosto se franziu um pouco, nada de colapso, nada de lágrimas, só um pouco franzido, como se ela estivesse com dor. Ela desviou o olhar. — Sabe que eu te amo, né?

Foi minha vez de desviar o olhar. Éramos amigas próximas, mas não do tipo grudentas. Essas coisas quase nunca eram ditas entre nós.

— Sei. Também te amo. Você é uma das minhas melhores amigas, e sei que seu coração *sempre* está no lugar certo.

— Me perdoa? — Sua voz tinha ficado muito, muito baixa. — Fui longe demais mais cedo. Sei disso. Só que é muito difícil, para mim, vê-lo sofrer mais, e ninguém consegue magoá-lo como você. Mas exagerei na reação. Fui uma idiota, me desculpe.

— Frankie, estou bem consciente da posição em que te colocamos e como tem sido difícil para você, mas você precisa parar de interferir, e precisa parar de pensar que é seu trabalho protegê-lo ou me proteger. Somos adultos, e não precisamos de alguém para nos defender, por mais que eu quisesse, e talvez tenha até dependido disso no passado. Nós dois… precisamos resolver nossas confusões sozinhos.

— Claro. E, só para constar, nunca fiquei do lado dele. Nem do seu. Você sabe que só estou sempre tentando ajudar quem de vocês está mais magoado.

— Eu sei. Nós dois temos sorte de ter você.

Considerei o assunto como encerrado e, pelo visto, ela também, já que não falou mais disso. Ficamos ali sentadas por bastante tempo, apenas observando a festança.

Havia muita gente na tenda gigantesca da festa, mas, mesmo assim, dava para ver que não havia sinal de Tristan. Ele ainda não tinha voltado, e achei estranho. Tinha certeza de que ele havia ido se limpar, mas não deveria precisar de mais tempo do que eu, mesmo que tivesse ido tomar banho e se trocar.

Estava tão envolvida nesse pensamento que demorei para perceber quem mais estava evidentemente ausente.

— James e Bianca já saíram da própria festa de casamento?

Frankie deu risada.

— Aposto que estão lá no bosque dando uma rapidinha. James é um tarado, mas eles vão voltar.

Continuamos a observar a multidão dançando.

— Quem é aquele que Marnie e Judith estão atacando na pista de dança?

Frankie semicerrou os olhos, depois começou a rir.

— É o pai de Jackie. Marnie o está levando à loucura. Acho que Jackie tinha razão. Vão fazer o homem ter um infarto. E olhe lá Lana e Akira. Estão se agarrando como adolescentes. Meu Deus, esse cara é enorme.

— Ele é gostoso — adicionei.

— Lana também. E é a primeira vez que vi o irmão dela, Camden, mas ele é lindo. A tenda está lotada de pessoas gostosas.

— Verdade. De alguns bons dançarinos também.

Enfim, vi Tristan voltar para a tenda. Parou na entrada, observou a multidão e focou em mim. No segundo em que seus olhos me encontraram, ele começou a andar em direção à nossa mesa.

— Vocês dois, hã, resolveram o que quer que estivessem tendo? Foi uma briga?

Quase não consegui esconder meu encolhimento.

— Sim, acho que resolvemos.

— Então finalmente tiveram uma boa conversa? Vocês dois desapareceram por bastante tempo.

— Acho que sim. Sabe como a gente é. É complicado.

— Complicado. Esse sim é um eufemismo em proporções épicas pra caralho.

Tive que dar risada. Ela não estava errada.

E foi assim que Tristan nos encontrou ao se aproximar, rindo e relaxadas.

A parte relaxada se escondeu um pouco quando ele se sentou bem ao meu lado, e comecei a ficar tensa por instinto.

— Se me derem licença — Frankie nos disse com um sorriso. — Tenho uma extravagância para fazer na pista de dança.

— Quem chama isso de extravagância? — gritei para suas costas, porém ela apenas continuou andando.

Não foi fácil, mas me obriguei a me virar e olhá-lo nos olhos.

Provavelmente me sentiria horrorizada pela manhã pelo que fizemos, mas pensei que a coisa toda era nova demais para minha mente chocada reagir direito.

Sua expressão estava séria.

— Precisamos conversar.

Isso arrancou uma risada surpresa de mim.

— Acabamos de tentar. Não funcionou muito bem.

— Não diria isso. Diria que foi interrompida. Gostaria de tentar de novo.

Eu não conseguia parar de rir.

— Aposto que gostaria!

Finalmente, sua expressão solene se abriu em um sorriso. Precisei cerrar os punhos para me impedir de encostar naquelas covinhas matadoras.

— Bem, sim, claro que eu gostaria. Meu Deus, Danika, senti saudade, até de só te ver rindo de novo.

Olhei para minhas mãos, parando um pouco de rir.

— Acho que você tem razão. Acho que você sempre teve razão. Deveríamos ser amigos. Também sinto saudade disso. Sei que está preocupado que eu nunca mais vá falar com você depois disso... depois daquela ceninha lá no bosque, mas não precisa se preocupar. Aquilo foi uma loucura, e não precisa acontecer de novo, mas podemos ser adultos aqui. Eu... não serei uma estranha quando a gente voltar para a cidade. Vou te ligar. Podemos tomar um café ou, sei lá, fazer alguma coisa.

Houve uma pausa bem demorada da parte dele, e me perguntei qual parte do que eu disse o estava corroendo.

Mas ele não falou sobre isso, e sim perguntou:

— Está falando sério desta vez ou só está falando para eu não te encher o saco, como da última vez?

Abri um sorriso arrependido para ele. Eu não havia falado sério da última vez, eu *tinha* falado só para fazê-lo ir embora. Mas descobri que, para minha surpresa, havia mudado de ideia de verdade.

— Estou falando sério desta vez.

E estava mesmo, mas, por mais que não o tivesse evitado pelo resto do fim de semana, também havia garantido que nosso contato fosse limitado. Era necessário. Eu precisava de tempo para pensar, ter um plano de batalha antes de começarmos a transição para essa ideia de amizade.

Estivemos em guerra por tempo demais para eu me iludir que não havia necessidade de um plano de batalha, mesmo quando estávamos sendo gentis.

Eu estava fazendo as malas para ir para casa, o casal feliz já tinha ido embora e pegado um jatinho para só Deus sabia onde, para fazer só Deus sabia que tipo de coisa safada, quando notei algo estranho.

Meu perfume tinha sumido. Fiz uma busca rápida no banheiro, porém não havia muitos lugares para onde poderia ter ido parar, e pensei que o frasquinho tinha ficado no balcão.

Fiquei irritada. Adorava aquele perfume, e não era barato, mas deixei pra lá. Um perfume perdido era o menor dos meus problemas, na verdade.

Tristan conseguiu me encurralar uma última vez antes de eu ir embora. O local do casamento era remoto, então todos os convidados haviam voado para a pista de pouso mais próxima e ido de limusine o resto do caminho. Nem conseguia imaginar o quanto isso deve ter sido caro, mas não tinha dúvida de que James podia arcar com o custo.

Mesmo assim, as pessoas estavam dividindo caronas para a pista e aviões para seus destinos variados. Fazia sentido.

Tristan e eu não tínhamos ido de avião nem de carro juntos, embora tivéssemos vindo do mesmo lugar.

Ele não conseguia entender por que não poderíamos compartilhar a carona para casa. Na verdade, havia ido ao meu quarto a fim de conversar sobre isso, entrou no cômodo, se esparramando na única cadeira do quarto, como se fosse a coisa mais natural do mundo.

Acho que era melhor do que na cama.

Fiquei na porta, determinada a não fazer nada idiota pelos cinco minutos que levariam para me livrar dele.

— Pare de insistir — eu disse a ele, de braços cruzados à frente do peito. Parecia surreal estar conversando com ele como se o tempo não tivesse passado, mas estava acontecendo de forma muito natural. — Viu só? Esse é o problema. Eu cedo um pouquinho, e você já quer ainda mais. Pode esquecer.

Ele sorriu, se inclinando para a frente na cadeira.

— Vamos. Vai ser divertido. A gente pode jogar uns jogos de estrada. Lembra de todos os nossos jogos?

Suspirei. Claro que me lembrava.

— Desta vez, não, Tristan. Preciso de uns dias para pensar. Como falei, vou te ligar. Agora, me dê licença.

— Não — ele falou, descontraído, parando de sorrir. — Não te dou licença.

Ele se levantou e se aproximou tanto de mim que recuei.

— Vou te dar uns dias, mas, se não tiver notícias suas, vou até você. Considere-se avisada.

Olhei em desafio para ele.

— Que dramático. Falei que vou ligar, então vou ligar. Já falei que precisava de uns dias, então me dê alguns dias.

Capítulo Dez

DANIKA

Disse a mim mesma que o motivo pelo qual tínhamos feito aquela imbecilidade era porque eu havia me mantido presa demais. Se pudéssemos nos ver com mais frequência, mas de forma casual, não seria assim. Não perderíamos a cabeça se não tivéssemos medo de nunca mais nos vermos.

Não liguei para ele logo de cara. Não por ser covarde.

Ok, está bem, eu estava protelando, porque nosso último encontro havia mexido comigo. Eu tinha enlouquecido. Não havia outra palavra. E essa nem era a parte mais assustadora.

O que faríamos numa próxima vez? Eu nem sequer suportava pensar nisso. Mas pensei. Constante e incessantemente, fiquei obcecada quanto ao que fazer com ele.

Mesmo assim, eu o vi de novo após um mês e só porque ele forçou a barra.

A exposição era considerável em relação ao tamanho, apesar de pouca notabilidade. Os destaques eram cinco artistas, cada um com dois cômodos dedicados aos seus temas na espaçosa galeria de Los Angeles. Era bem envolvente. Eu a tinha planejado por quase um ano.

Um dos artistas tinha começado, recentemente, a obter atenção da mídia, devido a algumas entrevistas que ele havia dado, então o que teria sido um promissor, porém obscuro, evento de repente ganhou força. Estava meio agitado, mas eu lidava com tudo aos trancos, acalmando os artistas temperamentais e tranquilizando as celebridades espalhafatosas que tinham aparecido para serem vistas pela imprensa.

Estava parecendo que seria uma noite revigorantemente ocupada, mas tranquila, em geral, até Tristan aparecer na porta.

Ele estava de smoking, cabelo penteado para trás e exibindo aquela barba por fazer fascinante em sua mandíbula forte, pela qual eu não conseguia parar de ficar obcecada.

Ele estava tão lindo que fazia meu peito doer. O efeito de vê-lo de repente, sem aviso, do jeito que ele estava vestido, foi devastador.

Respirei fundo, rezei pedindo calma e agradeci a Deus por ter me produzido para o evento e colocado um vestido vermelho de renda e sem mangas, com gola alta e saia esvoaçante. Mostrava meu corpo com perfeição.

Ele estava sozinho, o que com certeza era melhor, por um lado, e terrível em outro. Ele não tinha mais ninguém em quem se concentrar, nenhum outro motivo para estar ali, além de mim.

Bem, talvez ele esteja aqui pelas obras de arte, falei para mim mesma. Mas, enquanto pensava nisso, ele vinha caminhando na minha direção.

Sua expressão estava séria e solene quando parou diante de mim.

— O que você está fazendo aqui? — perguntei, tentando manter a voz baixa e calma, mas foi difícil.

— Você nunca ligou.

Apenas o encarei.

— Você falou que ia ligar — ele reiterou. — Aí a gente pode fazer isso do jeito fácil ou do jeito duro. Particularmente, prefiro duro.

— Para você, este parece o local apropriado para ter esta conversa? Estou trabalhando.

— Esperei um mês. Minha paciência acabou. Minha reserva já era baixa pra caralho.

Sua voz estava tão alta que olhei em volta, querendo evitar uma cena.

— Trabalhamos no mesmo prédio, se você ainda não percebeu. Vir aqui, na noite de uma exposição importante, não é a maneira de lidar com isso.

— A galeria do cassino é território seu. Você foi bem clara em relação a como se sente quando eu invado o seu território. Está dizendo que tenho permissão de ir lá agora?

— Sim, tem — eu disse, para acalmá-lo. Qualquer coisa para evitar o que ele estava fazendo naquele exato segundo, porque o fato de ele estar ali, de eu estar conversando com ele, me deixaria louca no meio do evento que estive planejando por tempo demais para arruinar tudo. — Agora, por favor, você precisa me deixar trabalhar.

Teoricamente, ele se afastou, só que não muito. Não foi embora, como eu esperava, e sim ficou, andando devagar por todo o prédio, cômodo por cômodo, examinando a arte por completo, sempre na minha visão periférica, mantendo-se perto o suficiente para me distrair.

Me esforcei para não ficar distraída.

Um dos artistas tinha feito uma série de quadros em vários painéis separados em um cômodo. Cada um media, aproximadamente, um metro e oitenta de altura, e a forma como estavam colocados no cômodo os transformava em um tipo de labirinto. Era uma série impressionante.

Eu havia acabado de mostrá-la a potenciais compradores. Estava fazendo umas anotações sobre outra peça do mesmo pintor, a qual compradores estavam interessados em ver antes de tomarem uma decisão. Portanto, foram para o cômodo seguinte. Eu sempre encorajava isso. Sem pressionar, costumava deixar o comprador encontrar as peças que chamavam sua atenção por conta própria.

Havia uma mesinha nos fundos do cômodo que tinha se transformado num labirinto. Exibia uma série de quadros pequenos em leques, porém havia espaço livre suficiente para eu colocar meu laptop da largura de um papel sobre ela enquanto digitava alguns detalhes.

Estava acabando de me endireitar quando mãos grandes seguraram meus ombros por trás e começaram a massagear.

Eu sabia no mesmo instante de quem eram. Claro que sabia. Conseguia sentir o cheiro dele. O cheiro quente e apimentado de seu perfume estava marcado para sempre no meu cérebro.

E aquelas mãos. Ninguém mais na Terra tinha mãos como as dele.

Inspirei fundo, sentindo seu cheiro, tentando me recompor.

Uma das mãos deixou meu ombro, e senti um dedo provocante correr por minha espinha através do tecido fino do vestido. Seu toque era tão leve, seu caminho de baixo para cima tão lento, meus mamilos tinham se enrijecido em picos duros quando ele chegou na minha nuca.

Estremeci involuntariamente.

Ele se aproximou mais de mim por trás, aquela mão vagante indo até minha cintura, segurando. Dava para sentir o calor de suas mãos, uma na pele do meu ombro, a outra através da minha roupa. O contraste dos toques me fez recuperar o fôlego.

Um músculo sensível bem na parte de baixo da minha barriga começou a latejar.

Ele se aproximou mais míseros centímetros, até eu o sentir se inclinando sobre mim, com a cabeça inclinada para a frente. Pensei que ele estivesse observando meus traços, analisando minhas reações.

— O que você está fazendo? — perguntei com a voz trêmula.

— Você falou que não queria conversar aqui. Estou improvisando.

Balancei a cabeça de leve, então congelei quando, de forma gentil, mas firme, a mão na minha cintura subiu e segurou meu seio. A palma da sua mão deslizou suavemente pelo pico já endurecido.

— Aqui também não é o lugar para *isso* — sussurrei, furiosamente.

Mas não me mexi.

Sua outra mão parou de segurar firme meu ombro e cobriu minha mão direita, que estava cerrada em punho na mesa diante de mim.

Ele a ergueu, abriu-a até conseguir colocar seu polegar na palma da minha mão e começou a massagear. Seu toque foi tão suave, tão essencialmente prazeroso, que minha mão se abriu como se ele a tivesse destrancado com uma chave.

E foi aí que ele soube que tinha me ganhado.

Continuou a me acariciar enquanto estendia meu braço, então o puxou para trás de mim, com a palma da mão virada para ele. Sem falar nada, ele a colocou na frente de sua calça. Devagar e sem pressa, ele se esfregou na minha mão, acariciando-se com nossas mãos conectadas. Para cima, para baixo, para cima, para baixo, cada carícia levando seu próprio tempo ao longo de seu comprimento largo.

Meus lábios e meu corpo estavam tremendo, cada músculo da minha barriga tenso com ansiedade.

Senti como se todos os meus nervos estivessem prestes a se romper. E eu *queria* isso.

Como era assim tão fácil cair nesse padrão antigo?

Ainda acariciando meu seio e seu pau com nossos esforços combinados, ele sussurrou no meu ouvido:

— Se disser não agora, vou parar. Mas não posso garantir se for depois. Esta é a hora de dizer não.

Estremeci. Após tudo, nosso pico e nossa queda, a dor e as consequências, por que seu toque ainda trazia tamanho conforto? Como isso podia desenterrar tal senso de segurança?

Transformei minha mente em uma aliada temporária com minha vontade, meu desejo e, ainda assim, mergulhei.

Me sentia tão descontrolada que nem me importava com o que acontecesse depois. Era loucura.

Ainda assim, totalmente necessária.

— Sim ou não. Quero ouvir.

Meus olhos se fecharam, e eu o segurei mais forte.

— Sim.

Sua respiração saiu trêmula e brusca, e ele mexeu em sua calça, abrindo-a.

Agarrei e comecei a acariciar assim que ele gozou, nu e cru, na minha mão aberta.

Eu o senti erguendo minha saia, seus outros dedos puxando com firmeza meu mamilo através das duas camadas de tecido que eu teria dado tudo para fazê-las desaparecer. Mas não havia tempo para tirar a roupa, não ali.

Era um acesso direto; a foda do tipo "transe o mais rápido que der". E, sim, tinha um nome. Graças à força devastadora de nossa história juntos, quase toda maldita coisa tinha um nome.

A mão na minha saia se ergueu, e ele se encaixou atrás de mim, sua carne inchada pressionada forte na minha coxa.

Ele pressionou a palma da mão na protuberância do meu clitóris, que pulsou nele como uma batida de coração.

— Ah — gemi antes de conseguir me impedir.

A mão no meu seio se ergueu para cobrir minha boca. Choraminguei baixinho nela, enquanto ele acariciava minha pele necessitada.

— Shh, querida — ele disse baixinho. — Não sei se você esqueceu onde estamos, mas não é o lugar de fazer muito barulho.

Balancei a cabeça, meu corpo tremendo, latejando, com desejo insatisfeito quando ele puxou minha calcinha para o lado e roçou devagar a cabeça grossa de seu pau ao longo da minha entrada molhada.

Sua boca foi para o tendão sensível entre meu pescoço e ombro, mordiscando com gentileza, então ele mergulhou com força.

Mordi a mão dele (sem gentileza) quando começou a me foder de verdade.

Tive que agarrar a mesa diante de mim com as duas mãos. Não era tão resistente e começou a balançar, ressoando na parede a cada movimento.

Eu não estava nem aí.

Alguns leques delicados caíram e, mesmo assim, eu não conseguia me fazer parar, mesmo sabendo que me arrependeria depois.

Esse era o controle abrangente e inegável que ele tinha sobre meu corpo, esse poder absoluto.

O poder de me fazer esquecer e de me fazer deixar para lá.

Ele me esticou, minha pele apertada à sua volta. Entrava e saía de mim, me preenchendo, tirando todo o vazio por aquela breve pausa.

Pulsei no tempo de seu ritmo regular. Como sempre, ele tocava meu corpo de acordo com sua batida. Quem mais faria isso? Esteve sintonizado apenas para as mãos dele. Os anos separados tinham só destacado ainda mais esse fato. Em letras gigantes e luminosas.

Sua boca ficou no meu pescoço, lambendo, chupando, sua mão livre apertando meu quadril, me ancorando para suas investidas impiedosas.

A pressão dentro de mim foi construída a cada investida certa, até eu estar mordendo sua mão com tanta força que ele a tirou.

Fiquei tensa quando senti a onda vindo, os músculos rígidos, enquanto ele continuava investindo em mim. Contive um grito quando meu corpo inteiro começou a tremer.

Me despedacei, estremecendo, apertando, onda após onda de prazer, me lavando, batendo implacável e repetidamente. Como se estivesse me lavando.

Quase não consegui abafar um gemido minúsculo quando desci daquela altura impossível.

Ele estava dobrado nas minhas costas, tremendo e se esvaziando dentro de mim, quando voltei para minha pele trêmula. Tinha perdido o início de seu gozo, já que estive bastante envolvida no meu próprio.

— Meu Deus — ele arfou. — Você está bem?

Assenti com fraqueza.

— Bom, não tenho certeza se estou.

Ele começou a tirar, e eu soltei um som involuntário de protesto. Ele me abraçou forte por trás.

— Querida, você vai ficar ainda mais brava comigo se formos flagrados assim, senão eu ficaria aqui dentro a noite inteira.

Suas palavras me abalaram quando me lembrei de onde estávamos. Mal conseguia acreditar. Tinha sido transportada, por alguns minutos viciantes, para outro lugar, outro mundo.

Ele fechou a calça, arrumou meu vestido e falou de novo:

— Podemos concordar de que precisamos conversar? Não daqui a uma semana, nem um mês, mas hoje à noite.

— Estou traba...

— Quando você terminar. Eu posso esperar. É claro.

Assenti, sem olhar para ele, focada na pilha de leques que tínhamos derrubado no chão.

Consegui pegá-los e os endireitar. Nenhum deles tinha sido danificado, graças a Deus, mas não foi por falta de tentativa. Tínhamos derrubado todos da mesa.

Tristan tentou me ajudar, mas eu o dispensei.

— Vá para lá. Vá dar uma volta, se misturar ou alguma coisa assim. Não consigo fazer nada com você por perto.

Em vez de ofendê-lo, isso o fez sorrir. Ele ainda era perverso.

Voltei ao trabalho, mas estava tão distraída que me senti perdida pelo resto da noite.

Toda vez que me virava, lá estava ele, olhando na minha direção, sorrindo para meus olhares irritados.

Qual era o problema dele, se comportando como se o tempo não tivesse passado desde que fomos próximos? Agir como se *ainda* fôssemos próximos.

Estava me desarmando, e eu *precisava* das minhas armas.

Após um tempo, enquanto eu fazia minha correria de sempre para lá e para cá pelas diferentes exibições, respondendo perguntas, fechando vendas, apaziguando artistas, vi que ele parou de me seguir.

De alguma forma, isso me distraía ainda mais.

Quando o vi de novo, o evento estava acabando.

Acabei encontrando-o em um dos cômodos menores, sozinho com uma mulher. Eles estavam rindo juntos e, quando entrei, indiferente, para dar uma olhada melhor, fingindo endireitar um quadro na parede, percebi que a reconhecia.

Ela tinha cabelo vermelho-escuro e pele clara, mas luminosa. Era linda e bem jovem.

Era uma cantora famosa. Eu sabia o nome de, no mínimo, três músicas dela, então ela era *bem* famosa. Era uma dessas estrelinhas que sempre estão conectadas romanticamente a outras celebridades.

E, no momento, parecia estar bastante interessada no meu ex-marido.

Não conseguia me lembrar se eles já tinham saído juntos em sites de fofoca. Embora quisesse fingir que não acompanhava, eu era tão atualizada que me lembraria se houvesse conexão.

A garota era muito jovem. Uns dezenove anos, se me lembrava direito. Não era jovem demais para fazê-lo rir nem para gostar do que quer que ele estivesse dizendo para dar risada, e encostar no braço dele várias vezes e, em geral, parecer extasiada em ter a atenção dele.

Me virei e saí. Não precisava ver, ouvir, nem pensar nisso de novo.

Não consegui, no entanto, manter a boca fechada por nem um segundo quando ele se aproximou de mim de novo, muitos minutos depois.

— Meu Deus, era ruim antes de você ser famoso. Agora você deve ter que afastá-las com um bastão. Ou não, acho. Há bastante de *você* para todas elas.

Sua expressão, que estava sorridente e clara, ficou pálida.

— Acho que não queremos falar disso. Nenhum de nós dois.

Revirei os olhos, porque não era uma competição. Sua porta giratória do quarto e a minha trancada nem estavam na mesma categoria.

— Posso perguntar se isso é ciúme?

Me arrepiei.

— Não, não pode. Faça o que você quiser. Não é da minha conta.

Comecei a andar e passar por ele, porém ele segurou meu braço, me virando devagar de volta para ele.

— Isso é um convite. Fazer o que eu quiser, hein? Vamos voltar para o seu quarto de hotel. Neste exato segundo.

Revirei os olhos, arranquei meu braço de sua mão e saí batendo os pés.

Capítulo Onze

TRISTAN

Ela demorou horas para terminar, porém esperei pacientemente. Melhor esperar horas ali do que dias, semanas e meses em outro lugar. E, apesar de tudo que havia acontecido, eu não tinha dúvida de que havia uma possibilidade real de ela apenas me ignorar de novo, se eu não pressionasse a questão naquele instante, naquela noite.

— Isto não pode ser conveniente para você — ela me disse com ousadia, enquanto eu segurava a porta aberta para ela. Mesmo sua caminhada, manca e tudo mais, era atrevida. Me senti ficando duro.

— Isto não é questão de conveniência, na verdade, é? — perguntei a ela, incisivo.

Ela não respondeu, só cruzou os braços à frente do peito e me encarou.

A galeria compartilhava um estacionamento com o Resort Cavendish, então presumi que ela tivesse um quarto lá para passar a noite, já que com certeza era tarde demais para voltar para Vegas.

— Vamos conversar no seu quarto — falei com um sorriso, observando-a para ver uma reação pela qual eu estava bem empolgado, considerando que sabia que não seria positiva.

Ela me olhou com malícia, e eu enfiei as mãos nos bolsos, meu pau latejando impiedosamente.

— Claro que não vou te levar lá. Nem ferrando.

Tentei não deixar meu sorriso se abrir demais.

— Vi uma cafeteria vinte e quatro horas quando vim para cá, a uns cinco minutos daqui.

Ela concordou com os olhos estreitos e me deixou levá-la para lá.

Nos encaramos através de uma mesa minúscula e pedimos cheeseburgers. A mesa era tão estreita que nossas pernas teriam encostado uma na outra, se eu não estivesse com as minhas bem abertas, deixando as dela entre elas.

Era surreal apenas podermos nos encarar sob luzes brilhantes e implacáveis.

Claro que Danika não precisava de boa iluminação. Ela era perfeita, mesmo sob as mais severas condições. Tão linda que meu peito estava doendo tanto que minha mão o esteve massageando por um minuto antes que eu me desse conta e a baixasse. E o tempo todo, só fiquei absorvendo a imagem dela.

Havia muitas mudanças chocantes e drásticas e similaridades dolorosas e deturpadas entre a garota e a mulher. A garota tinha sido brincalhona, fresca e linda como uma flor recém-florescida. A mulher era discreta, elegante e tão extraordinária, de cortar o coração, que eu teria desistido de outra parte da minha alma só para continuar olhando para ela.

Não conseguia acreditar que ela tinha me deixado tomá-la de novo. Mesmo ao me lembrar com clareza do encontro, de como ela havia me deixado entrar nela — nu, me deixando gozar nela, pele com pele, me deixando me esvaziar bem fundo dentro dela —, quase senti como se tivesse sonhado a coisa toda.

Foi tudo que fizemos por muito tempo, apenas nos encaramos. Eu estava hesitante a ser o primeiro a falar. Quanto mais rápido conversássemos, mais rápido isso acabaria, e eu estava satisfeito em arrastar isso até o amanhecer.

— Será que os hambúrgueres daqui são bons? — ela finalmente perguntou. — Porque estou te avisando, agora mesmo, que não vou desperdiçar calorias em um sanduíche ruim.

Sorri com carinho para ela.

— O que foi? Acha que vou ficar chateado com você se não comer a comida que pediu? Está me confundindo com o abusivo Ike Turner?

Ela abafou uma risada, então se recusou a olhar para mim por um tempo, sem falar também, apenas encarou as mãos em seu colo, enquanto eu me maravilhava de como até a curva de sua sobrancelha era simplesmente adorável.

Bem devagar, fechei as pernas até meus joelhos tocarem os dela. Coloquei a mão debaixo da mesa, segurando suas mãos cerradas.

Seu peito estremeceu quando ela respirou bem fundo.

— E aí, o que estamos fazendo aqui? Me conte como enxerga isto acontecendo.

Eu não tinha certeza de qual versão dar a ela, mas achava que não deveria começar com a verdade brutal. Amenizei o máximo possível, entrando em puro modo sobrevivência.

— Acho que a gente deveria voltar a ser amigos. Vou te falar um oi no trabalho, compramos coisas para comer e fazemos o outro rir, essas coisas.

— E o resto? O que aconteceu na fazenda, na galeria. Qual é a sua solução para isso?

Fazer isso em toda chance que tivermos, dia ou noite, até desmaiarmos ou, inferno, até capotarmos e morrermos.

Tive uma versão bem vívida, porém curta demais dela esparramada nua naquela mesa, recebendo cada centímetro do meu pau, não apenas recebendo, implorando por ele. Imaginei que minhas chances de transar com ela de novo naquela noite eram quase nulas, mas eu podia sonhar.

Sorri de forma agradável.

— A bola está na sua quadra. Se você quer platônico, posso fazer isso.

— Acho que seria o melhor.

Tentei manter a expressão neutra.

— Tudo bem. Acho que é bem óbvio, vou aceitar o que puder.

— Quer ouvir minha teoria sobre aquela insanidade de mais cedo?

Suspirei. Sabia que não iria gostar do que ela tinha a dizer, mas a deixei.

— Quero, mande.

— Acho que é um tipo de instinto de sobrevivência, alguma coisa biológica, física, que aparece quando estamos perto um do outro, porque nunca tivemos um desfecho de verdade, então nossos corpos querem grudar um no outro, porque ficamos preocupados de nunca mais termos a oportunidade. Não dá para cortar alguém da sua vida assim e não ter um desfecho. Precisamos de um desfecho.

Queria citar meu terapeuta para ela. Ele sempre dizia que desfecho era um mito, ou pelo menos no que as pessoas o transformaram, mas fiquei quieto, porque queria que ela se agarrasse a essa teoria dela. Essa teoria era minha aliada. Com certeza isso a fez mudar de ideia depois de todos esses anos.

Quer dizer, eu detestava a teoria, e pensava que era besteira, mas não estava em posição de discutir. Se eu pudesse ter dito o que queria sem assustá-la, já teria enfatizado que seria sempre assim entre nós, sempre haveria a vontade de tocar, de sentir o outro de todas as formas que um humano poderia sentir o outro, dentro, fora, de corpo e alma.

Mas eu não podia falar o que queria. Ainda não.

Passo um: voltar à vida dela.

Todo o resto era secundário. O resto viria com o tempo, se Deus quisesse.

— Talvez seja bom a gente colocar algumas regras, como só sair com uma terceira pessoa, um tipo de acompanhante.

Meu sorriso pareceu que queria craquelar meu rosto. Não gostava nada, nada, dessa ideia.

— O que você achar melhor.

Ela suspirou, como se estivesse em conflito quanto a isso.

— Nós dois somos adultos maduros. A gente não deveria ter que recorrer a uma babá.

Isso, isso.

— Vamos nos comportar. É simples assim.

O caralho que é, pensei, dando a ela meu sorriso mais brando. Eu não era tão otimista para pensar que conseguiria transar com ela de novo em breve, mas passei bastante tempo planejando como a faria me deixar comer sua boceta. Me lembrei de que ela ficou bem receptiva depois de eu ter caído de boca nela por uns minutos.

Tive uma breve e intensa fantasia em que eu enterrava o rosto entre suas pernas e a fazia enlouquecer. Queria prová-la, mesmo que fosse só por um instante. Precisava saber se me lembrava até daquele último detalhe tão bem quanto pensava. Quanto será que durava a memória de uma língua? Queria muito descobrir.

Minha mente vagou para nosso encontro mais cedo. Tinha sido muito incrível. A sensação de suas paredes quentes se fechando em mim. Meu Deus, eu precisava me conter.

Não conseguia acreditar que, mesmo sentado ali, meu pau ainda estava coberto com a prova do que fizemos. Isso me fez pensar no quanto essa não poderia ser uma causa perdida.

Comecei a bolar formas de ir junto com ela para seu quarto de hotel.

Ela ainda estava falando, e tentei fingir que não estive sonhando acordado com as coisas de que ela estava falando sobre nunca mais fazer.

— Não preciso de conflito, preciso de paz. Não preciso de caos, preciso de ordem. Estou falando de necessidades, não de vontades, não de desejos. E você precisa entender isso. Precisa respeitar.

Eu a fiz olhar para mim, direto nos olhos, quando falei:

— O que você precisar que eu seja, serei. O que quiser que eu faça, o que a gente precisar para fazer isso acontecer, vamos fazer. — E foi quando falei isso que percebi que não conseguiria seduzi-la de novo tão cedo, com certeza não naquela noite.

Precisava ligá-la a mim de novo com mais do que o sexo mais incrível da vida.

Precisávamos nos tornar melhores amigos de novo. Sim, era assim que faríamos isso. Eu precisava me tornar tão essencial em sua vida que ela não conseguisse se imaginar se afastando.

Queria fazê-la ceder.

Precisava fazê-la ceder.

Fosse com omissão, evasiva, friamente calculada ou apenas pura força de vontade, eu estava determinado.

Ela tinha construído uma barreira contra mim. Uma barreira que me parecia estar entremeada em sua alma.

Por anos, eu havia pensado que aquela barreira era invencível. Mas algumas palavras, alguns breves encontros, tinham me mostrado que a barreira não era de pedra, mas de vidro.

Queria destruí-la e fazê-la ceder, e destruir qualquer coisa que ficasse no meu caminho. Ia estilhaçar todas as coisas que ela usava para nos manter separados. Esse tinha se tornado meu único propósito. E, se ela falhasse em ceder, em se render, eu me destruiria no processo.

Estava preparado para isso. Naquele momento da minha vida, com o que eu havia aprendido com nossa separação, eu estava disposto a arriscar.

— Então, é bem óbvio que você nunca vai me ligar. Vamos começar com pequenos passos. O que acha de só começar a atender quando eu te ligar?

Ela mordeu o lábio por um minuto, então assentiu.

— E a gente trabalha no mesmo prédio, então que tal eu te visitar às vezes para falar um oi e você não chamar a segurança ou, inferno, o nosso chefe, para me fazer ficar longe?

Isso me fez ganhar um sorriso arrependido e outro sim.

— E me deixe te acompanhar para o seu quarto de hotel. A gente pode dormir de conchinha por algumas horas, sem gracinhas. — Sorri. Ela diria não, mas seria atrevida e fofa, então tentei mesmo assim.

Ela revirou os olhos, um canto de sua boca bonita se erguendo.

— Não vai rolar.

— Bem, eu precisava tentar.

Nossos cheeseburgers chegaram, e comemos. Devia estar bom, porque ela comeu inteiro, desperdiçando muitas de suas calorias do dia nele.

Também terminei o meu, mas não saberia dizer se estava bom. Eu estava distraído demais, focado demais nela, até para reparar que estava comendo e a comida acabar. Eu tinha devorado o sanduíche e as batatas.

Ela balançou a cabeça para mim, ainda comendo o seu.

— Deve ser legal poder comer o quanto quiser de qualquer coisa e ainda ter um corpo perfeito.

Sorri para ela, a palavra corpo me fazendo pensar em nada além do que o meu poderia fazer com o dela.

— Passo três horas na academia todos os dias. Pesos e calorias andam de mãos dadas. — Flexionei um pouco os braços, adorando a forma como isso chamou a atenção dos seus olhos e os fez brilhar. Só com Danika o assunto sobre musculação virava preliminar.

Pedi um milkshake quando ela terminou o hambúrguer. Ela recusou a sobremesa, embora tenha olhado a minha com avidez quando chegou.

Era de banana, não o sabor real de banana, mas o artificial.

Eu sabia que esse era seu tipo preferido de milkshake. Só tinha pedido isso para enrolar e arrastar mais a noite, mas, quando vi uma chance de atormentá-la, aproveitei com alegria.

Dei um gole grande, gemendo, apreciando, como se fosse o melhor milkshake que eu já tinha tomado, embora mal tivesse sentido o gosto.

— Quer um pouco?

Ela balançou a cabeça com teimosia.

— Um gole não vai afetar sua dieta.

Deslizei o copo em sua direção, e ela provou. Pelo visto, estava bom, porque ela apenas continuou tomando e, como ela sempre dizia, não desperdiçou calorias em uma comida ruim.

Ela finalizou a coisa toda, depois me culpou por tê-la deixado tomar.

— Agora terei que ficar mais na academia amanhã.

— *Eu* poderia te proporcionar mais exercício hoje. — Mesmo que estivéssemos no modo amizade no momento, que mal faria flertar?

Claro que, se ela tivesse aceitado, nada na Terra poderia ter me impedido de seguir com isso.

Infelizmente, ela não aceitou. Em vez disso, me olhou em desafio.

Pedi torta de cereja à moda da casa, só para continuar arrastando a noite, então fiquei falando do quanto eu adorava comer torta.

Só para fazê-la rir.

E fiz. E sua risada me deixou feliz, como sempre deixava. Em seguida, pedi café, e ela também pediu uma xícara.

Eu estava cheio, mas pedi omelete em seguida.

Então ela percebeu, cruzando os braços à frente do peito.

— Estou cansada. Preciso dormir, em algum momento, ainda *esta noite.*

— Quer que eu vá dormir desnutrido? Me deixe terminar só isto aqui, aí te levo de volta.

Terminei o omelete, e todos os acompanhamentos que vieram com ele, me forçando até o último pedaço.

— Vai voltar de avião ou de carro para Vegas? — perguntei a ela, quando finalmente a levei de volta para o hotel.

— Meu voo é de manhã. Cedo.

Assenti. Eu tinha ido de carro, já que essa viagem havia sido de última hora; eu havia ficado sabendo da exposição na manhã anterior. Além disso, gostava de dirigir. Se pensasse que tinha alguma chance, teria feito um esforço de verdade para ela ir de carona comigo.

— Bem, vou sair de manhã. Me avise se perder o voo ou, se só quiser dormir mais, pode vir comigo.

Ela não respondeu. Eu não tinha achado que responderia.

Eu a levei de volta e peguei um quarto para mim.

Me virei e revirei a noite toda, obcecado pelo fato de ela estar sob o mesmo teto, em algum lugar.

Capítulo Doze

DANIKA

Eu tinha comprado uma casa no ano anterior, menos de dois meses depois de ter me mudado para Las Vegas.

Foi uma ação estranha, porque nunca nem tinha pensado em comprar uma casa. Estava de boa em só alugar.

Mas ganhava um bom dinheiro e tinha acabado de começar a procurar casas, pensando em criar raízes. Bem rápido, encontrei um lugarzinho fofo em Seven Hills. O trajeto não era ruim para o trabalho. O trânsito era um sonho, comparado ao que eu estava acostumada em Los Angeles, e minha localização me dava algumas opções de rota, se eu pegasse horário de pico.

Era uma região silenciosa e, na maior parte do tempo, meus vizinhos ficavam na deles.

A vizinha tinha, tipo, uns trinta gatos, mas isso não me incomodava. Eu não tinha animais de estimação, mas os *adorava*, então, quando me dei conta, já estava comprando comida de gato e colocando na minha varanda dos fundos, descaradamente alimentando os felinos, para que eles gostassem de mim.

Eu viajava demais para ter meus próprios animais, então apenas pegava alguns emprestados às vezes.

Havia um laranja malhado e um persa dos quais eu particularmente gostava, e esses tinham até entrado na minha casa.

Eu tinha um futuro promissor como velha dos gatos.

Voltei à cidade há dois dias e ainda não havia tido nenhum contato com Tristan. Eu tinha voltado direto para o trabalho e sabia que Tristan teve sua apresentação nas duas últimas noites.

Em alguns dias, eu gostava da solidão tranquila da minha casinha em Seven Hills. Em alguns dias, não tinha nada que amasse mais do que chegar em casa do trabalho, colocar um moletom, pegar meus amigos peludos e me deitar com um bom livro, me desligando de tudo, me perdendo no mundo da fantasia. Nada ganhava, em relação à distração, de um livro que te fazia viajar nele.

Eu não estava sentindo tanto essa necessidade de solidão naquela noite. Não estava no clima para ler ou pegar gatos emprestados.

Na verdade, me sentia tão solitária que me vi fazendo uma coisa que quase nunca fazia.

Entrei no Facebook.

Era minha conta pessoal, então não havia muita novidade. Eu tinha duas solicitações de amizade, mas só uma delas fez meu coração acelerar. Cliquei em confirmar nas duas antes de me convencer do contrário.

Menos de dois minutos depois, um número vermelhinho apareceu acima da minha caixa de mensagens e, sem respirar, cliquei nele.

Tristan havia me deixado uma mensagem curta.

Tristan Vega: Valeu por aceitar minha solicitação de amizade. Juro dar o meu máximo para não enviar a você muitas fotos de pau.

Isso me arrancou uma risada surpreendente, depois um sorriso que simplesmente não sumia.

Danika Markova: Que fofo. Como você é cavalheiro.

Tristan Vega: Por muitas quero dizer mais de uma dúzia, só para não poder dizer que não te avisei.

Danika Markova: Não me faça procurar o botão de desfazer amizade.

Mandei como brincadeira, mas sua resposta foi efusiva e arrependida.

Tristan Vega: Desculpe. Estava só brincando.

Danika Markova: Eu também só estava brincando.

Tristan Vega: Você tem algum plano para o fim de semana?

Suspirei, sem saber o que dizer a ele, sem saber o que fazer. O que eu queria fazer e como precisava lidar com as coisas eram dois totais opostos no momento, ativamente trabalhando um contra o outro.

Danika Markova: Já tenho planos, sim. Como foi a apresentação da noite?

Tristan Vega: Boa. Quer almoçar amanhã, no cassino? Estarei lá cedo, e sei que você vai trabalhar.

Fechei os olhos, sabendo que deveria encontrar uma desculpa para dizer não. Precisava ir com calma e, se começássemos a nos ver todos os dias, isso não iria acontecer.

Ele estava entrando em uma grande parte da minha vida de novo, e eu sabia que não deveria encorajar. Ele pegava um quilômetro de cada centímetro que eu cedia. Sempre foi assim.

Ainda assim, disse a mim mesma que seria apenas um almoço. E, como ele já estaria lá, pareceria mais do que grosseiro recusar.

Danika Markova: Parece bom. Só me avise quando quiser ir. Minha hora de almoço é flexível.

Tristan Vega: Perfeito. Vou te mandar mensagem lá para o meio-dia, quando eu estiver perto.

Saí do Facebook logo depois, pensando em não entrar de novo. O tiro tinha saído da culatra bem rápido para mim. Mas mesmo achando isso, estava sorrindo.

Me vesti com cuidado no dia seguinte, querendo estar no meu melhor pelos motivos mais óbvios.

Eu adorava roupas, adorava moda. Sempre adorei, e meu senso de moda havia evoluído constantemente ao longo dos anos. Tinha um ótimo trabalho e não precisava gastar muito, então me satisfazia com isso.

Eu estive gostando bastante de plissados e golas na última temporada, tomando um pouco de preparação para meu traje de trabalho. Gostava desse estilo porque era fofo e feminino, mas ainda clássico. Minha barra, em geral, ia até o joelho ou mais baixa, minha gola era alta e, apesar de combinar tudo para complementar minha aparência, era muito discreto. Minha paleta de cor costumava ser neutra, com bastante creme, bege e cinza. Quando eu usava cores, eram em tons pastel.

Me vi comprando mais do que o normal nas últimas semanas, embora parecesse que minhas preferências de estilo tivessem mudado da noite para o dia (ainda mais depois do casamento).

Agora o que me chamava atenção eram decotes e barra mais alta. Um pouco mais de pele. Um vislumbre de cor vibrante. Ainda clássico, ainda profissional, mas com certeza reencontrei meu lado sexy.

Não precisava pensar muito para saber por que isso havia mudado para mim. Era desnecessário dizer que estive comprando bastante, atualizando meu guarda-roupa, modernizando-o um pouco. Minha sorte era que eu trabalhava em um prédio com algumas das melhores lojas da cidade. E Las Vegas era uma cidade com lojas maravilhosas.

Naquele dia, eu estava usando um blazer justo preto e uma saia plissada branca que ia até o meio da coxa. Mantive o blazer abotoado, porque só usava um sutiã rendado por baixo. Era bem discreto, contanto que o mantivesse abotoado, mostrando apenas um vislumbre de renda no decote.

Eu usava mocassins brancos de couro. Eram sem salto. Isso não poderia mudar.

Reparti meu cabelo no meio e fiz cachos grossos, então os abri um pouco. Minha maquiagem também foi bastante caprichada, com olhos escuros e lábios claros com gloss.

O tempo extra tinha valido a pena quando fui trabalhar me sentindo sexy. Orgulho era uma coisa perversa.

A manhã se arrastou e, logo antes do meio-dia, fui ao banheiro para retocar toda a maquiagem. Era tolice, mas, mesmo que fôssemos ser apenas amigos, queria estar no meu melhor diante de Tristan. E, por meu melhor, quero dizer sexy pra caramba.

Foi Frankie que entrou andando na galeria às onze e quarenta e cinco, mais ou menos.

— Detesto ser a estraga-prazeres para você — gritei para ela, sorrindo —, mas tenho noventa e nove por cento de certeza de que algum animal selvagem comeu a parte de baixo de metade da sua regata.

Ela sorriu com pesar.

— Você só está com inveja porque o seu trabalho exige uma vestimenta que não inclui regatas que mostrem a barriga. Me lembro de você exibindo a parte de baixo do seu seio uma ou duas vezes, ou já se esqueceu?

Eu não havia esquecido. Ainda tinha algumas blusinhas assim, para os dias chuvosos aleatórios dentro de casa.

— Tristan vai encontrar a gente no restaurante — ela continuou. — Me convidei para almoçar com vocês. Espero que não se importe.

Balancei a cabeça com os olhos arregalados.

— Nem um pouco. É uma ótima ideia.

Ela deu risada.

— Bem, sua reação foi melhor do que a do Tristan, pelo menos. Na verdade, ele ameaçou começar a fazer as tatuagens em outro lugar. Dá para imaginar?

Corei, grata pela ideia de ele querer almoçar apenas comigo. Mas, de novo, sabia que estava sendo tola. Idiota, até.

Dizer que estava em conflito em relação a Tristan era o eufemismo da vida.

— Onde vamos almoçar? — perguntei a ela, indo pegar minha bolsa. Acenei para Sandra antes de começarmos a andar. Frankie, naturalmente, foi mais devagar por mim. Ela estava acostumada ao meu andar lento.

— No mexicano. Onde mais? Adoro comer *enchilada* quando estou com Tristan, porque aí ele sempre comenta como a faz muito melhor, então eu o obrigo a cozinhar para mim. Funciona cem por cento das vezes. Experimente. Veja se estou errada.

Só balancei a cabeça para ela e sorri.

Parecia encrenca para mim. Não ajudou o fato de salivar só de pensar nele cozinhando.

Estávamos sentadas e conversando quando Tristan apareceu ao meio-dia em ponto. Estávamos em um banco, então ele teria que se sentar ao lado de uma de nós. Apertou-se ao meu lado, jogando um braço nas costas do meu assento.

Corei quando ele falou baixinho no meu ouvido:

— Meu Deus. Você está linda.

Tentei pedir uma salada, mas isso causou um acesso de raiva em Tristan.

— Não me fale da porra da sua dieta de novo — Frankie se intrometeu, ficando do lado dele.

Fiz uma careta e dei de ombros.

— Deve ser bom não ter que fazer dieta e manter o corpo, como vocês dois, mas não é assim que funciona para mim.

Tristan ignorou totalmente isso, então pediu *tamales* mexicanos para todos nós.

— É o melhor prato deles. Vá por mim.

— Eu estava desejando as *enchiladas* — Frankie reclamou.

— Bem, então venha jantar na minha casa hoje, antes da minha apresentação. Eu cozinho...

— Combinado — ela declarou antes mesmo de ele ter terminado de falar.

— Vocês duas — ele adicionou.

Eu estava olhando para o cardápio, mas senti seus olhos em mim.

— Ah, bem, obrigada pelo convite, mas tenho planos para a noite. — Foi péssimo, mas foi o melhor que pude fazer às pressas.

— Ah, é? E quais são os seus planos? — Tristan indagou e, se estava tentando disfarçar o tom tenso em sua voz, estava fazendo um trabalho bem ruim.

Olhei para ele, que pareceu se controlar diante dos meus olhos.

— Uma próxima vez, então — ele me disse.

Dei de ombros, me recusando a me comprometer com qualquer coisa.

Foi uma refeição estranha, embora não pudesse negar que estava agradável. Ele era grande e o banco, não, então ficamos sentados com os quadris encostados e comemos e tiramos sarro com Frankie por uma boa hora.

Foi como ser transportada de volta no tempo. Eu não sabia o que sentir quanto a isso.

Frankie foi direto para o estúdio depois de terminarmos, mas Tristan me acompanhou de volta ao trabalho, andando devagar ao meu lado, com as mãos nos bolsos da calça. Ele estava bem-arrumado, com terno todo preto, sem gravata. Os efeitos foram devastadores, embora eu tentasse não pensar neles.

— Você está todo arrumado hoje. Qual é a ocasião? — perguntei, meu tom neutro, meus olhos famintos.

— Não gostou? Sei que não é fã da minha camiseta e calça jeans de sempre.

Minha boca se curvou quando lancei a ele um olhar de canto de olho.

— Eu gosto, sim, mas por que você diria isso? Nunca, na vida, reclamei da forma como você se veste.

Ele deu de ombros, mexendo em sua gola.

— Não deixei de observar que você só sai com executivos. Do tipo que veste ternos, não jeans.

Parei para dar total atenção a ele.

— Não me diga que você se vestiu assim para mim.

Ele pareceu claramente desconfortável e deu de ombros de novo.

— Uso terno às vezes. Não é grande coisa.

Começamos a andar de novo. Meus olhos estavam grudados no tapete do piso do cassino. Tinha estampadas elaboradas de azul e dourado, muito bonito, mas, de alguma forma, conseguia parecer com o piso de todos os cassinos em que já estive. Por que era sempre assim? Por que todos eles pareciam a mesma coisa? Será que eram as máquinas caça-níqueis, os sons, a vista?

Percebi que estava tentando me distrair e parei.

— Eu *sou* fã de camiseta e calça jeans, Tristan.

Ainda mais quando estavam no corpo espetacular *dele*, mas com certeza não iria lhe contar isso.

Ele parou de repente, olhando para mim, como se eu fosse reagir a alguma coisa.

Eu não me importava com a aparência. Algo nisso me assustava. Me ameaçava ou, no mínimo, ameaçava o meu bem-estar.

Olhei em volta. Estávamos perto de umas máquinas de caça-níqueis e, à nossa esquerda, havia um banheiro feminino.

Meus olhos se arregalaram, depois se estreitaram.

Comecei a andar de novo.

Em minha cabeça, eu tinha automaticamente me acostumado a passar por aquele lugar, bem como eu pensei que iríamos passar em seguida.

Havia lembranças naquele lugar, lembranças que tive que empurrar para bem fundo da minha mente, para me manter sã.

— Você se lembra…?

— Não. Não vamos fazer isso. Não vamos fazer uma visita ao passado. Simplesmente não vamos. Ficou claro?

Ele suspirou, porém concordou.

Mas eu me lembrava. Ah, Senhor, como me lembrava.

Me lembrava tão bem que me fez prever que, no futuro bem próximo, naquela mesma noite, na verdade, quando eu fosse para casa sozinha, iria para a cama sozinha, e iria fantasiar, com obsessão, sobre transar naquele banheiro mais de seis anos atrás.

Andamos o resto do caminho em silêncio, mas ele não me deixou na entrada, me seguindo até meu escritório.

Fui e parei à minha mesa alta de projeto, olhando para baixo, sabendo que tinha coisas a fazer, mas incapaz de me concentrar em qualquer coisa relacionada ao trabalho.

Me esqueci, por um instante, de qual era meu trabalho.

— O que você está fazendo? — perguntei a Tristan, que estava na minha sala, encostado na parede, apenas olhando para mim.

— Quero cozinhar para você. Quando pode ir a minha casa para jantar?

Eu deveria ter recusado, mas algo que ele havia dito e algo que eu tinha ouvido me deixou curiosa demais para deixar passar a oportunidade de perguntar.

— Sua casa? — questionei. — Ouvi um boato bem estranho de que você mora no cassino.

Sua boca se ergueu apenas o suficiente para vislumbrar uma covinha.

— Meu contrato exige que eles mantenham um quarto disponível para uso pessoal pela duração da apresentação. É uma suíte, minha própria suíte particular, para noites que acabam tarde, mas não é onde moro. Tenho, sim, uma casa, perto de Seven Hills.

Arregalei os olhos, porém não contei a ele que também morava naquela direção. Então ele faria perguntas e acabaria descobrindo exatamente onde, e eu não precisa disso além de todo o resto.

— O que acha de amanhã? — ele perguntou, enfiando as mãos nos bolsos.

Balancei a cabeça, admirando o caimento de seu terno. Era incrível como vestia bem nele, com aqueles bíceps gigantes, sensuais e tudo o mais.

— Não. Não. Está parecendo um encontro. Não estamos saindo. Amigos não marcam um encontro.

— Frankie vai à minha casa hoje, sozinha, e eu vou cozinhar para ela. É a mesma coisa que estou propondo a você para amanhã. Vai dizer que estou saindo com Frankie?

Em relação a argumentações, ele ganhava o prêmio de melhor argumento de merda.

Tive uma ideia.

— Aposto que Estella também vai, então isso deixa as coisas bem diferentes.

— Não vai. Estella é ocupada. Hoje à noite, somos só eu e Frankie, já que você se recusou a ir.

— Falei que tenho planos.

— Tá bom, tudo bem. Então venha amanhã. Um jantar amigável. Você pode ver minha casa. Não está curiosa sobre minha casa?

Com certeza estava. Ele me conhecia muito bem. Eu estava bastante fascinada em ver em que tipo de lugar ele acabou arrumando, onde ele chamava de lar agora.

— Amanhã não é uma boa para mim, de qualquer forma — restringi.

— Então, na noite seguinte. É melhor, na verdade. Vou estar de folga nessa noite. Amigos jantam juntos. É assim que amizade funciona. Agora *me* ajuda aí.

Fechei os olhos, analisando.

— Tá bom, tudo bem. Depois de amanhã, vamos ter um jantar platônico, e vou conseguir ver sua casa.

— Obrigado — ele disse, mais perto agora.

Abri os olhos para olhar para ele.

Suas mãos foram para as lapelas do meu blazer, alisando-as distraidamente.

— Vai sair com aquele cara hoje?

— Não vou falar dele com você. É fora dos limites.

— Ele sabe sobre mim? Contou para ele que você e eu...

— Pare. Pare neste instante ou eu desisto.

Ele fechou os olhos e respirou fundo.

— Desculpe. Tem razão. Não posso fazer isso. — Ele os abriu de novo e se concentrou no meu blazer ou, para ser mais exata, nos botões dele.

Rápido como um flash, e descarado pra caramba, ele o desabotoou, prendendo a respiração com o tecido minúsculo que havia debaixo dele.

Dei dois passos rápidos para trás, abotoando-o de novo às pressas.

Ele passou a mão pelo cabelo, arregalando os olhos.

— Porra. Você usa com frequência essas coisas para trabalhar?

Dei de ombros de uma maneira não comprometedora.

— Porra. Bem, *isso* mexeu com a minha cabeça. O que posso fazer para você me deixar ver isso de novo? — Ele sorriu. — Mal consegui olhar. Se vou fantasiar sobre isso hoje, seria legal ter uma visão bem clara.

Apontei o dedo para a porta, tentando esconder meu sorriso.

— Você precisa ir, antes de se convencer a me cozinhar para jantar daqui a uns dias.

Ele xingou, lançou um olhar cômico de desejo que me fez tentar não rir e foi embora.

Capítulo Treze

DANIKA

Me vesti com cuidado na manhã do meu "não encontro" com Tristan. Claro que me vesti. Sempre investia tempo e cuidado em parecer bem arrumada para o trabalho, mas, naquele dia, acordei uma hora mais cedo do que o normal, me arrumando mais e escolhendo minhas roupas com um fogo vertiginoso na barriga.

Escolhi uma saia-lápis cor de creme que chegava até alguns centímetros acima do joelho e uma blusa lavanda de gola alta de seda justa com um recorte no ombro que revelava um pouco de pele, e um mínimo de decote. Também deixava meus braços nus, a parte de cima das costas e a parte superior das minhas laterais.

Quando unido a um blazer creme combinando, ficava bem profissional. Quando tirado, bem sexy.

Fiquei feliz.

Reparti o cabelo ao meio e o puxei para trás em um coque baixo. O estilo sério destacou os meus olhos. Uma sombra pesada e esfumada deu a eles um brilho extra. Um lábio rosa-claro finalizou o visual.

O trabalho passou como uma lesma, mas era esperado. Compensei bastante ao ficar tão ocupada quanto humanamente possível, ajustando detalhes para várias exposições que não precisavam ser feitos por mais um mês.

Kate e Sandra, as duas mulheres que trabalhavam na galeria comigo, ambas meio-período, pareciam saber que estava acontecendo alguma coisa comigo.

Sandra, que me conhecia havia anos, me encurralou no meu escritório e buscou informação descaradamente.

— Então, Kate me contou que Tristan Vega passou aqui ontem, que ele foi na sua sala.

Ergui a cabeça do que estava fazendo para lhe lançar um olhar bastante neutro.

— Sim, ele veio aqui rapidinho.

Sua cabeça se inclinou com curiosidade, e ela continuou me analisando.

— Ele vai comprar alguma peça? É com isso que você o está ajudando?

Suspirei. Dizer que queria evitar essa conversa como a praga seria um eufemismo.

— Estou meio ocupada. É urgente? E há um motivo para você estar perguntando?

— Ah, desculpe, não — ela respondeu, parecendo que eu tinha acabado de explodir sua bolha.

Éramos amigas e, se sua curiosidade natural tivesse sido sobre qualquer outra coisa com exceção de Tristan, provavelmente eu teria falado.

Me senti uma idiota, mas foi necessário. A última coisa que eu queria era que começassem boatos sobre mim e Tristan.

Eu costumava ficar no trabalho até as seis, e naquele dia não foi diferente. Fiquei até as cinco em ponto, sem tirar nem um intervalinho, como de costume.

Foi quase uma tortura ter que esperar e, quando chegou a hora de ir, tive que conter a vontade de correr para o carro.

No caminho todo para lá, fiquei me perguntando: O que você está fazendo? Por que concordou com isso, independente da justificativa? Independente da tentação. Isso não se encaixava em nenhum dos meus planos, em pequena ou grande escala.

Ir até lá para ele cozinhar para mim. Só ele e eu, sozinhos.

Sem pretextos, ou nenhum do qual eu conseguia me convencer de que não fosse falso.

Como poderíamos chamar isso de qualquer coisa além de encontro? Como poderíamos fingir que *isso*, dentre todas as coisas, era puramente platônico?

A fachada suja que estávamos chamando de amizade estava logo se limpando, antes mesmo de começar de verdade.

Eu estava decepcionada comigo mesma, porque aquele pretexto, se não desse em mais nada, me deixaria ter mais tempo com ele.

Meu autocontrole, diante dessa paixão feliz, não tinha nenhuma chance.

Sua casa era intimidadora, mas eu deveria ter previsto isso. Era de conhecimento comum que ele tinha contratado um dos melhores engenheiros da cidade e que o pagava muito bem por seu talento.

Tinha seu próprio portão e um longo caminho até a casa de verdade. Caramba, ele devia estar nadando na grana. Era um conceito difícil de entender. Fomos tão jovens e pobres juntos, no passado.

Ele me encontrou na porta antes mesmo de eu bater. Sorriu para mim. Eu o observei. Ele estava usando uma bata branca aberta no pescoço, com as mangas arregaçadas, mas ainda era uma bata. E calça social. Era tão estranho que apenas olhei, indignada, para ele por um instante. Onde estava meu roqueiro de jeans e camiseta?

— Você está maravilhosa — ele me disse, se curvando para beijar minha bochecha sem que eu previsse. Ele se aproximou e se afastou em um segundo, rápido demais para eu abrir exceção.

— Você também — respondi entre lábios dormentes e uma garganta seca de repente. — Acabou de chegar de uma reunião ou algo assim?

— Não. Estou cozinhando há horas. — Ele me puxou para dentro.

Fui logo atacada pelo cheiro divino das *enchiladas* de morrer dele. Não estou brincando, quase comecei a babar, a boca se encheu de saliva e a mandíbula se abriu, ansiosa.

— Meu Deus! — falei, com os olhos arregalados. — Já estava me convencendo de que eu havia inventado esse cheiro na minha mente, mas ele existe mesmo.

Seu sorriso foi brincalhão.

— Você está perdendo, linda. Sinta-se à vontade para me usar para cozinhar quando quiser.

— O tour pela casa será antes ou depois de comermos?

— Depois. A comida já está pronta. E, adivinhe, *tortillas* caseiras.

Fechei os olhos, como se ele estivesse falando sacanagem comigo.

Ele continuou:

— *Pico* e guacamole do zero. E a sobremesa é surpresa.

O homem era diabólico.

Comemos em sua sala formal de jantar. Era um cômodo lindo, enorme, com seis metros de pé-direito e uma decoração ultramoderna. Um dos quadros espetaculares de Bianca estava pendurado na parede.

Dava para ver que ele tinha segundas intenções, com um enfeite de centro de flores frescas e velas acesas em todo o cômodo. Ele havia arrumado a mesa comprida e preta com guardanapos de pano, dobrados com cuidado, e uma louça muito bonita.

Ele me colocou na ponta da mesa, se sentando à minha direita, e não me deixou levantar um dedo para pegar a comida, me servindo como se eu fosse da realeza.

Eu não teria ficado surpresa se ele tentasse me dar comida na boca, mas, graças a Deus, não tentou.

Tivemos um momento constrangedor quando tirei meu blazer e ele deu uma olhada na minha camisa. Sim, a lateral do meu seio estava aparecendo e, sim, eu sabia que isso o deixaria louco.

Mas passamos por isso, depois de alguns minutos em que todo o oxigênio desapareceu do ambiente, e ele apenas me encarou como um homem faminto.

Olhei para minha comida e comecei a comer.

Ele ainda sabia cozinhar bem pra caramba. Me vi fechando os olhos a fim de saborear cada pedaço e comer bem mais do que eu precisava, sendo que quase nunca me alimentava por prazer. Gostava de pensar em comida como combustível para meu corpo e comia de acordo com isso, porém a comida de Tristan sempre jogava essa minha teoria pela janela.

Não olhei para ele enquanto comia. Já era bem ruim eu ter cedido para estar ali, mas descobrir que ele ainda me observava como costumava fazer não ajudaria em nada minha paz de espírito.

E, se ele fosse indiferente agora, bem, não tinha dúvida de que seria ainda pior.

— A comida está boa? — finalmente me perguntou, seu tom um pouco rouco.

Apenas assenti, embora boa fosse o maior eufemismo do mundo.

Após me empanturrar, me obriguei a soltar o garfo. Limpei a boca com um dos guardanapos chiques de tecido, ainda sem olhar para ele.

— Obrigada, Tristan. Você foi muito gentil em cozinhar para mim, mas é melhor eu ir, na verdade.

— Espere, você não pode ir — ele soltou, com um toque de pânico na voz.

Um toque de desespero em seu tom fez meu coração palpitar e, enfim, o olhei.

Ele estava me observando, sua expressão disfarçando neutralidade, exceto por seus olhos, que estavam implorando para mim de uma forma que eu nunca conseguiria resistir.

— Por que não posso? — enfim perguntei, após nos encararmos por um período desconfortavelmente longo.

— Você não pode pular a sobremesa.

— Acho que não consigo comer nem mais uma garfada. Você sabe que eu nunca consigo parar de comer suas *enchiladas* até ficar empanturrada.

— Então fique um pouco, e aí vou servir a sobremesa quando você estiver a fim.

— Tristan... — comecei.

— Por favor. Só fique um pouco. Que mal vai fazer? Podemos assistir aos novos episódios de *Caindo na real* e só relaxar. Sem gracinhas. Me sento em um sofá diferente, se você quiser. Só quero ficar um pouco com você, como nos velhos tempos. Como amigos.

O tom de súplica que ele usou me convenceu. Eu nunca conseguiria falar não para esse homem.

— Fiquei sabendo que saíram novos episódios. Ainda não consegui assistir. São bons? — Tínhamos assistido às antigas temporadas, no mínimo, uma dúzia de vezes cada e falamos as partes engraçadas um para o outro tantas vezes que eu nem conseguia contar. Era uma série a que eu não havia conseguido assistir sem pensar nele, então a evitei de propósito nos seis últimos anos.

— Também não assisti. Não teria sido engraçado sem *você*.

Mordi o lábio e sorri com pesar para ele.

Tínhamos destruído *tantas* coisas um para o outro.

— Jerry me contou que são bons — comentei. — Não dá para comparar com o original, mas são bons, foi o que ele disse.

— Vamos compensar um episódio ruim dessa série com um episódio bom de qualquer outra coisa.

Sorrimos.

Como se tivesse sido inevitável, me vi relaxando no sofá em uma sala de TV aconchegante, bem ao lado de sua cozinha, e assistindo à série com ele.

Ele se comportou no início, até se sentou em outro sofá, como prometido.

Mas não durou muito.

Eu achei mesmo que duraria? Melhor não pensar nisso.

— Relaxe, ponha os pés para cima — ele comandou, quando já havíamos assistido a dois episódios, e eu ainda estava sentada com os pés apoiados no chão, as mãos no colo.

Seu sofá de plush era enorme, e eu estava fazendo um esforço para me sentar ereta nele. Coloquei os pés para cima, porque era mais confortável, e estava começando a me sentir ridícula.

Começou outro episódio, nós dois estávamos rindo, quando ele foi se sentar aos meus pés.

Lancei um olhar de alerta para ele.

— Ah, relaxe. Não vou te atacar.

Me senti boba e voltei a atenção para a TV. Estava segurando minha barriga e rindo quando ele começou a massagear meus pés. Seu toque era firme, atingindo exatamente o lugar certo, então, quando olhei para ele a fim de dizer para parar, minha boca já estava meio aberta de prazer.

— Tristan... — tentei alertar, mas poderia facilmente ter saído como uma súplica.

Ele manteve os olhos na tela, me ignorando totalmente de qualquer forma, e continuou massageando.

Basicamente, eu estava molenga e relaxada em seu sofá quando ele foi para o outro pé e, quando sua mão se ergueu para massagear meu joelho ruim, eu estava acabada.

Foram mais três episódios, o tempo todo com suas mãos prazerosas massageando meu joelho, meus calcanhares, meus pés, quando ele se moveu para se deitar atrás de mim, seu braço envolvendo minhas costelas, me abraçando.

— Tristan… — sussurrei. Nem sabia o que estava tentando dizer a ele, quanto mais como deveria mesmo ser dito.

— Por favor — ele sussurrou. — Me deixe abraçar você só por um instante. Mais nada.

Mais nada, exceto por *tudo*. Pensei, minha mente ficando enevoada.

Ele estava pressionado nas minhas costas, então eu conseguia sentir que ele queria fazer mais, mas não fez. Apenas me abraçou e não foi só por um instante, mas por muitos instantes e, para cada segundo, eu *estremecia.*

— Obrigado — ele disse no meu cabelo após um tempo, beijando suavemente a lateral da minha cabeça.

Ele se levantou e foi para a cozinha, porém voltou rápido para se sentar aos meus pés e continuou a massagem.

A casa foi logo preenchida pelo cheiro de cookies assando.

— Ai, meu Deus — reagi, de alguma forma faminta de novo. — É de gotas de chocolate?

— Você já sabe.

Olhei para ele e sorri, e suas mãos congelaram.

Comecei a balançar a cabeça quando vi seu olhar, porém ele ignorou, se movendo para se deitar atrás de mim. Se pressionou em mim, um braço à minha volta, e sua mão grande foi para minha barriga e começou a massagear. A acariciar.

Ergueu minha camisa e apertou a pele sobre minhas costelas, então serpenteou a mão para baixo na minha saia a fim de massagear a pele em volta da minha virilha. Fiquei ali deitada, rígida, porém tremendo.

Em certo momento, sua mão desceu o suficiente para encostar em uma cicatriz, e aquele pequeno desconforto foi suficiente para me dar força de vontade.

Seus dedos começaram a sentir a cicatriz rígida, como se para determinar o que era, quando segurei sua mão e a tirei.

Sua voz estava rouca e preocupada.

— Danika, o que foi...

— Não quero falar sobre isso.

O *timer* do forno começou a apitar, e me levantei, indo me sentar à mesa redonda menor.

Eu o ouvi quando entrou na cozinha, mapeei cada movimento enquanto ele tirava os cookies e os colocava em uma bandeja.

Olhei para minhas mãos o tempo inteiro.

Ele se juntou a mim na mesa, colocando a bandeja enorme de cookies bem diante de mim. Se sentou ao meu lado e, no segundo em que o fez, na lateral da minha perna esquerda, começou a massagear meu joelho.

Isso me fez olhar para ele, o que tenho certeza de que era o objetivo.

— O que... — ele começou a perguntar de novo.

— Não. — Balancei a cabeça e tentei parar a mão no meu joelho. Mas ele era persistente e apenas continuou massageando. — Não vou fazer isso. Agora temos um relacionamento com limites. Tristan. Não vou te dar o que você quiser, sempre que quiser, só porque sou incapaz de te dizer não. Eu mudei e você mudou, e precisamos ter regras, se formos ficar juntos desse jeito.

— É, sei disso, mas só queria saber o que era aquilo...

— Não — repeti, com firmeza. Não ia hesitar nisso. — Me recuso a falar disso e, em primeiro lugar, suas mãos não deveriam ter ido lá.

Ele cerrou a mandíbula, e vi uma luz de seu agora raro comportamento brilhar em seus olhos, mas ele os fechou depressa, escondendo-a, apagando-a.

— Está bem — ele disse finalmente. — Vou parar.

As coisas ficaram rígidas depois disso. Comi dois dos cookies deliciosos, então falei para ele que precisava ir embora. Ele não protestou, só fez uma marmita de cookies para eu levar.

— Ah, não precisa…

— Leve — ele resmungou. — Eu os fiz para você. O mínimo que pode fazer é fingir que os quer.

Assenti e os peguei. Ele me acompanhou até a porta, depois até meu carro. Abriu a porta do motorista para mim, mas, então, bloqueou minha entrada.

Pegou com cuidado os cookies da minha mão, colocando-os em cima do carro. Se virou para mim, depois, de leve e devagar, me abraçou. Me abraçou debaixo dos braços e me ergueu nele. Me colocou em seu pescoço, e meus braços subiram para sua nuca, me segurando, já que meus pés tinham, claramente, saído do chão. Ele colocou os lábios na minha têmpora e só ficou ali parado.

Nenhum de nós disse uma palavra, mas não nos soltamos. Ficamos bastante tempo assim.

Só pensei nisso quando estava quase chegando em casa, mas ele não me deu um tour de sua casa. Droga, agora eu teria que voltar.

Capítulo Catorze

DANIKA

Ele passou na galeria de novo na manhã seguinte, vestido de terno.

De novo.

Eu estava no escritório, parada em frente à minha mesa alta de trabalho enquanto me organizava para o dia.

Olhei para o relógio.

— Não é muito cedo para você?

Ele deu de ombros, me encarando.

Foi uma encarada intensa demais, e olhei para minhas mãos enquanto mexia em uns papéis.

— Venha jantar na minha casa hoje. Tenho uma nova receita que quero que você prove. — Não havia pergunta em sua voz.

Balancei a cabeça.

— Você sabe que isso é um erro.

Sua risada foi baixa e meio amarga.

— *Eu* não sei disso. Venha para casa comigo hoje. Vamos direto daqui.

— E deixar meu carro? Como vou para casa? E como venho trabalhar amanhã?

— Vou te trazer quando voltar para a apresentação ou quando você quiser, para onde quiser. Só quero dividir um jantar. Que mal há nisso?

Tentei lançar a ele um olhar severo. Nenhum de nós era ingênuo a ponto de pensar que deixar meu carro ali acabaria em apenas um jantar.

— Aceito, mas vou no meu carro.

Ele sorriu, exibindo as covinhas grandes e felizes, e entendi sua jogada. Ele tinha pedido demais para eu conceder mais do que havia planejado.

Ele havia parado bem atrás de mim. Fechei os olhos quando ele se pressionou aos poucos.

— O que está fazendo? — perguntei, minha voz falhando.

— Shh, querida, só me deixe fazer isso. Eu preciso — ele falou na minha têmpora, então me beijou ali.

Deixei.

Ele cobriu minhas mãos com as suas e, mesmo assim, não as tirei.

Eu não tinha certeza do que ele estava tramando, do que pretendia, e não sabia o quanto o deixaria continuar, até onde permitiria que fosse. Nossas mãos se separaram quando Sandra colocou a cabeça dentro da sala, quebrando o encanto com eficácia. O que foi constrangedor, mas de uma forma boa.

— Hum, desculpe, mas você tem uma chamada na linha um. — Ela desapareceu.

— Preciso trabalhar — eu disse a ele.

Ele deu um passo para trás.

— Até mais tarde.

E saiu.

Tentei me obrigar a ligar para ele e cancelar, mas meu dia de trabalho acabou e me vi dirigindo para a casa dele, em vez de para a minha.

Ainda estava com minhas roupas do trabalho. Era um traje de negócios, um detalhe sexy em um simples vestido curto azul-marinho, com uma barra mais curta, e a gola aberta revelava meu decote até a renda do sutiã. Tinha retocado a maquiagem antes de sair do escritório.

O pretexto de isso ser platônico era frágil demais. Eu acreditava menos nisso a cada minuto.

Ele me encontrou na porta com outra camisa e calça social. Eu queria mesmo saber por que ele tinha passado a se vestir assim, mas o teimoso não me dava uma resposta direta.

Compartilhamos outra refeição espetacular, um linguine caseiro com molho pesto cremoso.

Presumi que ele tivesse apresentação naquela noite, mas, conforme o tempo foi passando, ele começou a falar sobre assistir a mais episódios comigo.

— Você não precisa voltar logo para o cassino?

— Não, não tenho apresentação hoje.

Isso me deixou perplexa, já que eu era bem familiarizada com a agenda dele. Essa não era uma das noites normais sem apresentação.

— Como assim?

Ele só deu de ombros.

— Tenho um bom contrato e, às vezes, se precisar de uma noite de folga, consigo facilmente.

Eu não queria, mas isso me aqueceu dos pés à cabeça.

Fiz companhia para ele na cozinha, enquanto ele fazia uma sobremesa completamente desnecessária.

Começou fazendo bolo de chocolate do zero, e me sentei no balcão e o observei, fascinada como sempre em vê-lo trabalhando na cozinha.

Ele me lançou um sorriso de lado.

— Amor, precisa parar de me olhar assim se não quiser que eu estrague a sobremesa.

— Não me chame assim — eu disse fracamente.

Seu sorriso cresceu quando ele se virou de costas para sua tarefa.

— Verdade. Você prefere pudim. Lembrei agora. Tenha cuidado com esses olhares, pudim.

Isso fez meus punhos se cerrarem, porque me trouxe lembranças, e me fez perceber que, toda vez que ele usava seus agrados comigo, *meus* agrados, trazia lembranças. Aquelas lembranças iriam derrubar todas as minhas defesas depressa. Isso não podia acontecer.

— Boo, amor, pudim. Você precisa parar com todos esses apelidos — eu disse, mantendo a voz firme.

— Agrados.

— Bem, pode chamar do jeito que quiser, mas pare com isso. — Eu nem tinha certeza de por que me incomodava. Ele claramente não estava entendendo.

Parou o que estava fazendo e se virou para mim.

— Isso é alguma aposta? Quer tanto assim que eu pare?

— Ah, não. Você não vai transformar isso em uma aposta.

— Se você ganhar, paro de te chamar desse jeito. Se eu ganhar, você para de reclamar quando acontecer.

— Nada disso. Já falei que não vou cair nessa.

— Aposto uma colher de canela com você.

— Como assim? É alguma metáfora ou um tipo de desafio?

— Um desafio. Você come uma colher de canela e vence.

— Eu não sou você, Tristan. Posso negar um desafio.

— Prove.

— Agora está me desafiando a não aceitar o desafio? De qualquer forma, vou aceitar o desafio. Você está armando para mim.

— Bem, aceite o desafio da canela e vou parar.

Parecia fácil. Meus olhos se estreitaram nele.

— Só uma colherzinha? Nem uma colher de sopa?

Ele sorriu, mostrando cada dente branco.

— Você não assiste muito ao Youtube, né?

— Não, mas o que isso tem a ver?

Ele mordeu o lábio e balançou a cabeça.

— Tá bom, quer saber? Vou fazer.

Sua reação ao meu consentimento foi de pura alegria.

Isso deveria ter me dado uma pista, mas, droga, sou tão teimosa quanto ele, aquele maluco desgraçado.

Primeiro, ele garantiu que houvesse um copo de água por perto.

Falou enquanto pegava a canela:

— As regras são as seguintes: nada de água por um minuto, e a colher cheia precisa ser engolida nesse tempo. Se cuspir ou beber a água, você perde. Se engolir, vence. Alguma pergunta?

Eu o estava analisando, ficando mais paranoica a cada segundo, mas será que era tão difícil assim? Uma colher de chá, uma pequena e minúscula colher de algo que eu adorava?

— Não. Vamos lá.

Sem pensar muito, peguei a colher e a canela da sua mão e me preparei.

— Você se importa se eu filmar? — ele perguntou. Já parecia que estava tentando não rir.

— Isso não fazia parte do acordo.

— Tenho que te alertar, vai queimar sua garganta e pode ser que você vomite.

Eu o ignorei, enfiando a colher na boca, planejando engolir com rapidez.

Nem tinha tirado a colher quando a canela estava espirrando da minha boca e do nariz quando comecei uma série de tosses dolorosas. Estiquei a mão para pegar a água, dei um grande gole e também cuspi.

Parecia que minha garganta estava queimando, meus olhos lacrimejavam e as lágrimas desceram em segundos.

— Ai, meu Deus, está queimando! — arfei, bebendo água de novo. Fiz isso três vezes, então comecei a procurar papéis-toalha. Quando não os vi de imediato, fui até Tristan e comecei a esfregar a língua em sua camisa muito bonita.

O desgraçado merecia coisa até pior.

Ele ria tanto que estava curvado.

— Odeio você — disse a ele.

— Ei!

— Isso é nojento. Está grudado no céu da minha boca! Eca!

Fui até a pia e bebi mais água, então voltei à sua camisa para esfregar a língua novamente.

— Meu nariz está escorrendo! Minha boca está queimando!

Demorou um tempo, mas, quando me senti bastante recuperada, dei a volta por ele.

— Foi horrível. Não posso acreditar que me fez fazer isso.

Seus olhos estavam brilhando; ele não conseguia parar de sorrir.

— Sabe que adoro você, mas às vezes gosto só de te torturar. Me deixa feliz.

Eu não sabia o que responder a isso. Foquei na parte ofensiva e ignorei a parte que fez meu coração idiota bater mais forte.

— Bem, não precisa parecer satisfeito com isso!

Lá estava, aquele sorriso encrenqueiro.

— Ah, boo, dentre todas as pessoas, você já deveria saber que não é assim que eu fico quando estou satisfeito.

Imagino que acabei caindo nessa. Com raiva, corei.

— Não use esse tom comigo — alertei, mas foi tão fraco que eu sabia que não o perturbaria.

Assistimos à série enquanto o bolo assava. Ele se comportou, ficando em seu lado do sofá. Nem precisei insistir. Ele apenas ficou. Fiquei olhando-o, desconfiada, o tempo inteiro, sem acreditar.

Estávamos comendo o bolo de chocolate quando o flagrei me encarando.

Não apenas encarando. Me devorando. Estava me olhando com um desejo descarado que eu não podia deixar passar. Não aguentaria tanto.

— Não me olhe assim — pedi, colocando o garfo no prato, minha voz se tornando tão fria quanto eu conseguia.

Ele continuou, até sua expressão se transformar em um sorriso caloroso demais e um olhar suave e carinhoso.

— Assim como? — perguntou, e eu soube que ele estava brincando comigo.

Nos torturando só para ter um gostinho das antigas sensações.

— Você sabe. Vou embora. Estou falando sério.

— Não estou fazendo nada. Eu só... senti saudade. Estou feliz por passar um tempo com você de novo.

Eu sabia que ele estava querendo alguma coisa.

— Não podemos voltar, Tristan. Não podemos ter nada disso de novo. Não podemos fingir que você é só você e que eu sou só eu. Há um histórico ruim demais entre a gente para ficarmos de fingimento.

Algo passou pelo seu rosto. Era difícil nomear todas as coisas que vi ali em apenas um breve vislumbre. Dor, arrependimento, esperança?

Ignorei tudo, mesmo que eu mesma também sentisse.

— É nostalgia isso o que você está sentindo. É passageira. Vai passar.

Ele engoliu em seco, parecendo angustiado por um instante antes de apagar todos os seus traços de novo para seu sorriso suave.

— Para você, talvez. Mas não para mim. Quer saber como eu sei?

Comecei a balançar a cabeça, mas a pergunta tinha sido retórica. Ele iria me contar mesmo assim.

— Porque nunca passou. Nostalgia sugere que os sentimentos vão voltar, e eles não podem fazer isso, quando *nunca foram embora*.

Eu não conseguia respirar.

Me levantei, então comecei a olhar em volta, tentando me lembrar de onde tinha deixado a bolsa e do que precisava para sair dali.

Ele se levantou, suas mãos erguidas à frente, como se fosse implorar.

— Desculpe. Passei do limite. Vou me comportar, só não vá ainda, não assim chateada, tá bom?

— É melhor fazermos outra lista do que não dizer ou fazer, porque isso está saindo do controle.

Ele gargalhou por bastante tempo.

Eu não quis que isso saísse como uma frase de efeito, mas, caramba, *foi* uma frase de efeito. Balancei a cabeça e não consegui conter um sorriso.

— Estou dando o meu melhor aqui, mas você precisa me prometer que vai se controlar. Sem mais olhares desse tipo, tudo bem?

Ele não hesitou.

— Sim, é, claro. Posso fazer isso. Só não me ignore de novo.

Terminamos o bolo, e ele me acompanhou até o carro. Até que se comportou, sem me beijar, me abraçando em seu peito por um longo instante. Inspirou fundo uma vez, como se estivesse prestes a dizer alguma coisa, porém se conteve.

— Ainda sinto gosto de canela — eu disse no seu peito.

Ele deu risada, e eu sorri.

Já estava me aconchegando na minha cama quando percebi que ainda não havia tido o tour da casa dele.

Capítulo Quinze

DANIKA

Ele passou na galeria no dia seguinte, querendo me preparar um jantar de novo.

Eu recusei. Não foi fácil. Nem para me obrigar a fazer isso ou fazê-lo aceitar.

Concordei em compartilhar uma rápida refeição com ele após meu turno e antes de sua apresentação, mas só dali a três dias, e não na casa dele, mas em algum lugar público.

Não era o que ele queria. Estava acostumado a grandes concessões da minha parte, porém aceitou, acreditando que eu estivesse determinada.

Fiquei aliviada quando fez isso, porque minha determinação estava mais frágil do que ele pensava.

Fiquei meio chocada, e nada feliz, quando não tive notícias dele por aqueles três dias. Isso mexeu com minha cabeça, e me perguntei se tinha sido sua intenção, porque me fez ficar *obcecada* por ele mais do que nunca.

Me fez desejar que eu não tivesse falado três dias. Ele não precisou fazer nada além de ficar longe, e eu enxerguei o erro nas minhas decisões.

Por que eu tinha pensado que não queria vê-lo por três dias? Aquele curto período de tempo com o silêncio da parte dele me fez perceber que eu não esperava não o ver naqueles três dias, e foi por isso que tinha sido tão fácil. Ele talvez estivesse fazendo um jogo ao manter distância, mas eu claramente estava fazendo um joguinho quando falei para ele fazer isso. Eu teria chamado de jogo de "quem quer mais?" se tivesse que dar um nome.

Quão rápido voltamos aos antigos e viciantes padroes. A parte assustadora disso era que, mesmo olhando por esse ponto de vista, eu não pensava muito em não o ver de novo.

Claro que passei por grandes dores para estar no meu melhor

depois daqueles três longos dias. Cabelo: solto, liso e, depois, dando uma bagunçada. Maquiagem: olho escuro e pesado e lábio rosa suave.

Estava usando um vestido máxi plissado com um cinto fino dourado. Era tão longo que quase arrastava no chão. Era confortável, mas o tecido fino e transparente e a parte acinturada o faziam se agarrar ao corpo de um jeito que o elevava de casual a sedutor.

Era um visual bem tendência no momento, mas conseguiu me deixar sexy e feminina.

Fiquei feliz de ter tido esse trabalho quando Tristan pôs os olhos em mim e sua expressão ficou um pouco perdida. Ele entrou no meu espaço pessoal em um flash, se esquecendo do restaurante, se esquecendo do mundo, embora fosse apenas um abraço bem rápido. Ainda assim, durou bastante tempo para ele aproveitar.

— Você ainda é a coisa mais bonita que eu já vi — ele disse no meu ouvido. Virou a cabeça, beijou minha bochecha, então deu um passo para trás, seu rosto com a expressão neutra de volta.

Estávamos sentados na churrascaria de luxo do cassino. O restaurante ficava do lado de Tristan do cassino, e a recepcionista o conhecia de vista.

Pedi um pequeno corte de costela prime, e ele pediu um grande. Então só olhamos um para o outro.

Analisei seu terno feito sob medida, me perguntando o que havia acontecido com seu guarda-roupa. Eu tinha visto muitas fotos dele ao longo dos anos, e ele nunca se vestiu do jeito que estava toda vez que eu o via ultimamente.

Até seu outdoor lá fora o estampava em seu jeans matador e camiseta básica de sempre.

— Está vestido assim para a apresentação? — perguntei.

Ele deu de ombros.

— Claro. Posso me vestir como quiser para isso. Eu que mando.

Lancei a ele um olhar nivelado.

— Tudo bem, e qual é a das roupas? Você está sempre arrumado quando te vejo.

— Você também.

— Me visto assim para trabalhar. Não tenho escolha.

Ele deu de ombros de novo.

— Também sei me vestir profissionalmente.

Uma coisa que ele havia dito antes me veio à mente.

— Você falou uma coisa, há uns dias, sobre eu sair com executivos. É tudo por causa disso? Está se vestindo assim só para mim? Me diga que estou imaginando isso.

— Você está imaginando isso.

Eu o encarei.

— Me diga se estou ou não. Não apenas repita o que falei.

Ele puxou seu colarinho, claramente desconfortável.

— Não é grande coisa. Só quero que veja que consigo ser amável e compreenda que já não sou o cara que fui há seis anos.

Inspirei fundo algumas vezes, minha expressão tão rígida que parecia que meu rosto iria craquelar.

— Tristan…

Nossa comida chegou, e comecei a cortar a carne.

— Como falei, não é grande coisa. Vamos esquecer isso. — Ele pausou. — Venha assistir à minha apresentação hoje.

Mordi os lábios.

— Não, obrigada. — Nem conseguia inventar uma desculpa.

Ele comeu um pouco, olhando para cima para me observar enquanto mastigava.

Por fim, limpou a boca e perguntou:

— Você não fica nem um pouco curiosa para ver?

Ponderei por um minuto.

— Já vi. É muito bom, incrível, na verdade, mas você sabe disso.

Ele só piscou para mim, depois me encarou por muito tempo.

— Você foi mesmo? Tenho que dizer que não esperava por isso. Quando foi? E onde se sentou?

Encarei-o de volta.

— Você faz perguntas muito esquisitas. Por que se importa onde eu me sentei?

— Isso vai me dizer que tipo de apresentação você viu, e uma apresentação pode ficar bem diferente, dependendo de onde se senta. E quando... Bem, é claro que quero saber quanto tempo demorou para sua curiosidade te vencer.

— No meio, terceira fileira. Foi há quase um ano, só alguns meses depois de eu ter me mudado de volta.

Ele me analisou por um minuto, então voltou a comer.

— São ótimos assentos. Mas vou te colocar no balcão da próxima vez. É uma experiência totalmente diferente.

Tínhamos quase terminado de comer até um de nós falar de novo.

— Você estava sozinha? — perguntou, uma tensão em sua voz.

Dei um grande gole na água e terminei de mastigar a comida.

— Como assim?

— Quando foi me assistir. — Ele falou bem devagar, degustando as palavras, como se não soubesse se queria mesmo saber. — Você estava sozinha, quando me assistiu, na terceira fileira, no meio?

— Não. — Eu o observei quando respondi e percebi que se encolheu.

Eu era familiarizada com o que ele estava pensando e sentindo naquele instante. Tinha pensado e sentido o mesmo quando assisti à sua apresentação, às partes da performance com uma mulher com quem ele esteve dormindo por *anos*.

— Não acho que deve ter sido com Bev nem Frankie, né?

Por que parecia traição, quando eu olhava para isso com as lentes dele? Por que parecia que eu precisava me explicar?

Porque eu sabia, mesmo na época, que ele queria que eu o visse se apresentar, mas também sabia muito bem que ele não iria querer que eu estivesse com outro homem quando o fizesse.

De repente, me senti horrível por isso, o que era idiotice. A sensação não era racional, mas era poderosa. O suficiente para eu sentir a necessidade de lhe dar uma desculpa.

— Ele me surpreendeu com os ingressos. Esse foi o único motivo de eu ter ido te ver.

Ele cerrou a mandíbula e jogou seu guardanapo na mesa, com as narinas infladas.

— E, por ele, você quer dizer…

— Sim, Andrew.

— Não. Por favor, não fale o nome dele para mim.

Isso me fez arrepiar.

— Diminua o tom, tá bom? Não faça a pergunta se não quer a resposta. Você mesmo não tem sido um anjo. Na verdade, se formos registrar, você tem *muito* mais nomes na sua conta que eu nunca vou querer ouvir você pronunciar.

Ele não disse uma palavra, mas seus olhos gritavam para mim. Esse era um assunto nocivo, para nós dois, e precisávamos melhorar muito para evitá-lo.

Quando ele finalmente falou de novo, seu rosto estava recomposto, e sua voz, calma.

— Bem, você precisa me ver de novo, sozinha. É só isso. Vou te colocar no balcão hoje.

— Que tal eu ir te ver, mas em uma noite em que você esteja se apresentando com alguém com quem nunca transou ou está transando?

Saiu cruel, mas era assim que eu queria. Isso era cruel para nós dois. E eu não iria ver outra apresentação dele com a porra da Mona o ajudando.

Ele respirou fundo.

— Meu Deus, não estou transando com nenhuma das assistentes, se é isso que você quer dizer.

Firmei minha mandíbula antes de conseguir dizer o nome dela.

— Nem com a Mona?

Ele se encolheu, e tive que me conter para não gritar um imaturo "a-ha".

— Nem com ela.

Bem, já era alguma coisa, mas com certeza não era tudo. "Não estar transando" era muito abrangente. Podia significar que ele tinha parado no dia anterior, até onde eu sabia.

— Eu também disse "com quem *já transou*".

Ele pareceu infeliz.

— Tudo bem, vou te colocar no balcão em outro dia, quando ela não for trabalhar, mas quero passar na sua casa quando eu acabar hoje.

— Não. — Não expliquei nem dei uma desculpa.

— Vamos brincar de "me conte alguma coisa".

— Meu Deus, quase me esqueci desse jogo idiota. — Lutei para não sorrir. — Mas não.

— Quero conhecer sua casa. Quero o tour.

Bufei.

— Não vai rolar. Estive na sua casa duas vezes e nem vi o primeiro andar. Você não vai ter um tour da minha até eu ter um tour da sua.

— Tudo bem. Passe lá em casa hoje. Vou te dar uma chave, e você pode entrar e me esperar.

— Não.

— Tudo bem. De volta ao plano original. Vou passar na sua casa mais tarde hoje.

— Trabalho de manhã. Se quiser vir depois de uma apresentação, pelo menos faça isso quando eu tiver folga no dia seguinte.

Ele abriu um sorriso largo.

— Então amanhã à noite. É perfeito.

Eu o encarei. Ele tinha feito de novo. Essa tática parecia funcionar comigo todas as vezes.

— Você só consegue se safar com esse truque muitas vezes até eu parar de cair nele.

— Posso viver com isso. Vou apenas mudar para outro. Você só está se esquecendo de quantos truques eu tenho na manga.

Revirei os olhos, embora parecesse que não conseguia parar de sorrir.

Capítulo Dezesseis

DANIKA

Me vi desafiada com a questão de não me produzir para a visita dele. É claro que, quando ele aparecesse depois da apresentação, seria tarde da noite, e pareceria que eu estava me esforçando demais se ainda estivesse vestida para o trabalho.

Troquei de roupa quatro vezes nas horas em que o aguardava.

Além disso, digitei três mensagens para ele, cancelando nossos planos, porque o que tínhamos na cabeça? Nem era um jantar, o que já era bem ruim.

Era um convite descarado para sexo.

No fim, não enviei nenhuma mensagem.

Eu sou apenas humana, e queria vê-lo.

Por que ele tinha que ser tão divertido, além de tudo? Era injusto demais. E viciante demais.

Vesti uma calça de moletom e uma blusa de moletom com decote ombro a ombro cinza. Essa era a roupa número um, minha "já passou da hora de dormir e nem estou tentando ficar sexy para você". Prendi o cabelo em um rabo de cavalo bagunçado e me maquiei de um jeito que parecia que não estava usando maquiagem nenhuma, então me encarei no espelho de corpo inteiro no meu quarto por cinco minutos.

Fui ao meu escritório e trabalhei por menos de dez minutos até voltar ao closet e me trocar. Mudei para short branco, mas mantive a blusa. Essa era a roupa número dois: "estou malvestida, mas não significa que não possa estar meio sexy".

Essa durou menos de cinco minutos.

Troquei para um cropped que mal cobria meus seios (tive que revirar meu closet para encontrá-lo) e enrolei o cós do short branco, deixando-o minúsculo. Tirei o sutiã e soltei o cabelo. Essa era a roupa número três:

"vamos ver quanto tempo você dura até estarmos transando".

Essa roupa durou quase uma hora, e meu vibrador ganhou atenção de verdade só por causa de para onde minha mente foi quando imaginei como ele reagiria ao me ver vestida daquele jeito.

Enterrei aquela roupa de volta no meu closet após tirá-la.

Em seguida, vesti uma regatinha de renda, soltinha, rosa-claro com bojo, e encontrei (após procurar muito) meu antigo short preferido. Aquele que tinha "atrevida" na bunda. Eu o tinha desde sempre. Sabia que Tristan o adorava. Essa era a roupa número quatro: "sim, é sexy, mas pelo menos não tive que me masturbar por meia hora depois de vesti-la". Essa acabou sendo a vencedora. Deixei meu cabelo solto, passei brilho nos lábios três vezes no período de cinco minutos em que estava esperando Tristan, antes de ele aparecer de verdade.

Abri a porta com as mãos trêmulas e o coração acelerado. Sorrimos um para o outro. Ele parecia devastador demais, ainda de terno, e eu na minha roupa de ficar em casa escolhida a dedo e da qual ele tinha gostado assim que pôs os olhos.

Ele entrou sem falar nada, indo direto para a sala de estar, que era logo acessada pelo meu pequeno hall de entrada.

Tirou o paletó, de costas para mim, e o jogou no encosto de uma das poltronas. Arregaçou as mangas ao se virar de volta, então, olhando para mim, desabotoou os dois primeiros botões da camisa. Era azul-bebê a escolhida.

— Como foi a apresentação? — perguntei, sem fôlego.

Ele andou até mim e colocou as mãos nos meus quadris. Foi tão inesperado que me fez pular.

Ele abriu aquele sorriso de parar o coração.

— Relaxe. Só estou falando oi.

Com isso, ele me puxou para mais perto, colocando o braço em volta dos meus ombros, e beijou o topo da minha cabeça.

Como meu rosto já estava ali, deixei-o descansar em seu peito, esfregando a bochecha em seu peitoral musculoso. Mantive as mãos nas laterais do corpo, tentando me conter de alguma forma, não importava se de um jeito fraco.

Ele se afastou, depois deu um passo para trás e enfiou as mãos nos bolsos. Me observou, mantendo a expressão neutra.

Eu não tinha certeza do que fazer.

— Está com fome? — perguntei a ele.

— Se você for cozinhar, sim.

Eu o levei até a cozinha e comecei a tirar vários itens da geladeira. Sabia o quanto ele comia, então tinha planejado alimentá-lo, apesar de só ter preparado, não cozinhado de fato.

Ele fez um barulho de aprovação quando percebeu o que eu estava planejando e pré-aqueceu meu forno sem eu ter que pedir.

Afinal de contas, tinha sido ele que havia me ensinado a receita.

Ele me ajudou a rechear vários jalapeños e, depois, enrolá-los com bacon. Não conversamos muito. Não sei por quê, mas eu só estava aproveitando a companhia, mesmo em silêncio.

Depois de colocar os aperitivos no forno e acertar o *timer*, fomos para a sala de estar.

Ele se esparramou no sofá e eu me sentei em uma poltrona.

Sorrimos um para o outro.

"Me conte alguma coisa" era um jogo do nosso passado. Começou como algo que jogávamos pelo telefone quando estávamos namorando a distância e evoluiu para teste da mentira, em que mentíamos metade do tempo, só admitindo que era mentira quando pensávamos que tínhamos convencido o outro. Mas a melhor jogada era quando você dizia algo verdadeiro e era chamado de mentiroso. Nem sei por quê, mas nós dois decidimos que essa era a vitória de todas as vitórias. Acho que era o mais divertido.

Éramos esquisitos, mas era muito mais divertido ser esquisito quando se tinha um parceiro.

— Me conte alguma coisa — ele disse, terno.

Apoiei os pés na mesa de centro, mordendo o lábio. Não jogávamos havia tanto tempo; eu nem sabia por onde começar. Sorri quando pensei em uma informação boa.

— Sou grande fã do Josh Groban agora.

Ele soltou uma risada. Eu sabia que ele acharia isso engraçado. Esse tipo de música não era do gosto dele.

— Está me zoando. Essa é fácil. Mentira.

— Não estou brincando. Bev me viciou nele no ano passado. Não sou uma esnobe do rock, como você. Gosto de todo tipo de música.

Ele balançou a cabeça.

— Isso é conversa fiada.

— Esse é o seu veredito final? — perguntei, alegre.

Ele estreitou os olhos para mim. Eu o havia deixado perplexo.

— Bem, caralho, agora não sei se você está mentindo.

— O homem canta com o coração. Há muito poder na força dele. Me arrepia.

— Poooorra. Tá bom, agora você me deixou perplexo. Deixe-me pensar, deixe-me pensar.

Ele começou a alongar os ombros como se estivesse se preparando para um desafio.

Dei risada.

Apontou para mim.

— Fale o nome de uma música do Josh Groban.

Fingi ter que pensar.

— Hum, humm. Ah, já sei. *Remember When it Rained*.

— Ah, merda.

Sorri.

— Acho que você não conhece nenhuma música dele.

— Não, é claro que não. Mas essa música deve ser falsa. É bem o tipo de coisa que você inventaria. Parece inventada. Você está mentindo. Essa é minha resposta final.

Uni as mãos.

— *Errado*!

— Ah, porra. Escolha o prêmio.

— Vou escolher depois da sua vez e, no caso de eu perder, podemos cancelar um ao outro.

Ele balançou a cabeça, as duas covinhas aparecendo com força total.

— Cacete, não. Vou escolher um prêmio mesmo se você perder. Sabe que eu nunca me importo de pagar.

— Bem, então vou ter que pensar em alguma coisa mais especial para você.

Ele deu uma piscadinha para mim.

— Estou contando com isso. Tudo bem, humm, ah, sim, tenho uma. Comprei um quadro de você, da Bianca. Está pendurado no meu quarto.

Essa me deixou perplexa.

— Acho que é mentira.

Parecia fácil demais, porque não havia como ele ter uma daquelas pinturas. Eu que tinha organizado a exposição e cuidado das vendas de cada uma. Não havia como eu não ter visto se *ele* fosse um comprador.

— Você está usando um vestido vintage. Sei que se chama assim, porque veio um cartão com uma longa descrição da peça. O vestido tem muitas pérolas. É prateado, da cor dos seus olhos. Cobre até o pescoço, mas mostra seus ombros e, se eu não fosse pervertido, não teria que destacar que exibe um pouco da lateral do seio também. A lateral do seio mais espetacular do mundo, mas foram os seus olhos que acabaram comigo. Você sabe de que quadro estou falando.

Eu o encarei. Não havia como ele ter conseguido descrever aquela pintura, que dirá jurar que a tinha em sua casa.

— Não tem como, simples assim.

— Essa é a sua resposta?

Balancei a cabeça, encarando-o de novo.

— Acredito em você; só não sei como fez isso.

— Droga, você sempre foi melhor nisso. Venceu essa rodada. É verdade.

— Como?

— Terceirizei a compra. Me custou uma fortuna.

— Isso é loucura. Você nem estava na exposição.

— Ele me enviou todas as fotos, e escolhi no segundo em que a vi. Escolhi três, na verdade, mas essa foi a única que ele conseguiu antes que fosse vendida para outra pessoa. O babaca era lento pra caramba, considerando o quanto eu o estava pagando.

— Você sabe que isso é loucura, né?

— Sim. Agora me pergunte se eu faria de novo. — Seu tom tinha se transformado de brincalhão para tão gentil que não consegui olhá-lo nos olhos por um bom tempo.

Em vez disso, olhei para minhas mãos, torcendo-as sem parar.

Eu deveria tê-lo repreendido, só por princípio, mas não achei essa coragem em mim.

Meu coração *doía*. O que eu ia fazer em relação a ele? Em relação a *isso*?

— Sua vez, boo.

Demorou um tempo, mas me recompus, refreando as emoções imprudentes.

— Acho que vou continuar com meu tema musical hoje. Fato engraçado sobre mim: tenho três músicas sobre comer boceta na minha biblioteca musical. — Falei isso sem expressão e fiquei surpresa quando ele jogou a cabeça para trás, gargalhando.

Era oficial, eu ainda adorava fazê-lo rir.

— Aposto que você nem sabe o nome de três músicas sobre comer boceta. Na verdade, é isso: fale três.

— Humm? — Me fiz de boba.

— Fale três músicas sobre comer boceta que vierem à sua cabeça.

— *Birthday Cake*.

— Essa é uma.

— É boa. Você também adora. Admita.

— Comer a sua boceta? Com certeza. Adoro pra caralho.

Isso me fez rir e corei com vergonha.

— Mais duas, boo.

— *I Love the Pussy.*

— Isso não é uma música de verdade.

— É. *I Love the Pussy*, de Alpa Chino.

— Músicas falsas de filmes não contam.

— Contam. É uma música. Sei a letra. Consigo até cantar para você.

— Pagaria para ver.

— Eu teria que perder uma rodada para isso.

— Pode deixar. Tudo bem, essa vai valer. Mais uma música de boceta.

— *Pussy*, de Iggy Azalea.

— Nunca ouvi falar.

— Bem, pesquise. Música de verdade. Com certeza sobre comer boceta. Então agora que estabelecemos que sei o nome das músicas, o que você tem que se perguntar agora é: eu as tenho no meu iPod?

Ele franziu os lábios, mas não conseguiu esconder seu sorriso irreprimível, com suas covinhas irresistíveis.

— Tudo bem, acredito em você. Venceu esta rodada.

Tentei parecer inocente.

— Não consigo lembrar, isso significa que você também pode escolher um prêmio?

— Ha! Engraçadinha. Você conhece as regas. Sempre há um perdedor, o que significa que te devo duas e você me deve uma.

Joguei os braços para cima.

— Ah, tá bom. O que acha de cancelarmos, para variar? Nós dois vencemos.

— Claro que não. Já falamos sobre isso. Desista de voltar atrás, e vamos negociar. Eu vou primeiro. O meu é fácil. Cante aquela música de Alpa Chino para mim. Aqui e agora. Vamos ouvir.

Cobri o rosto com as mãos.

— Não vou fazer isso — disse a ele.

Ele estava mais perto quando falou:

— E eu vou gravar. Quero usar como meu toque de celular.

— Ai, Senhor. Isso é sacanagem.

Comecei a rir quando ele me pegou da poltrona, me carregando de volta para o sofá com ele. Me colocou de lado em seu colo, erguendo meu queixo com o dedo, seus olhos tão carinhosos que deixaram uma marca permanente em mim.

— Não vou te poupar na sua vez, se me obrigar a fazer isso — eu o alertei, erguendo a mão para tocar uma covinha amada.

— São só promessas. Comece a cantar, amor. E cante sexy.

Cantei mesmo para ele, mas foi o oposto de sexy. Não conseguia parar de rir durante a música idiota toda.

E ele não estava brincando, gravou de verdade, embora eu duvidasse que fosse conseguir me ouvir cantar na gravação, pois nós dois estávamos rindo muito.

— Tudo bem, sua vez. Dê o seu melhor.

— Só um prêmio apropriado me vem à mente. Vai me dever uma foto de pau.

Ele gargalhou, me tirando de seu colo e me colocando no sofá, e se levantou.

— Não precisa me pedir duas vezes. — Suas mãos foram para seu zíper.

Dei um tapa em seu braço.

— Não terminei. Não é qualquer foto de pau. Vou te mandar mensagem, pode acontecer a qualquer hora e, não importa quando for, você precisa ir a algum lugar privado, tirar uma foto do pau e enviar para mim.

— Que maldade. E se eu estiver no meio de uma apresentação? — Ele se sentou de novo, me puxando de volta para seu colo.

— Vai contar para minhas vitórias, os meus dois prêmios, então, mesmo se estiver no meio de uma apresentação, precisa fazer isso. Vai ter uma janela de dez minutos. E seu rosto tem que estar na foto. E precisa haver algo na foto com a data e a hora.

— Você é uma mulher diabólica, mas acho que tenho que fazer isso. Você mandou bem naquela música.

Seu dedo estava erguendo meu queixo de novo, seus olhos, sorridentes e calorosos, deixavam a marca em mim. De novo. Queria que ele parasse de fazer tudo isso. Primeiro, me distrair; segundo, ser atraente.

Eram mais armas de seu arsenal infinito.

— O que vou fazer com você? — perguntei a ele, com a voz e os pulmões sem fôlego.

Ele tirava o ar de mim. E a resistência.

— Isso me confunde — ele disse com um sorriso, embora sua voz rouca contradissesse a frase brincalhona.

Ele roçou o nariz na minha mandíbula, respirando em mim.

— Somos amigos, não é? Estamos indo bem, não acha?

O homem era exigente.

— Com base em quais critérios estamos julgando? Se ir bem significa que nós dois enlouquecemos de vez, então, sim, acho que estamos indo bem. Se estivermos nos baseando em sermos apenas amigos, estamos falhando de maneira épica.

Ele se afastou de mim e sorriu, apenas parecendo divertido com minha resposta, o teimoso.

— Não seja tão amarga. Estamos nos dando bem e estamos nos divertindo muito. Me diga que não sente saudade disso. Desafio você.

Não podia fazer isso, a menos que me tornasse uma mentirosa muito melhor nos cinco segundos seguintes e, quanto ao desafio, caramba, eu não ia cair nessa.

Capítulo Dezessete

DANIKA

Nós comemos enroladinho de bacon com jalapeño e, depois, só porque ele me perturbou, fiz um tour na minha casa.

Tinha me esquecido de que havia deixado o malhado laranja da vizinha entrar mais cedo, mas me lembrei disso quando estava mostrando a Tristan meu pequeno escritório, e o encontrei desmaiado de costas, dormindo debaixo da mesa.

Tristan, que amava todas as criaturas fofinhas, foi até ele com um sorriso, pegando o gato e o acariciando sem nem parecer perturbar o sono pesado do animal. Mãos mágicas e tal.

Ele olhou para mim, com o gato deitado em seus braços como um bebê.

— Qual é o nome?

Minha mente ficou vazia. Ele ficava ali em casa o tempo todo, mas eu só o chamava de gatinho e pensava nele como o malhado laranja.

Improvisei.

— Eu o chamo de Ruivo, por conta do pelo laranja.

Ele deu risada e me lançou um olhar estranho.

— Hum, Danika, este gato é fêmea. Como você não sabia que era uma gata?

Mordi o lábio, sem querer contar a ele. Era vergonhoso, mas fazer o quê?

— É a gata da vizinha. Só a deixo ficar por aqui quando estou em casa.

Ele colocou a Ruiva no chão, rindo tanto que ficou curvado.

— Ai, meu Deus! Você roubou a gata da vizinha?

Fiquei na defensiva.

— Peguei emprestada. E ela tem, tipo, trinta gatos. Duvido que sequer sinta falta dela. Viajo demais para ter meus próprios animais de estimação.

Ele só continuou rindo.

Após um tempo, comecei a rir com ele. Até eu conseguia enxergar que isso era engraçado pra caramba, e a piada era à minha custa.

— Viu, é por isso que é útil ter um homem — ele finalmente disse, indo se esparramar na cadeira atrás da minha mesa. Ele ficava ridículo nela; era tão pequena, e ele era o oposto. Na verdade, o cômodo inteiro de repente pareceu tão pequeno quanto o closet, com sua presença enorme o dominando.

— Não entendi — falei, irônica.

— Bem, só vou dizer isso. A vizinha maluca dos gatos é solteira, não é?

Assenti.

— O que foi? Acha que os gatos assustaram todos os homens?

— Ela não é solteira porque tem trinta gatos. Um aconteceu depois do outro, posso garantir. E, se ela tivesse um homem, ele teria impedido a louca dos gatos depois de, tipo, quatro ou cinco deles, no máximo. Viu só, pode ser útil manter homens por perto. — Ele mexeu as sobrancelhas, de um jeito sugestivo, me fazendo dar risadas, sem que eu pudesse evitar.

— Esse é um jeito interessante de pensar — arfei. — Aonde você quer chegar?

— Que você deveria me deixar morar com você. Sei que adora bichos de estimação, e eu cortaria as vontades loucas de ter gato antes mesmo de começarem. E eu cozinho.

Balancei a cabeça para ele, ainda sorrindo, enquanto saía do cômodo.

— Você é impossível — gritei para ele, indo pelo corredor, na direção da próxima parada do tour.

Nem precisava olhar, porque conseguia *sentir* sua presença atrás de mim.

Minha boca se curvou quando lhe mostrei meu quarto. Eu não o tinha arrumado, não havia feito a cama. Não era bagunceira, mas estava bagunçada naquela noite devido a todas as mudanças de roupa e à sessão de masturbação.

Seus olhos ficaram grudados na cama no segundo em que ele entrou no quarto. Segui seu olhar e soube na hora o que o tinha paralisado.

Eram lençóis baratos de algodão, mas a maravilha sobre o algodão era que, se você o lavasse muito, ficava muito, muito macio.

E eu amava aqueles lençóis. Eu os usava havia anos. Mas me recusava a pensar há quantos anos.

Eu tinha outros lençóis, lençóis bons, jogos muito melhores, na verdade, do que aqueles, mas aqueles eram os únicos que eu usava quando lavava as coisas boas.

Infelizmente, os baratos também eram diferenciados, brancos e estampados com botões de rosa amarelados e descoloridos.

Eu sabia, quando ele disse que viria, que acabaríamos ali em algum momento. Por que eu não havia trocado os lençóis?

E, claro, ele tinha percebido no mesmo instante, o desgraçado era bastante observador.

— Me lembro desses — falou, com veneração em seu tom. Ele foi direto para a cama, passando as mãos no tecido, se abaixando para enterrar o rosto nele. — Estávamos neles da primeira vez que... — Parou de falar.

— Eu sei. — Suspirei. Deveria ter tirado os lençóis. Agora ele iria falar de coisas que eu não estava pronta para falar.

— Venha aqui — ele disse, rouco.

Balancei a cabeça, mas ele não estava olhando para mim, sua bochecha pressionada em uma das fronhas de rosa amarela.

— Venha aqui — ele repetiu.

Mordendo o lábio, fui até ele.

Devagar, mas com firmeza, ele me puxou para me deitar ao seu lado, nós dois de costas, com as laterais de nossos braços se tocando.

— Lembra-se desses lençóis?

Engoli em seco.

— Claro que lembro. São *meus* lençóis.

— Lembra a primeira vez que fizemos amor?

Não deveria tê-lo satisfeito com isso, eu sabia, mas minha boca se recusava a ouvir meu cérebro.

— Me lembro de ter ficado por cima, e isso te irritou.

Ele sorriu, rolando de lado para olhar para mim. Seus olhos estavam tão suaves que meu corpo todo ficou suave com eles.

— Me lembro disso. Nossa, você estava cavalgando tão bem em mim, e eu sabia que você só estava tentando me deixar louco, mas, mesmo sabendo disso, funcionou. Porra, a melhor cavalgada da minha vida.

Corei e comecei a sorrir. Não consegui evitar. E não pude deixar de perguntar:

— Ah, é?

— Até aquele ponto. Mas você ainda não tinha acabado de me surpreender, e sabe disso, porque, da vez seguinte, foi ainda melhor.

— Colocamos as coisas nos eixos.

De repente, ele ficou tenso.

— Você os tem usado todo esse tempo em que estivemos separados?

Eu sabia o que ele estava perguntando.

— Só quando estou sozinha.

Mantive os lençóis fiéis a Tristan. Pode me zoar.

Éramos tão ferrados.

Ferrados pra caramba.

Sua mão foi para minha barriga, acariciando com um leve toque através da minha regatinha fina.

— Amo estes lençóis. Vou roubá-los quando você não estiver olhando ou até mesmo quando estiver, sabe?

Dei risada.

— Nem caberiam na sua cama. Só cabem em cama queen.

— Não ligo. Vou usá-los como cobertor.

Dei mais risada, então parei de repente quando ele se moveu e pairou acima de mim.

Eu o encarei, me perguntando quando eu tinha perdido a luta. Devia ter sido antes mesmo de começar. Por isso que Andrew nunca havia tido chance. Por isso ninguém nunca havia tido. Quem ganharia desse espécime de homem lindo e enorme?

Ele não tomou a iniciativa ou, pelo menos, não do jeito que eu estava esperando. Em vez de se abaixar em mim, ele ergueu a barra da minha regatinha, expondo minha barriga, então puxou meu short para baixo o suficiente, a fim de descobrir minha pele, da virilha à pelve.

Várias cicatrizes compridas e irregulares marcavam a pele ali. Elas tinham desaparecido mais do que eu havia esperado, mas, ainda assim, era impossível não as notar.

Ele correu os dedos por cada uma, sua expressão ficando bastante neutra, mas não tão neutra quanto a minha.

— Vai me contar o que são?

Eu não ficava feliz ao falar disso, mas estava ansiosa para encerrar o assunto.

— Não são nada. São bem superficiais — menti.

Nem um pouco superficiais.

Bem o contrário.

Aquelas cicatrizes eram profundamente prejudiciais.

— Do acidente? — ele perguntou, com a expressão ainda neutra.

— Sim. Só me cortei um pouco. Como falei, bem superficiais. Não machucou nada além da minha vaidade. — Devagar, porém com firmeza, puxei meu short para cima e minha regatinha para baixo a fim de cobrir as marcas.

Ele se sentou, esfregando a palma das mãos nos olhos.

— Sei que não é sua coisa preferida, mas a gente precisa conversar sobre umas coisas.

Isso me irritou. Não conseguíamos passar nem algumas semanas sem voltar a isso? Eu não conseguia me divertir, para variar? Mas mesmo enquanto pensava nisso, me lembrava de muitas coisas que estive morrendo de vontade que ele esclarecesse para *mim*.

Me levantei e comecei a andar de um lado para outro.

— Tudo bem, você quer conversar? Então vamos conversar. — Meu tom era tenso, e meus braços estavam cruzados diante do peito, como se eu estivesse pronta para a guerra.

Porque estava.

Continuei andando enquanto perguntava:

— Você deu uma surra no Milton quando eu estava saindo com ele? — Virei a cabeça para olhar para ele.

Ele tentou me lançar um olhar bem inocente, mas eu não ia cair nessa.

— Como assim?

— Não se faça de bobo. Me responda.

— Estamos falando de quando, exatamente?

— Ah, você bateu nele mais de uma vez? — retruquei, a voz cheia de sarcasmo. — Saí com ele numa sexta-feira. Em um evento de caridade. Havia fotógrafos lá. Quando o vi de novo, em uma segunda-feira, parecia que ele tinha perdido uma luta. Essa luta foi com você? — Falei lenta e claramente, determinada a ter uma resposta exata.

— Ah, isso... — Ele fez uma espécie envolvente de careta que se tornou um sorriso audacioso. — Sim. Fui eu. Em minha defesa, fui provocado além de toda a sanidade. E, da outra vez, bem, ele estava pedindo. Não fique toda irritada por isso. Ele é um cara crescido, sabe se cuidar. Escolhi alguém do meu tamanho, literalmente.

Balancei a cabeça, mais do que indignada, porque, é claro que ele não estava arrependido e, mais importante, de forma perversa, achei sua confissão sem vergonha meio que cativante.

E ainda pior, não consegui me conter e perguntei:

— Você não se machucou, não é?

Eu era uma idiota, muito idiota. Não havia esperança para mim.

Ele se levantou e se aproximou, e recebi um abraço bem apertado por isso, seu rosto enterrado no meu pescoço.

— Você é tão carinhosa, sabia? Ele não me machucou. Nem um pouco. Foi meio decepcionante, na verdade. Parecia que ele seria um desafio maior. Sabia que essa segunda vez foi a última que eu me envolvi em uma briga?

— Você bateu nele uma *segunda* vez?

— Eu sabia que ele continuava te ligando, mesmo depois de você ter falado para te deixar em paz. Antes de perguntar como eu soube, fiz questão de procurá-lo e perguntar para ele. Essa foi a segunda vez. Ele parou de ligar, não foi?

Eu não fazia ideia do que responder a isso, então apenas o encarei.

— Tá bom, minha vez — Tristan disse.

Ele se afastou e toda a felicidade se esvaiu de seu rosto enquanto ele pensava na pergunta. Sua têmpora começou a se contrair, porém ele foi direto.

— Você dormiu com o Milton? — As palavras se revolveram na sua boca, como se ele não tivesse estômago para elas.

Massageei as têmporas.

— Tristan… — eu o alertei.

Quão rápidos saímos do território seguro…

— Não vou te interrogar sobre os seis últimos anos. Só quero saber sobre *ele*. Considere essa a minha pergunta extra.

Me levantei e comecei a andar de um lado a outro, me agitando mais a cada segundo.

— Ele te incomoda mais do que, digamos, alguém sem rosto? Alguém que você não conhece?

— Sim — ele disse simplesmente.

— Tudo bem. Não. Nunca dormi com ele. Nunca chegou tão longe. Agora, minha vez.

— Sua vez — ele concordou, com cautela.

— Me conte sobre você e minha *irmã*.

Suas sobrancelhas se uniram.

— Dahlia?

— Sim. Essa irmã. Me conte o que aconteceu entre vocês dois.

— Nada. Não aconteceu nada. Eu tentava ajudá-la com o Jack quando podia, tentava estar sempre disponível se ela precisasse de ajuda, mas só isso.

— Mentira. Quando Jack tinha três anos, ele me contou que viu vocês dois se beijando. Confrontei Dahlia, e ela confirmou que era verdade, mesmo que com teimosia, tenha se recusado a me dar mais informação. Quero saber *exatamente* o que aconteceu. Você saiu com ela?

Sua respiração saiu em um suspiro agitado.

— Não, claro que não. Você pensou mesmo que eu faria isso? — Sua voz estava cheia de afronta punitiva.

Firmei minha mandíbula em teimosia. Nenhuma culpa iria me impedir de ouvir o que tinha acontecido. Nem mesmo uma muito boa.

— Me conte o que aconteceu. Você a beijou? E, se não beijou, me diga por que Jack achou que beijou.

— Comecei a ver como ela estava, assim que descobri que estava grávida e sozinha. Como um irmão mais velho faria. Porque era isso que eu era. Eu tinha me casado com alguém da família dela. Você sabe que levo a família a sério. E ela, bem… Ela sempre teve uma queda tola por mim. Francamente, era irritante. Ela nem sabia nada sobre mim quando começou com esse absurdo. Mas sempre tentei ser legal com ela, porque era sua irmã mais nova, e tentei cuidar dela, porque era *sua irmã mais nova*. Acho que ela interpretou como mais do que isso. Um dia, ela me beijou, deu um selinho em mim bem na frente do Jack. Deixei que ela fizesse isso; deixei que visse que não havia nada da minha parte para alimentar quaisquer ilusões que estivessem ocorrendo da parte dela. Foi isso. Ela entendeu. Fim.

— Por que ela simplesmente não me contou isso?

— Vai saber. Ela sempre se ressentiu do que eu sinto por você, do poder que você tinha sobre mim. Talvez tenha enxergado isso como um jeitinho de revidar. A questão é que não houve nada entre nós. Claro que não houve. Eu nunca faria isso com você. Com a sua irmã mais nova? Qual é. *Nunca.*

Senti tamanha onda de alívio que quase cambaleei.

Acreditei nele. Simplesmente acreditei. Mais ainda, me perguntei como tive tanta certeza de que ele poderia fazer tal coisa.

Talvez quisesse acreditar nisso. Talvez estivesse procurando mais motivos para admirá-lo menos.

Estive no modo sobrevivência por tanto tempo. E o que quer que estivesse acontecendo comigo agora, bem, só poderia ser o contrário. Só precisou de algumas perguntas para fazer Tristan parar de buscar informação. Eu sabia que funcionaria, tinha contado com isso.

Ele não era o único com um arsenal nesta nossa guerra.

Mas o que não planejei foi que ele se comportasse. Foi embora, não muito depois, sem nem me beijar, nem mesmo tentar, e falei para mim mesma que isso era bom. Talvez estivéssemos melhorando. Talvez minha teoria (a familiaridade que geraria autocontrole) estivesse correta.

Capítulo Dezoito

DANIKA

Não tive notícias dele por uns dias depois disso e, então, quando me ligou, querendo que eu fosse à sua casa, eu estava no aeroporto, indo para Nova York por cinco dias.

Mas, com uma conversa de cinco minutos, ele me convenceu a ir à sua casa no dia em que voltasse.

De fato, com jet lag, cansada da viagem, me vi dirigindo direto do aeroporto para a sua casa. O que eu poderia fazer? Ele tinha me falado no telefone que estava entediado e me esperando. Quem conseguiria recusar isso?

Pelo visto, eu não.

Comprei comida para nós em um restaurante italiano, o Sophia's, que era convenientemente localizado a apenas cinco minutos do aeroporto. Costumávamos pedir quando morávamos na casa de Bev, no passado. Era sensacional, e eu não comia lá fazia seis anos.

Queria aquela comida.

Nos abraçamos por bastante tempo quando ele abriu a porta para mim, parecendo delicioso com camiseta branca e jeans.

Devoramos *conchigliones* recheados e o pão de alho mais gorduroso, que sempre achei que valiam as calorias.

Quase parei para comprar uma garrafa de vinho em uma loja de bebidas a caminho da sua casa. Tinha estacionado o carro, depois me lembrei do motivo de isso ser uma péssima ideia.

O fato de o álcool estar de propósito ausente era a única coisa que tornava nosso jantar juntos naquela noite diferente dos velhos tempos. Não, não dos velhos tempos. Dos *bons* velhos tempos. Dos ótimos.

Após jantar, me vi no sofá de novo com ele, assistindo juntos à nossa série preferida e o deixando, aos poucos, tomar liberdades que eu sabia, desde o início, que iriam avançar mais.

Em certo momento, ele conseguiu se deitar atrás de mim no sofá, um braço jogado por cima de mim, o outro sob minha cabeça, sendo usado como um travesseiro duro.

Dei risada da série a que estávamos assistindo, e meu corpo se mexeu só o suficiente para encostar nele. Com aquele breve contato, minhas costas se arquearam por instinto, pressionando com força minha bunda nele em um convite natural.

Minha cabeça dizia não para isso, mas foi, infelizmente, muitos segundos mais lenta do que meu corpo traidor.

Ele inspirou com dificuldade.

Estávamos nos equilibrando no gelo mais fino, então rachou, e nós dois caímos, e eu nem fingi ficar surpresa. Qualquer vaga reminiscência de cautela que eu havia sentido ao entrar por sua porta foi logo atropelada pela promessa de puro esquecimento carnal.

Desejo físico podia ser uma coisa terrível, e eu nem precisava entrar na questão do quanto era confuso o resto de nossa bagagem.

Sua mão cobriu meu seio por cima da roupa, acariciando, dedilhando meu mamilo endurecido, amassando minha pele flexível.

Minha regata tinha bojo, então, quando sua mão entrou pela lateral dela, fez contato direto com minha pele. Me pressionei em sua mão, arfando.

Sua boca estava no meu pescoço, meus olhos, fechados com prazer, quando minhas mãos foram para a frente da minha calça. Eu o senti tentando abrir sua calça atrás de mim.

Não tirei toda a calça, só a baixei até se amontoar nos joelhos.

Nem consegui me virar. No segundo em que senti sua pele nua contra mim, sua ereção se apertando em mim, tínhamos apenas um objetivo. Fazê-lo entrar em mim, pelo jeito mais rápido possível.

Uma de suas mãos segurou meu quadril, me ancorando, enquanto ele se forçava em mim.

Minhas costas se curvaram; meu corpo se contorceu, até eu estar inclinada para permitir sua entrada.

Ele começou a entrar em mim de forma áspera. Teve que ir devagar, seu tamanho era esmagador, a sensação voluptuosa de cada nervo sensível estar sendo trabalhado me deixou tão agitada que mordi meu punho em uma tentativa desesperada de me conter.

Sua mão foi serpenteando, massageando meu clitóris com um toque leve e rápido, enquanto isso, o progresso de seu pau na minha vagina estava em um ritmo muito lento.

— Por favor — gemi.

— Não posso me apressar. Não sei quando você vai deixar isto acontecer de novo, e das últimas vezes foi tão rápido, tão apressado, que me arrependi de não ter saboreado mais.

Mexi meus quadris com impaciência. Ele continuou se aprofundando mais, parando totalmente quando ficou imerso por completo. Em vez de tirar, ou de investir, ele começou a circular os quadris, mexendo por dentro, arrastando seu pau de forma circular, atingindo terminações nervosas, soltando faíscas.

As sensações causadas fizeram meus olhos se revirarem, e eu estava tremendo como se estivesse com febre.

— É demais — arfei, uma das mãos voando para segurar seu cabelo, a outra se agarrando à mesa de centro. Consegui segurar só na beirada dela. Arranhei as unhas nela, e o acabamento marrom-claro cedeu sob meus dedos.

Ele teria bastante dificuldade em esconder o dano.

Ele me enlouqueceu assim, circulando de forma torturante e com seus dedos implacáveis. Eu ainda estava apertando seu pau enquanto ele se mexia, me rolando até eu estar de bruços debaixo dele, sua mão abaixando meu ombro com força. Então começou a se mexer com determinação, investidas profundas que me martelavam em seu sofá.

— Porra, Danika. Você tem noção do quanto penso nisto? É um milagre eu conseguir fazer alguma coisa, quando minha mente está sempre aqui, enterrada na sua boceta divina. Você tem ideia do quanto senti falta disto? Do quanto senti a sua falta?

Choraminguei, mas ele não tinha terminado de me bombardear - nem com suas investidas nem com suas palavras. Ele continuou, xingando, agradecendo, fodendo, acariciando.

Enquanto isso, eu mal conseguia respirar, de tanto que meu rosto estava sendo enfiado fundo no sofá.

Ele gritou, sua voz rouca e baixa, enquanto gozava, me prendendo no ângulo perfeito.

Eu também estava perto de gozar, tão perto que comecei a xingá-lo quando tirou.

— *Shh*, amor. Pode deixar. Vamos para a cama. Nem estou perto de acabar.

Ele saiu de cima de mim e me ajudou a sair do sofá.

Subi minha calça de um jeito constrangedor, me sentindo desorientada.

— Me levantei rápido demais — disse a ele. Não dava para passar de bruços, de bunda para cima, para ficar em pé e não ter uma pausa para me recompor.

Ele me puxou para perto, me apoiando nele, seu braço jogado ao meu redor. Se aninhou no meu cabelo, no ponto sensível bem atrás da minha orelha.

— Venha para a cama comigo — falou bem, bem baixinho.

Não respondi, não pensei que precisasse, já que ele começou a me puxar para as escadas.

Parei na porta do seu quarto, precisando de um instante para absorver tudo.

O quadro enorme na parede, de mim, foi a primeira coisa em que foquei, claro. Ainda não conseguia acreditar que ele tinha feito aquilo. Quem comprava um quadro de noventa mil dólares da ex e o colocava em seu quarto?

Era tão estranho. E, caramba, uma parte de mim achava que era a coisa mais fofa que ele já tinha feito.

Depois de um tempo, minha atenção mudou para o resto do cômodo espaçoso. Olhei o tamanho da cama. Não fiquei feliz com o que vi. Era intimidadora. Enorme, vermelha e construída mais como uma casa em miniatura do que uma cama.

Lancei um olhar a ele.

— Essa é a sua câmara de tortura?

— É uma reprodução modificada de uma cama nupcial da cultura chinesa.

— Isso não responde bem a minha pergunta.

Ele começou a me despir, iniciando pela calça. Quando suas mãos foram para minha calcinha, me afastei.

— Vamos para a cama — ele incitou, baixinho.

Balancei a cabeça, ainda encarando aquela cama, ficando mais agitada a cada segundo.

— Por que você tem uma cama dessas, Tristan?

— Venha. — Ele segurou minha mão, tentando me puxar na direção dela.

Afastei sua mão.

— Há alguma coisa que você queira me contar? — Lambi os lábios secos de repente. — Há alguma *surpresa* para mim?

Ele respirou fundo, passou a mão no cabelo e apenas ficou ali, parecendo bem indeciso para um homem com uma cama que parecia pertencer a um parque de diversões de BDSM.

Firmei a mandíbula e fui até a cama. Quando ele tentou me seguir, ergui a mão em advertência.

— Fique aí. — Minha voz foi fria.

Era linda de certa forma, pintada de vermelho e intrincadamente esculpida. Determinada, subi nela. O colchão era macio. Nem machucou meu joelho quando engatinhei por ela.

Ao ver a fileira de gavetas na cabeceira, minhas suspeitas foram confirmadas. Eu nem tinha que abri-las, embora as tenha aberto. Algemas. Cordas. E um monte de outras coisas que eu não conhecia o nome, mas sabia para que serviam.

Voltei para a abertura da cama, colocando as pernas para fora e apenas ficando sentada ali por um bom tempo, com a mente acelerada.

Meus olhos se fixaram de novo no meu quadro. Ele deveria estar com ele há meses. Como isso poderia correr bem, com uma pintura sexy da sua ex vendo todas as suas atividades sórdidas e pervertidas na cama?

Apontei para o quadro.

— Que porra excêntrica é essa? Acho que, na verdade, é pior do que os acessórios. Você gosta que o meu quadro *te veja* fodendo outras mulheres?

— Uma garota tão bonita, uma boca tão suja. — Ele soou conformado, mas ainda apaixonado.

Eu o encarei.

— Não dê uma de fofo para cima de mim. Explique essa merda zoada. *Agora.*

— Faz um tempo que não trago ninguém para essa cama, tá bom? Não há nada para a sua pintura ver. — Ele pausou. — Bem, exceto pela grande quantidade de masturbação. Mas, além disso, a Danika do quadro não deveria ter nada a reclamar. E, falando sério, na minha cabeça, a Danika do quadro adora me ver batendo uma.

Com os olhos arregalados, só continuei balançando a cabeça para ele.

Ele deu de ombros, tentando, mas falhando, parecer acanhado, depois olhou para baixo enquanto sorria sem rodeios.

— Fui longe demais?

Eu o ignorei, ainda focada naqueles acessórios e no comentário sobre ninguém ter ido para a cama há muito tempo.

O comentário foi fácil de compreender, quando me lembrei de que ele tinha aquele quarto de hotel à sua disposição.

E os acessórios, bem, seria mentira dizer que eu não fazia ideia de que ele era pervertido. Só não pensava que isso fosse tão essencial para ele.

A cama me lembrava de um estilo de vida.

Me lembrava de Frankie.

— Foram Frankie e James, não foram? Aqueles desgraçados pervertidos te levaram para o lado devasso?

Ele começou a rir. Ao ouvir minhas próprias palavras, comecei a rir, e nenhum de nós pareceu parar por muito tempo.

— Na verdade, foi você.

Isso me confundiu pra caramba.

— Como assim?

— Começou com você. A submissão, as limitações. Eu não tenho fetiches, mas com certeza descobri uma preferência. Com você. Quando comecei a sair de novo, meus, hã, gatilhos sexuais foram simplesmente dessensibilizados. Não poder me drogar não ajudou, pelo menos não na época. Só precisava de algo extra para tornar as coisas emocionantes, porque por muito tempo foi difícil conseguir me animar com alguma coisa.

Olhei para meus pés.

— Quer saber? Não vamos mais falar disso. Dá para imaginar. Mas, só para ficar claro, se um dia tentar me bater, vou acabar te fazendo ajoelhar, puxando você pelas bolas.

Ele deu risada.

— Eu não bato. Você sabe o que faço. E *gosta* do que faço.

— Nossa, as coisas aconteceram há seis anos e ainda parece que o tempo não passou.

— Nem sei como consegui — Tristan disse baixinho. — Olhando para trás, não faço ideia de onde encontrei força para deixar você fora da minha vida por tanto tempo.

Olhei para baixo, para minhas mãos inquietas.

— Você é um cara forte. Do meu ponto de vista, parece que lidou muito bem.

— Você que sempre foi a forte.

Minhas sobrancelhas se uniram.

— Mentira.

— Deixe-me terminar. Foi, sim. Só porque é uma garota, e não se envolve em brigas, não significa que não seja mais durona do que eu. Você enfrentou sua dor de cabeça erguida. Sempre foi assim. Não imagina o quanto admiro isso. Queria ser como você. Sempre admirei. Não há ninguém que eu admire mais. Você não foge de *nada*.

Eu estava sentada na cama, tínhamos acabado de transar no sofá dele, e estávamos fingindo que éramos *amigos*, então isso me fez virar a cabeça a fim de olhar para ele, com o sorriso irônico.

— Como você chama tudo isso? Estar junto assim, fingindo que é só amizade? Não acha que a *negação* é uma forma de fugir?

Ele veio se sentar ao meu lado na cama. Sem falar nada, ou pelo menos sem esforço, ele me colocou no colo. Me puxou com força para si, envolvendo os braços firmes em mim, de forma que eu ficasse olhando para a frente. Não dava para ver seu rosto naquela posição.

— Você não está em negação, então isso não é fugir para você. Para mim, talvez, mas não para você.

Soltei uma risada curta.

— Então como chamaria isso, no meu caso?

— Pena. — Sua voz foi baixa, reverente. — Você tem pena de mim. E eu estou em negação, dizendo a mim mesmo que é mais para você, como é para mim.

Não conseguia respirar em seus braços. Ele não estava jogando limpo. Ele sabia e eu sabia e, mesmo assim, não me afastei.

— Não podemos continuar fazendo isso, Tristan. Você não pode continuar falando essas coisas para mim se temos alguma esperança de sermos amigos. — Havia mais desespero do que convicção nas minhas palavras.

— Não consigo parar, Danika. Por favor, não me peça isso. Mesmo que este seja o cenário da maior queda da vida, ainda não consigo ir embora, e não consigo me afastar. Você não vê? Me sinto vivo agora e não posso parar de me sentir assim e voltar ao *nada*, voltar a passar um dia de cada vez, *sobrevivendo*, em vez de me agarrar a cada segundo que passa, desejando que cada dia nunca acabe. Sabendo todos os dias que você está no mesmo prédio que eu, que vai falar comigo quando eu for te ver, que vai rir para mim e me fazer rir, e até, se estiver se sentindo caridosa, vai me deixar te abraçar às vezes, me deixar te tocar e até entrar em você. Você não vê que estou vivendo de esperança agora, e que essa esperança está me sustentando como nada mais é capaz de me sustentar? Então, me desculpe, mas eu tenho que continuar fazendo isso. Não sou forte o suficiente para parar. Nunca fui. Como falei, *você* sempre foi a forte.

Meus olhos estavam fechados quando ele terminou, meus lábios trêmulos.

— Ah, Tristan, o que vamos *fazer*?

— O que você quiser, amor. O que você permitir.

Eu sabia que precisava ir embora, sair daquela casa antes de ser tarde demais, mas não tinha a força de tentar me libertar de seus braços naquele momento. Eles me enfraqueciam, não com sua força, mas com sua ternura.

Eu o deixei me abraçar por muito tempo, mas, em algum momento da noite, encontrei a força para me levantar e ir embora.

Capítulo Dezenove

DANIKA

Ou Tristan ficou, de repente, bastante interessado em um dos fotógrafos da exposição da galeria de Vegas ou encontrou uma nova abordagem para me fazer passar mais tempo com ele, porque marcou uma exibição particular após o horário na galeria na quinta-feira seguinte.

Eu o estive evitando, então pensava que era a segunda opção. A coisa alarmante sobre isso foi minha reação. Me senti tonta de ansiedade, mesmo depois de todas as coisas que ele havia dito que deveriam ter me feito correr na direção oposta.

Era a noite do meu dia de folga e, como eu era a única que cuidava de exibições assim, me vi me arrumando e indo trabalhar às nove da noite.

Me vesti de forma sedutora e nada sutil. Não era uma roupa que poderia ter passado despercebida em um dia normal de trabalho.

Das costelas aos joelhos, o vestido era um tubinho preto. A única coisa sensual nele do peito para baixo era a fenda em uma coxa.

Mas a parte de cima era um escândalo. Era feita de seda creme, com um decote tão profundo que eu nunca poderia tê-lo usado, nem com um sutiã sem alça. As mangas eram balonê e se prendiam de leve nos meus ombros, sendo sustentadas apenas por um milagre. E o tecido era bem fino, então a mais leve brisa teria feito meus mamilos chamarem atenção.

E havia algo muito maior do que uma leve brisa vindo na minha direção naquele exato segundo.

Entrei na galeria e comecei a arrumar as coisas, sabendo que Tristan estava apenas a alguns passos atrás de mim.

Tentei me movimentar como se estivesse tudo normal dentro de mim, mas era mentira.

Uma pulsação profunda tinha se enraizado na boca do meu estômago. Era persistente, permanecendo comigo dia e noite.

Acordada ou dormindo, eu não conseguia escapar do fato de que meu corpo estava sempre excitado.

Era o tipo mais delicioso de agonia, estar sempre *pulsando* por dentro. Cada um dos meus sentidos estava à flor da pele.

Ele chegou, deu uma olhada em mim e se portou bem formal, quase rígido.

Fui pega de surpresa, porque sem nem um beijo na bochecha, ele pediu para ver algumas fotografias específicas na coleção atual, como se tivesse pesquisado. Seu interesse na arte parecia genuíno, como se esse fosse mesmo o motivo para marcar aquele encontro torturante.

E foi quando me dei conta de que não tinha pensado que aquele encontro fosse algo mais do que uma armação, nem por um segundo havia considerado isso.

Não lidei bem com o fato de estar tão enganada. E o estado em que meu corpo estava, que sem dúvida era culpa dele, só contrariava a questão.

A pulsação, que já era bem ruim quando estava contida por dentro, estava se espalhando lenta e insidiosamente. Uma olhada para ele, uma leve sensação de sua presença compartilhando o mesmo ar, e aquele recipiente frágil *se quebrou*.

Tentei trabalhar com ele como teria trabalhado com qualquer um que tivesse agendado uma exibição particular assim, organizando as fotos que eram de seu interesse no que chamávamos de sala escura, onde conseguíamos ajustar a luz para destacar melhor a variedade de cores em papel cristal para fotos.

Coloquei uma peça específica de um cânion vermelho, fazendo uma rápida simulação de como a moldura ficaria de verdade. Ele se sentou no sofá comprido no fundo da sala, e eu dei as costas para ele enquanto brincava com as luzes, ilustrando até como os tons pastel poderiam ficar brilhantes.

Mas essa sensação, essa *pulsação*, tinha ido para minhas coxas, meus seios, meus lábios, minha barriga, até eu mal conseguir me mexer sem fazer careta e, às vezes, até gemer em voz alta. Alguns minutos na presença dele, e eu estava disposta a ceder, mais uma vez, só por outro breve gostinho do alívio. Já não era uma questão de resistir a ele por completo, mas de ceder com graciosidade e, com sorte, salvar meu orgulho, fazer parecer como se fosse ideia dele.

Mas ele nem sequer me coagiu. Nenhum tipo de sedução dessa vez. E isso era muito pior.

Eu reconhecia que uma parte perversa de mim simplesmente precisava saber que ele também sentia. Eu tinha colocado um vestido aberto quase até a cintura para ele naquela noite, e ele mal havia olhado para mim. De alguma forma, essa foi a sedução mais rápida de todas.

Sua indiferença simulada ou o que quer que fosse me desfez por completo.

— O que acha desta? — perguntei, indo me sentar ao seu lado enquanto ajustava a luz na sala para realçar a fotografia. Comecei brilhante, então a desbotei um pouco, até quase ficar uma escuridão, e repeti o processo, mostrando o quanto ainda ficava vibrante sem a luz total.

Me sentei perto demais dele. Pareceu uma ação desesperada, mas eu reconhecia que estava desesperada naquele momento.

Ele grunhiu. *Grunhiu*, como um homem das cavernas. Foi bizarro, e eu não fazia ideia de como reagir.

— Vou tentar outra. Sei que gostou do vermelho nesta série. Tenho outra com um feixe de luz nela que brinca mesmo com a cor.

Me levantei, passando por ele em direção à porta. Ele me fez parar com a mão no meu quadril, então, aos poucos, me virou para encará-lo, segurando minha cintura com as duas mãos. Eu o encarei, respirando com dificuldade, porém me esforçando para não demonstrar. Estava ofegante, como se tivesse corrido um quilômetro e meio.

Era insano.

Ele não ergueu o olhar para mim. Ainda estava escuro o suficiente para eu conseguir apenas identificar o topo de sua cabeça. Tentei ficar bem quieta para ouvir se ele estava respirando como eu, mas meu coração batia tão alto que não conseguia identificar nada além dele.

— Acenda a luz de novo — ele me disse, com voz baixa e rouca.

Tive que me afastar para pegar o controle, me atrapalhando com as mãos, tremendo quando deslizei o interruptor de volta para a luz clara.

— Venha aqui — ele exigiu, rouco.

Algum comentário sarcástico tentou sair da minha boca, porém a expressão dele impediu qualquer som de sair de mim. Fui até ele, sem que minhas mãos se apertassem tanto enquanto se entrelaçavam, me esforçando para não encostar nele.

Ele não tinha tantos escrúpulos, me arrastando para perto no instante em que minhas costas chegaram nele. Ergueu minha saia justa até os quadris, me fazendo montar nele. Suas mãos estavam por todo o meu corpo, toques famintos que davam uma mordida em tudo, seus olhos esfomeados devorando muito mais.

— Como você faz isso? — ele sussurrou, ríspido. — Como continua falando, se movimentando, como se não sentisse também?

Balancei a cabeça, finalmente desdobrando meus dedos e os cravando em seu couro cabeludo, agarrando seu cabelo sedoso. Ele mexeu meus quadris com as mãos até meu sexo estar encostado em sua ereção. Através da minha calcinha, e da calça dele, ele nos movimentou unidos, roçando em mim, até eu gemer e estremecer.

— Me diga que sente e vou te dar o seu alívio. Admita que não estou sozinho aqui.

Tirei as mangas do meu vestido, me deixando nua das costelas para cima. Arqueei as costas, meus seios empinados para ele, como uma oferta. Eles estavam um pouco maiores do que eram tantos anos antes, e me perguntei se ele tinha percebido. Eu ainda estava em boa forma, mas me sentia meio fora. Já não era mais a dançarina magrela, e meus seios agora transbordavam em um sutiã 42. A curva da minha cintura era tão pequena quanto sempre foi, minha barriga tonificada do mesmo jeito, porém meus quadris tinham uma leve curva agora que não eram apenas osso.

A forma como ele me olhava me deixava saber que, independentemente se ele lembrava o suficiente para notar a diferença, gostava do que estava vendo.

Na verdade, estava ofegante por mim, desesperado por mim.

Eu tinha escolhido o vestido para fazer exatamente isso com ele. Como eu consegui me enganar, mesmo por um segundo, que estava fazendo qualquer outra coisa?

Observei-o passar os olhos pela parte de cima do meu corpo. Ele estava mordendo o lábio inferior, o que fazia suas covinhas aparecerem com intensidade.

Seus cílios grossos lançavam sombras intensas em seu rosto tomado pela paixão, apenas o mínimo sinal de seus olhos visível aos meus.

Mas era suficiente.

Eu adorava ver aquela expressão dele, mesmo que me arrastasse para seis anos antes, para quando eu acreditava que o amor podia conquistar *tudo*.

Ele lambeu um mamilo, e me abaixei nele, inclinando os quadris até seu zíper estar encostado bem no meu clitóris. Intensificava a sensação ao ponto de doer, mas eu não conseguia parar de fazer isso.

— Diga — ele formou com a boca na minha pele, sem nenhum som real sair dela.

— Sim — arfei. Teria dito quase qualquer coisa só para ter o alívio que ele tinha prometido. — Eu sinto. Preciso disso. Agora, Tristan.

Ele expirou com força na minha pele, o que fez meu corpo inteiro estremecer de ansiedade. Eu sabia o que viria.

Arrebatamento, êxtase, alguns breves momentos de esquecimento de tudo no mundo, com exceção do que aquele homem lindo conseguia fazer com meu corpo, com minha alma.

Ele se esticou entre nós, ainda chupando minha pele. Seus dedos roçaram em mim quando ele foi para o seu zíper, e eu me esfreguei nos nós de seus dedos, gemendo quando atingi exatamente o lugar certo.

Ele xingou, tentando se libertar. Precisou arrancar sua boca da minha pele e olhar para as mãos antes de, finalmente, puxar seu comprimento para fora e para cima, empurrando minha calcinha para o lado para que pudesse ficar bem na minha entrada.

Mexi os quadris até ele estar escorregando devagar para dentro de mim. Eu estava molhada, e ele era considerável, e deu um pouco de trabalho para ele entrar desse ângulo.

Mesmo entrando totalmente em mim, ele não se apressou, indo em seu ritmo, pausando, enquanto eu gemia e pulsava em cima dele.

Ele apertou meus quadris e começou a se mexer, me erguendo alto, até só a ponta dele estar dentro, então ergueu de repente os quadris, enfiando fundo de novo.

Muitas coisas picantes ainda saíam de sua boca enquanto me possuía. Ele não era tagarela, não igual a mim, exceto durante o ato. Enquanto me possuía, nunca conseguia ficar sem falar. Elogios, palavrões, carinhos, mais palavrões, mais elogios. Eu absorvia tudo. Me aquecia com tudo.

Estava perdida demais ou derrotada demais para fazer alguma coisa além de me segurar. Essa não era uma boa posição para mim, com meu joelho ruim, mas não dava para perceber naquele momento. Naquele momento, ele estava tirando o fardo do peso, e eu não dava a mínima em relação ao desconforto que isso causava.

Meu corpo estava lá, e como estava, mas *eu* não estava. Eu flutuava leve para algum lugar, apenas a alguns metros acima, enquanto meu corpo abandonado era *chacoalhado*.

Ele se impulsionava para dentro e para fora de mim, suas mãos e seus quadris trabalhando em sincronia para me foder, nem tão rápido, nem tão lento, porém *forte* e *profundo*.

Suas mãos nos meus quadris me guiavam até, em algum ponto, estarem ditando o ritmo enquanto apenas me seguravam, me trazendo flutuando de volta ao meu corpo pesado e pulsante, bem onde estava sendo detonado, e ondas arrebatadoras de absoluto prazer me levavam para cima, por dentro de mim, encharcando cada poro do meu corpo.

Fiquei deitada nele e deixei meu corpo e minha mente voltarem.

Não era uma união pacífica.

Tristan e eu estávamos vivendo um tipo de aventura. Determinada a continuar em negação, nem conseguia chamar isso de outra coisa. Estava deixando rolar, mal conseguindo resistir. O que mais eu poderia fazer? Eu o permitiria brincar com meu coração, mexer com ele como um brinquedo e, quando terminássemos, torcia para que tudo que restasse dessa vez fossem machucados. Não me permitia esperar, nem por um instante, que isso fosse algo mais. Era mais do que amizade, com certeza, mas era *temporário*. Mesmo que ele fosse cego demais para enxergar isso, *eu* não conseguia enxergar mais nada.

Minha perna manca estava mais enfatizada quando, enfim, nos levantamos do sofá e começamos a nos mexer, nos esticando, nos ocupando.

Tristan percebeu logo.

— Porra, Danika, machuquei seu joelho?

Acenei para ele, dispensando-o.

— Só está rígido. Pare de se preocupar. Sério.

Ele foi impossível, como sempre. Literalmente me levantou e me carregou de volta ao sofá de couro, esfregando meu joelho como se fosse curá-lo.

— Acho que vou ter que fazer outra cirurgia nele — eu disse baixinho, enquanto ele me massageava. Falar isso em voz alta me fez reconhecer que nem estava sequer pensando nisso.

Ele parou, depois continuou massageando.

— Bem, parece animador. Eles ainda podem fazer alguma coisa? Para melhorá-lo?

— Bev tem enchido o meu saco para tentar algo novo que estão experimentando. Vai ser uma merda. A fisioterapia vai virar minha vida de novo. Mas, sim, parece que podem fazer alguma coisa. Tenho certeza de que não fará uma diferença enorme, porém vai ficar melhor do que está.

Parecia que ele não conseguia olhar direto para mim.

— Fico feliz por você estar considerando isso. Juro que vou ajudar com a fisioterapia. Vou com você para ficar menos entediante.

Isso me deixou tão desconfortável que tive que me levantar e me afastar dele.

— É uma boa proposta, mas não é algo que me faça querer a sua companhia.

— Vou fazer você mudar de ideia quanto a isso, amor. Pode apostar.

Fiz um esforço para não retrucar. Tive que me recompor para conseguir falar com clareza:

— Pare, Tristan. Eu dou a mão, e você quer o braço inteiro. Isto aqui não é o que você está fingindo ser. Você não é meu namorado, e não é sua função…

— Tem razão, sou o seu *marido*.

Ele tinha conseguido. Havia conseguido ligar o botão de psicopata no meu cérebro de novo. Apenas algumas palavras, e eu já estava surtando, minha razão sumindo. Entrei na fúria capaz de arrancar os cabelos.

— O que foi que você falou? Ficou *louco*? Já nos divorciamos há *anos*!

— Não foi minha escolha na época, e não é agora. Você tem toda razão de eu não ser seu namorado. Isto aqui não é um período de teste em um relacionamento, quando não tenho absoluta certeza de como me sinto. Sei o que quero.

Era isso.

Eu já estava cheia. Fui até o banheiro e me tranquei lá dentro. Não confiava em mim mesma para continuar a conversa.

Ajustei minha roupa e meu cabelo, limpando as manchas de máscara de cílios de debaixo dos olhos. Esperei muito tempo, me acalmando, para sair de novo.

— Desculpe — Tristan disse no instante em que saí. — Fui muito insistente.

— Passou do limite.

— É, isso também. Vou parar, tá bom? Só não me ignore de novo. Não por causa disso.

Assenti, exausta demais para brigar, quando essa briga envolveria mergulhar de novo em um assunto que tinha o poder de me arruinar.

— Me mostre o resto das fotos — ele pediu, sua voz charmosa e bajuladora.

Tarde demais para isso, meus olhos desafiadores disseram a ele, mas assenti. Eu o levei de volta à sala de exibição enquanto pegava uma pilha de amostras.

Minhas mãos estavam tremendo. O que ele tinha falado me deixou aterrorizada, porém não era culpa dele. O que me fez ficar tremendo foi o pequeno rastro de alegria, de esperança, que isso tinha provocado em mim. Eu precisava me conter.

Tristan estava longe de acabar com sua exibição particular, olhando dúzias de fotos e por fim escolhendo uma particularmente esplêndida de um campo de girassóis, alguns bastante florescidos e virados para o sol, mas com um pequeno círculo de flores teimosas ainda viradas para baixo. Mas o que era esplêndido na foto era o jeito com que o sol iluminava as flores mais próximas, como se lhes desse atenção especial, dando a elas outra chance.

Eu estava fazendo a transação, e ele estava parado em silêncio atrás de mim, quando falei:

— Esta foto custa mais de quarenta mil, já que está limitada a cem edições. Você está tão podre de rico assim para rasgar essa quantia de dinheiro?

— Rasgar, não. Só gostei muito dela. Adorei o nome. Me faz ter esperança. Eu a quero acima da minha lareira.

Parei o que estava fazendo, meus olhos observando o título da foto: *Segunda Chance*.

Ele estava sorrindo, eu conseguia ouvir em sua voz, quando complementou:

— Deu para ver que era sua preferida quando me mostrou. Imagino que tenha uma chance melhor de você passar lá em casa de novo, se eu a encher com coisas que você ama.

Ele tinha acertado com a declaração final. Essa segunda parte foi apenas exagerada.

Terminei tudo e saí de lá depressa.

Capítulo Vinte

DANIKA

Eu estava trabalhando, cuidando da minha vida no dia seguinte, quando ele me enviou mensagem.

Tristan: Estou no estúdio da Frankie. Passe aqui para me ver. Estou fazendo minha tatuagem de um ano de sobriedade.

Tentei resistir a isso. Trabalhei por mais uma hora e tentei fingir que não estava curiosa para ver o que estava acontecendo naquele mesmo prédio.

Fui ao banheiro, retoquei a maquiagem, baguncei o cabelo e arrumei meu vestido rosa-claro. Era leve e sedoso, com um formato justo e acinturado, e um babado grande na barra que chegava a alguns centímetros acima do joelho. Tinha um decote arredondado que era sexy, que abraçava minhas laterais até embaixo, e seguia para as costas estilo nadador, o que ficava ainda mais sexy.

Era sensual e provocante, e eu estava feliz por tê-lo vestido, já que estava prestes a ver o homem para quem eu o tinha usado.

O máximo que durei foi uma hora. Falei para Sandra que iria pegar o almoço e corri para o estúdio o mais rápido que meu andar manco poderia me levar.

Um dos tatuadores de Frankie me levou para a sala dos fundos em que Tristan estava sendo tatuado. Eu conhecia muito bem a sala. Tinha feito minha tatuagem ali. Não me permiti pensar nas outras coisas que haviam acontecido naquela sala.

Quase me virei de costas quando percebi onde estava, mas era tarde demais.

Frankie tinha me visto.

Ela ergueu a agulha daquelas costas lindas, sorrindo para mim.

— Danika! — exclamou, ignorando totalmente a equipe de filmagem; estava acostumada a eles.

Eu não estava. Então se viraram para mim, e minha expressão ficou rígida. Passei por eles, me aproximando do homem sem camisa na maca que, apesar de tudo, ainda consumia todos os meus pensamentos.

Tristan se ergueu o suficiente para sorrir para mim. Tentei não refletir sobre a forma como isso fez os músculos de seu ombro e costas se flexionarem, mas era uma visão deliciosa demais para ignorar.

— Como está indo? — perguntei a ele, me aproximando de seu lado.

— Dói — ele disse, deitado de bruços na maca. Esticou a mão para segurar meu quadril, me puxando para perto. — Segura minha mão? — Pude ouvir a alegria em sua voz.

O homem estava me provocando, mas acabei pegando sua mão e a segurando firme.

— Humm, obrigado. Bem melhor.

Frankie voltou ao trabalho, e analisei a nuca de Tristan, deixando minha outra mão acariciar as mechas sedosas de seu cabelo. Adorava o novo comprimento. Era simplesmente perfeito para segurar.

— Gostou da tatuagem? — Frankie indagou.

Não a tinha visto ainda.

— Vou olhar quando terminar. Nunca consigo ter uma visão clara até ver o resultado final. É o que me faz ser uma ótima apreciadora, em vez de a artista em si.

— Mas esta é uma tatuagem em andamento. Nunca vai terminar. Ele vai ganhar uma dessas flores todo ano sóbrio, pelo resto da vida.

Isso me fez olhar. A palavra flor fez soar alguns alertas, e pensei: *Ah, não, ele não faria isso.*

Mas ele fez. Em suas costas, descendo pela maior parte de um ombro, havia um galho de cerejeira. Não era no mesmo lugar em suas costas que ficava na minha, mas não havia dúvida de que era uma tatuagem igual à minha.

No galho, havia cinco pequenas flores, cada uma com um tom diferente, cada uma com um número, destacado e em vermelho. Um, dois, três, quatro, cinco e, em breve, já mais da metade terminado, um seis.

Cerrei a mandíbula, fechei os olhos e baixei a cabeça. Não consegui evitar as lágrimas, mas consegui mantê-las silenciosas e escondidas, curvando a cabeça o bastante para deixar meu cabelo cair no rosto.

Ainda segurava a mão de Tristan, e agarrava seu cabelo, mas agora estava fazendo isso só para ficar em pé.

— Corta — Frankie pediu. — Preciso de uma pausa, pessoal. Vamos lá fora um minuto, pegar uma Coca-Cola.

Não reconheci sua ação cuidadosa, nem olhei para cima.

— Você gostou? — Tristan perguntou, sua voz me dizendo que ele sabia ao que eu estava reagindo, e não reagindo bem.

— É para eu gostar?

Ele não respondeu.

— É para eu *gostar*?! — repeti, erguendo a voz, cheia de ira. De dor. — Ou ser *destruída* por ela?

Ele se mexeu tão rápido que me matou de susto. Ergueu o corpo e se sentou tão depressa que foi como um truque. Parte de seu número.

Ele me segurou, não de forma tímida, não, e sim agressiva, me puxando contra ele, entre suas pernas, colocando meu rosto em seu peito.

— Não, amor, não. Destruir, não. Foi uma homenagem. Não era para te magoar. Foi tanto para mim quanto para você. Não importa como terminaremos, não importa o quanto você me odeie, eu nunca quero esquecer o que tivemos ou esquecer o que fiz para merecer perder isso.

— Essa não é uma boa tatuagem de recuperação, Tristan. Para mim, parece mais um albatroz em volta do seu pescoço. Não seria para comemorar seus sucessos em vez de se afundar nos seus erros?

Seus lábios estavam na minha mandíbula, sua respiração quente.

— Não estou me afundando nos erros, Danika. Eu os reconheço, dou a eles sua devida função, mas esses erros não são a minha obsessão. *Você* sabe o que é. — Seus lábios estavam abertos, se movendo pelo meu pescoço, subindo de novo, até ele estar a uma respiração da minha boca, seu hálito mentolado se misturando com o meu. — Você se lembra desta sala? — Ele respirou.

Fechei os olhos e tremi.

Era demais. Eu estava acabada. Derrotada.

Não tinha mais nenhuma das minhas defesas ali, e ele nem havia tentado tirá-las.

Segurou meu cabelo com ambas as mãos, me ancorando, enquanto inclinava a cabeça para me beijar. De leve, bem de leve, sua boca provocou meu pescoço de novo, esfregando aquela barba por fazer irresistível na região mais sensível.

Gemi alto, e ele cobriu minha boca com uma risada curta.

— Acho que não podemos ir com calma agora, hein?

Só balancei a cabeça, minhas mãos trêmulas indo para seu peito, traçando os dedos por sua tatuagem gloriosa.

Ele se mexeu rápido, me segurando, virando e me colocando em cima da maca, até nossas posições estarem trocadas. Começou a erguer minha saia acima dos quadris e, quando estava na cintura, abriu bem minhas pernas e se colocou no meio delas, afastando levemente minha calcinha com dois dedos, sentindo meu sexo.

Ele xingou e me elogiou quando me encontrou molhada e pronta para ele. Foi uma tarefa apressada depois disso. Nem houve tempo para tirar meu sutiã nem minha calcinha. Ele só abriu a frente de sua calça jeans, tirou sua ereção enorme e a guiou com a mão até minha boceta.

Sua outra mão puxou minha calcinha pequena para o lado. Nós dois observamos, extasiados, enquanto ele se empurrou com força e seu pau desapareceu dentro de mim.

Posicionei minhas mãos atrás de mim, ainda observando enquanto ele deslizava para fora, depois para dentro de novo, algumas tentativas antes de se transformar em uma foda completa.

Não durei muito, jogando a cabeça para trás quando comecei a apertar seu pau enterrado em mim.

Ele segurou minha bunda com as duas mãos, ergueu meus quadris da maca e começou a me penetrar com ritmo, continuando até se esvaziar.

Acariciei seu cabelo, seus ombros e seu rosto, enquanto nos apoiávamos um no outro, ofegantes, demorando uma eternidade para nos recuperarmos daquela loucura.

— Não fomos silenciosos — ele murmurou na minha bochecha. — Eu estava tentando ser silencioso, porque, com certeza isto aqui não é muito privado, mas fracassei.

Dei risada.

— Fracassou mesmo. Qual é o seu problema?

Ele recuou para me lançar um olhar brincalhão.

— Não sei se percebeu, mas você foi *muito* mais escandalosa. Não tem como Frankie não saber exatamente o que acabou de acontecer. Espero que você esteja pronta para ela saber.

Ruborizei. Não achava que estava pronta, mas era tarde demais. Minha total falta de autocontrole quando se tratava de Tristan tinha acabado de jogar toda a discrição pela janela.

— Ela vai me perguntar — ele disse baixinho, voltando a beijar minha mandíbula. — O que gostaria que eu dissesse a ela? A verdade ou alguma outra versão para te dar tempo para estar pronta?

Queria ignorar o que suas palavras insinuavam, mas era meio difícil fazer isso quando eu ainda estava espremendo seu pau, e pequenos arrepios de pós-sexo continuavam percorrendo meu corpo do orgasmo incrível.

— Acho que é só falar para ela que você e eu nos reaproximamos, como amigos, e o resto não é da conta dela.

— Diga isso para a maca de tatuagem preferida dela.

No fim, não tenho certeza do que ele contou a ela, porque saí logo depois de a tatuagem ter sido terminada, e deixei que ele cuidasse disso.

Frankie me lançou alguns olhares curiosos, porém os ignorei, e foi isso, pelo menos, por enquanto.

Eu ainda estava tentando entender como me sentia em relação a tudo; com certeza não precisava de mais ninguém me pressionando.

Capítulo Vinte e Um

DANIKA

Eu o evitei por alguns dias depois disso, mas ele era persistente, e até eu sabia que isso não poderia durar muito tempo.

Cedi na noite anterior, um dia antes da folga que eu sabia que teríamos.

Acabei perseguindo-o no Facebook. Foi vergonhoso, mas não parei. Na verdade, passei horas olhando suas fotos, me questionando sobre todas as mulheres com quem ele havia tirado uma foto nos dois últimos anos, mesmo sabendo que a maior parte delas devia ser fã.

Enfim, enviei mensagem para ele. Falei para mim mesma que era apenas tédio. O silêncio que, um dia, aproveitei sozinha na minha casa tinha, de repente, se transformado em tédio para mim, e não precisava ser um gênio para entender por quê.

Danika Markova: Quer sair amanhã?

Ele não respondeu, e isso mexeu comigo. Não era o que eu estava acostumada a esperar dele. Será que estava se entediando dessa confusão toda? Detestava pensar nisso, mas era para ali que minha mente tinha ido de imediato.

Quando percebi que estava agindo de forma desesperada, me afastei do computador.

Tinha levado dois portfólios do trabalho para casa. Eu os analisei, fazendo anotações, me sentindo sem rumo, apesar de estar cumprindo uma tarefa que quase sempre me envolvia.

Quando nem o trabalho me distraiu, fui ao mercado. Fiz compras por uma hora para nada, indo e vindo pelos corredores. Gastei duzentos dólares em comida, depois me perguntei, durante a volta inteira para casa, o que faria com tudo aquilo. Eu não comia tanto assim. Algumas coisas eram enlatadas e não estragariam, mas muitas eram frescas e carnes.

Ainda estava me repreendendo quando cheguei. Meu coração começou a martelar quando vi um familiar Challenger preto estacionado.

Eu estava sorrindo quando saí do carro e o encontrei na entrada de casa.

— Ei, e aí?

Ele não respondeu de primeira, em vez disso, me ajudou a descarregar as compras. Achei estranho seu silêncio.

— Você recebeu minha mensagem mais cedo? Sobre amanhã?

Ele pareceu claramente desconfortável.

— Sim. Mas já tenho planos.

Pisquei. Isso foi diferente. Não estava acostumada a ouvir não, pelo menos não dele. Dei de ombros.

— Tudo bem. Sem problemas.

— Eu cancelaria, mas é uma corrida de caridade patrocinada. Nada de mais, só cinco quilômetros, mas com toda a imprensa junto vai demorar uma eternidade. E há uma festa depois. A gente faz essas coisas sempre. — Tentei mesmo não pensar em quem era aquele *a gente* na frase. — Costuma levar o dia todo. Eu posso passar aqui depois.

Assenti.

— É, tanto faz. Quero dizer, me ligue depois, aí a gente pensa no que fazer.

Eu não sabia o que dizer. Não sabia se não queria me convidar para participar ou se ele se sentia estranho para me perguntar. Talvez pensasse que eu não podia fazer algo assim? Ele precisava saber que eu conseguia andar cinco quilômetros. Eu mancava, mas ainda estava em boa forma. Exercitava meu joelho todos os dias.

— São cinco quilômetros sérios? Quero dizer, estritamente para corredores, ou haverá participantes mais lentos?

Ele se sentou em um dos banquinhos do meu balcão, os olhos fixos nos meus.

— Vale qualquer coisa. É tudo para arrecadar dinheiro para caridades locais. Só vou chamar atenção para o evento. — Ele engoliu em seco. — Você está convidada, se for algo que consiga fazer, que queira fazer. Não queria te pressionar ou parecer um idiota insensível. Sei que você faz bicicleta ergométrica todos os dias, e que nada, mas eu não tinha certeza se...

Dei de ombros.

— Eu consigo, mas só se você quiser que eu vá. Não quero impor nada, e não quero te atrasar. Pode ficar à vontade para correr à minha frente.

— Você não está impondo nada. Eu quero que vá. E não vai me atrasar. Não é esse tipo de corrida. Não vou arrecadar mais dinheiro para a caridade se terminar mais rápido. — Houve uma pausa bem longa. — Mona estará lá. Todas as garotas da apresentação estarão.

Revirei os olhos, nada feliz quanto a ver Mona, mas com certeza era o mal menor. Pelo menos, ele não passaria o dia com ela sem mim, se eu ficasse em casa sozinha no meu dia de folga.

— Preciso me inscrever em algum lugar ou fazer algo especial?

Ele balançou a cabeça.

— Vou te inscrever, e vamos no meu carro. Sei onde é. A única regra é que você precisa usar branco.

Achei estranho, mas fui para meu quarto e comecei a procurar no armário.

— Parte de cima *e* de baixo? — gritei para ele.

— Se puder — ele respondeu de trás e perto de mim. — Só se certifique de não ser nada a que seja muito apegada. Pode não sobreviver ao dia.

— Como assim? Você vai rasgar minha roupa? — Lancei a ele um olhar safado, e ele riu do jeito que eu amava, do fundo do peito.

— É bem possível. Com certeza, eu não descartaria essa ideia.

Encontrei um short de corrida branco e uma camiseta de treino branca customizada.

— Esses servem?

— Perfeitos.

Ele não ficou muito naquela noite, o que foi decepcionante, mas acho que era bom que pelo menos um de nós estivesse se contendo.

— Vou passar às oito da manhã para te buscar — ele me disse quando o acompanhei até seu carro.

Me deu um beijo de despedida, se afastando depressa.

— Preciso terminar umas coisas e sei que, se começarmos agora, nunca vamos parar.

Assenti, dando um passo para trás.

— Boa noite — murmurei, então voltei para casa sem olhar para trás. Se ele conseguia se afastar, disse a mim mesma que eu também conseguiria.

Eu estava pronta, vestida de branco até os tênis, meu cabelo amarrado em um rabo de cavalo bagunçado, com joelheira, quando ele chegou na manhã seguinte. Não o fiz vir até a porta, indo até ele antes de ele ter que andar até minha casa.

Nos encontramos no meio do caminho, na entrada de carros. Ele parecia bem diferente, vestido todo de branco, com uma camiseta com gola V e short de corrida. Cada peça tinha um pequeno logo do Cavendish Resort bordado nela.

Até seus tênis eram brancos, e ele estava usando uma faixa branca para conter o suor.

— Você pareceria tão formal se conseguisse esconder todas essas tatuagens.

Ele sorriu.

— Há uma explicação perfeitamente boa de por que estou vestido assim. Você vai ver quando chegarmos lá.

Antes de eu conseguir responder, ele já estava se curvando e me erguendo em um abraço forte que tirou meus pés do chão. Meus braços envolveram seu pescoço.

Ergui o rosto e fechei os olhos quando seus lábios foram até os meus, desejando que ele tivesse chegado mais cedo, passado a noite anterior ali ou alguma coisa assim, qualquer coisa para nos dar mais alguns minutos roubados que poderíamos ter tido para alimentar essa fome, o suficiente para mantê-la contida.

Não estávamos amenizando esse nosso desejo de forma nenhuma. A cada encontro, só parecia que ficava mais aguçado.

Seus lábios se tornaram insistentes, e suas mãos seguraram minha bunda para que ele pudesse me manter ancorada enquanto se pressionava em mim.

Foram alguns minutos entorpecentes antes de ele se afastar.

— Nossa. Você quer que eu te foda no seu jardim ou estou interpretando errado?

Dei risada quando ele me colocou no chão.

— Tem razão. Sempre podemos só nos desculpar com seus vizinhos depois.

Recuei alguns passos, afastando-o com as mãos.

— Uma pergunta. A corrida vai começar sem você, se você se atrasar?

Sua respiração saiu de um jeito barulhento e irritado.

— Acho que não.

— Há algum jeito de termos tempo de correr para minha casa, dar uma rapidinha e ainda chegar a tempo?

— Porra, acho que não — ele rosnou, seu humor piorando a cada segundo.

— Tá bom, então. Entre no carro. Temos que ir. Não vai deixar todo mundo te esperando.

Ele xingou a caminhada inteira até o carro, continuou enquanto segurava a porta aberta para mim, e até por parte do caminho até lá.

— Você deveria ter chegado cedo — eu disse a ele.

— Bem, obrigado pelo convite, mas, porra, agora é meio tarde.

Dei risada. Não sei por quê, mas sempre me divertia com o Tristan rabugento.

Quando chegamos lá, vi que todos os participantes usavam branco. Havia uma faixa enorme na linha de largada escrito *5 km de Cor para Caridade*, e comecei a ter uma noção de onde eu tinha me envolvido.

— Branco, hein? — Lancei um olhar para ele.

Ele sorriu.

— É divertido. Você vai adorar. Confie em mim.

Eram as palavras mais estranhas.

Confie em mim, vindo dele, dentre todas as pessoas. Minha cabeça e meu coração entravam em guerra quando ele dizia palavras assim, mesmo de um jeito despreocupado.

Porque eu queria confiar nele. Parte de mim precisava disso. Queria confiar nele com meu melhor, meu pior e tudo que havia entre eles.

Muito de mim buscava, por instinto, essa confiança. Às vezes, parecia que minha alma tinha lançado sua sorte com ele e, mesmo nos anos separados, ela havia se grudado nele, deixando o restante de mim para *murchar*.

Mas eu *tinha* confiado nele. Confiado nele com todo o meu coração, e ele havia quebrado essa confiança em pedacinhos, parecendo não se importar com o massacre que tinha deixado em seu rastro.

No entanto, ele havia mudado.

Era difícil negar que as coisas nele que haviam me destruído uma vez tinham sido transformadas, desaparecido ou deixadas para trás.

Então, a batalha dentro de mim piorou, e aquele diabo encantador simplesmente seguiu com sua vida, sorrindo enquanto derrubava, aos poucos, todas as minhas defesas contra ele.

Defesas pelas quais eu tinha trabalhado.

Defesas que eu havia conquistado.

Não era justo, exatamente como não foi justo quando ele me lançou um sorriso malicioso que me fez derreter e logo perdi a linha de raciocínio.

Era com *isso* que eu estava lidando.

Eu estava em desvantagem e desarmada, e só percebi quando já era tarde demais para fazer alguma coisa em relação a isso.

Um coração podia se partir muitas vezes antes de ser uma causa perdida.

Fomos separados assim que chegamos na linha de largada. Ele era o anfitrião do evento e tinha que ir para o centro do caos, então acenei para ele, ficando para trás.

Eu sabia que conseguia fazer os cinco quilômetros. Mas detestava o fato de ser a mais lenta, e todo mundo sabia o motivo só de olhar para mim. Mesmo após anos lidando com isso, era uma pílula difícil de engolir.

Ainda assim, eu a engolia todos os dias e dava o meu melhor. Naquele dia não foi diferente, só um pouco mais público.

Talvez tivesse gente lá que eu conhecesse, não tinha certeza. Não procurei ninguém. Não queria atrasar ninguém.

De repente, desejei não ter ido. Não que eu fosse mesmo ter a companhia de Tristan. Mas também já era tarde demais para desistir. Ainda assim, considerei, por um instante, chamar um táxi e sair no meio.

Por algum motivo, não fiz isso. Por algum motivo, fiquei.

Flagrei alguns vislumbres do espetáculo que era Tristan e todas as garotas de sua apresentação em direção à frente da multidão.

Todas as assistentes/dançarinas estavam usando blusinhas brancas com a barriga de fora e *hot pants* brancas, enquanto posavam com ele para os fotógrafos. Logo cheguei perto o suficiente e o vi colocando os braços em volta de algumas delas para as fotos e, por algumas, quero dizer que uma delas foi Mona.

Fui para bem longe depois disso, me perguntando por que ele precisava ter dez dançarinas/assistentes em seu número, e por que todas tinham que ser gostosas. Era deprimente.

Capítulo Vinte e Dois

DANIKA

Eu estava bem atrás quando a corrida começou. Fazia sentido. Comecei a me mover depressa assim que o tiro de largada foi dado. Não olhei para cima nem para o lado, apenas para meus pés enquanto marchava com dificuldade.

Estava fazendo isso fazia uns cinco minutos quando vi os tênis dele se aproximarem, andando ao meu lado.

— Você não tem que ir devagar por minha causa — falei, sem olhar para cima.

Ele segurou minha mão.

— Pare — disse baixinho.

Continuei andando, continuei olhando para o chão e me movendo.

— Seu joelho está doendo? — ele perguntou.

— Está tudo bem — respondi. Eu estava com dor. Estava sempre com dor, mas já havia me acostumado a isso. — Não sou o que eu costumava ser, hein? — Acabou escapando, e não fiquei feliz por isso.

Tentei não olhar para meu joelho inútil nem para minha barriga estéril.

— Pare — ele repetiu, me fazendo parar de repente. — Você é tudo que era. Ainda é você. O resto são detalhes.

Queria abrir uma exceção a esse comentário, mas não conseguia pensar em uma única coisa para dar que não fosse sair como autopiedade, então mantive meu ritmo e recomecei a andar.

— Há um motivo para todas as suas assistentes serem peitudas? — perguntei. Estava bastante perturbada por isso.

Olhei para ele e fiquei grata pelo quanto ele ficou desconfortável de repente.

— Estamos em Vegas.

— Esse é o motivo? Porque estamos em Vegas? Você mesmo escolheu essas garotas?

— Sim. Tive que garantir que fossem competentes. Elas não ficam apenas segurando acessórios. Algumas são bem talentosas.

— E todas simplesmente acabaram sendo peitudas?

— Estamos em Vegas — ele repetiu.

— Isso é nojento. Minha opinião sobre você, em geral, acabou de ter uma queda livre. — Quis dizer isso com petulância, mas saiu um pouco brava, e percebi que era porque eu estava mesmo brava. Estava incomodada pela preferência dele.

E ele me parou de novo, me lançando um olhar severo.

— Ouça o que vou dizer. Elas têm peitos enormes, porque garotas que fazem audição para serem assistentes de mágicos em uma apresentação em Vegas já compraram peitos gigantes antes mesmo de aparecerem para procurar emprego. Entendeu? Porra, a maioria delas também já fez implantes na bunda. Escolhi as mais competentes. O tamanho do peito nunca nem foi uma questão.

De alguma forma, fiquei mais calma, e curiosa sobre algo que ele dissera.

— Implantes na bunda? Você está inventando. Ninguém faria isso.

— Também não entendo, mas elas fazem.

— Como é possível? Como alguém pode ter um implante bem onde se senta? Não parece uma péssima ideia? E se você se sentar com muita força e explodir os implantes? E se você cair de bunda?

Ele deu risada.

— Não faço ideia; só sei que existe.

Andamos mais um pouco quando ele disse de repente:

— Feche os olhos. Esta é a parte divertida.

Gritei quando ele me segurou pela cintura, me colocando em seu ombro sem dificuldade.

Me segurei à sua cabeça e fechei os olhos, mas já tinha visto o que iria acontecer.

— Feche a boca — ele instruiu, com alegria na voz. — E os olhos.

Era mais fácil falar do que fazer. Quando alguém jogava pó colorido em você, era difícil não se engasgar.

Quando abri os olhos, tudo que vi foi a cor rosa.

Eu estava rosa.

Olhei para baixo, para a cabeça de Tristan e o resto dele: rosa.

— Quantas estações de tinta há nesta coisa? — perguntei a ele, rindo.

— Pelo menos cinco no caminho, e acho que é livre para todos no fim.

— Você sabe que eu vi que ia acontecer isso, não é? Se achou que estava me passando um trote, falhou. É chamada de *5 km de Cor para Caridade*. Não foi difícil descobrir.

Ele apertou minha perna, e pude ouvir a alegria em sua voz.

— Não foi um trote, foi uma surpresa agradável. Mas você está se divertindo, não é?

Olhei para baixo, para nós, para mim, pegando uma carona nos ombros largos com os quais eu sonhava, minhas mãos livres para passear por toda aquela amada cabeça, e coberta de pó cor-de-rosa.

Eu estava me divertindo, sim. O dia estava perfeito e até eu, a Rainha da Negação, não poderia negar que Tristan havia dançado de volta para minha vida e trazido minha alegria com ele.

Me mexi em seus ombros, acariciando seu cabelo.

— Sim, Tristan, estou me divertindo.

Ele virou a cabeça, beijando meu joelho ruim, a mão subindo para começar a massageá-lo. E simplesmente como se nossos pensamentos estivessem tão interligados quanto nossas almas, ele disse baixinho:

— Você me faz feliz. Sabe disso, não é?

Derramei uma lágrima e xinguei, porque lágrimas deixariam rastros óbvios no meu rosto coberto de pó.

— Não faça isso — pedi baixinho.

— Não faça o quê? Não seja feliz? Não dá para evitar com você na minha vida.

Respirei fundo para me tranquilizar algumas vezes, colocando a mão no meu coração acelerado.

Ele era implacável.

Quando permaneci em silêncio por um bom tempo, ele ficou com pena de mim e mudou de assunto.

Fomos tingidos de amarelo na estação seguinte. Esfreguei seu cabelo, dizendo:

— Droga, eu queria muito umas fotos de você coberto só de rosa. Para fins de chantagem.

— Boo, pode tirar fotos de mim enterrado em sua parte rosa a qualquer hora que quiser.

Puxei seu cabelo por isso.

— Preciso te alertar. Encontrei com Natalie mais cedo, antes da corrida, então ela está aqui em algum lugar.

Enrijeci.

— Vatalie Natalie? Ela ainda existe?

Senti seu ombro se mexer sob minhas coxas. Ele estava ficando desconfortável, o que *me* fez enrijecer ainda mais.

— Ela trabalha no cassino. Faz anos. É bartender no Decadence nos fins de semana, e acho que é garçonete no cassino alguns dias da semana. Ela ficou mais tranquila, mas ainda pode ser pentelha, por isso estou avisando.

— Então você e ela são próximos, é?

Eu o senti suspirar debaixo de mim.

— Não somos não. Somos simpáticos quando nos vemos, mas é isso. Ela desistiu de me ter de volta há muito tempo.

— Sempre me perguntei se vocês dois voltariam, se nós terminássemos.

— Bem, aí está sua resposta. Nem ferrando.

— Nem um deslize?

— Porra, não. Nem ferrando. Você está feliz ou triste de estar errada?

Fiz um barulho descompromissado, mas fiquei bastante animada por isso.

— Ela foi mencionada na terapia algumas vezes, mais porque meu relacionamento com ela apontou para o fato de que, na época em que éramos adolescentes, eu queria mais salvá-la do que queria ser feliz. Meu terapeuta chamava de complexo de salvador.

Meu peito ficou apertado.

— É assim que se sente com relação a nós? Você estava tentando me salvar?

Ele virou a cabeça e beijou meu joelho de novo.

— Nossa, não. Você entendeu tudo errado. Era você que me salvava. Sempre.

Fechei os olhos e deixei aquilo me lavar. A única coisa que me tirou disso foi um pó colorido azul jogado no rosto.

— Então, Mona e Natalie estarão na festa depois do evento? — finalmente perguntei a ele.

— Sim. E se isso te faz se sentir melhor, acho que Natalie odeia Mona ainda mais do que odiava você.

Isso não me fez sentir melhor. Em termos de coisas no mundo que não me faziam me sentir melhor, essa foi logo para o primeiro lugar.

Eu o fiz me colocar no chão e andei depressa para as estações de tinta seguintes.

Ele ignorou meus protestos, me jogando de volta em seu ombro para cruzar a linha de chegada colorida, me arrastando para um dos lançadores de cor, ficando parado até cada centímetro de nós ficar tingido.

Eu estava rindo e limpando o topo de sua cabeça quando uma Mona sorridente e colorida se aproximou de nós.

Ela nos cumprimentou calorosamente. Não agiu como se estivesse ameaçada por mim, e eu não sabia como reagir a isso. Não tive a impressão, nem por um segundo, de que ela tivesse superado Tristan.

Mas talvez fosse meu histórico, já que, seis longos anos depois, eu ainda estava totalmente enfeitiçada por ele.

— Estão organizando uma sessão de fotos com as outras garotas — ela contou a Tristan. — Querem fazer isso enquanto a tinta ainda está fresca. — Ela apontou na direção do palco que estava sendo montado. — Querem todos nós lá em cinco minutos.

— Me ponha no chão — pedi a ele, puxando seu cabelo. Ele o fez sem falar nada.

— Claro que você também pode vir, se quiser — Mona disse para mim.

— Não, obrigada — respondi de imediato.

Tristan estava olhando para mim, e Mona olhava para ele. Eu queria, literalmente, estar em qualquer outro lugar do planeta naquele momento.

— Vá — eu disse a ele. — Estarei por aqui. — Dei um tapinha na braçadeira no meu bíceps que segurava meu celular.

Ele se aproximou, como se Mona nem estivesse ali, e segurou meu rosto com as duas mãos.

— Venha comigo. Não quero me separar nesta multidão. Posso demorar horas para te encontrar de novo.

Balancei a cabeça, mas isso não o fez tirar as mãos.

— Estou com meu celular. Vá. Ficarei bem.

Ele se curvou e começou a me beijar, com o rosto cheio de pó e tudo. Não recuou até eu estar segurando a frente de sua camisa com as duas mãos, e Mona já tinha ido havia muito tempo sem ele.

Ainda me recusava a ir com ele, porém, quando ele se foi, eu o segui devagar, pretendendo assistir à sessão de longe.

Todo mundo à minha volta estava dançando e, em geral, se divertindo, muito cobertos de tinta em pó, que estava salpicando pelo ar a todo instante. Algumas pessoas haviam levado até os filhos, e eles pareciam estar se divertindo demais como os adultos.

Só com Tristan eu iria a um lugar assim e, no segundo em que ele saiu do meu lado, eu quis ir embora.

Mas fiquei assistindo à sessão de fotos prolongada, que envolvia Tristan abraçando um monte de mulheres peitudas, coloridas e com camisetas pela metade.

Eu estava a um segundo de mandar tudo para o inferno e pegar um táxi quando uma voz feminina falou bem à minha direita.

— Acho que a vadia voltou.

Demorei um minuto, enquanto me virava e analisava a mulher hostil e tingida de tinta que tinha se enraizado ao meu lado.

Enfim, reconheci os traços inchados cheios de colágeno injetado sob o pó. Mesmo sob um monte de pó, dava para ver que ela não estava envelhecendo bem. Estava exagerando nas cirurgias.

— Natalie — eu disse, então me virei de novo.

Eu a ignorei o máximo que consegui. Imaginei que era a coisa mais gentil que eu poderia fazer. E a mais madura.

Nem ela merecia as coisas que eu queria dizer. Os seis últimos anos de nossa confusão não foram culpa dela.

— Vi você e Tristan durante a corrida. Foi tão gentil da parte dele te ajudar lá atrás. É um cara muito legal por ajudar a inválida.

— Inválida? — indaguei baixinho, dando a ela toda a minha atenção. *Agora* ela merecia.

Parte de mim meio que viveu por esse momento em que poderia mostrar minhas garras sem eu precisar me sentir mal quanto às consequências, porque sentia que havia sido adequadamente provocada. Esse com certeza era um desses momentos.

— Se quer saber minha opinião, esses balões gigantes e cheios de silicone no seu peito, que quase te fazem tropeçar toda vez que você tenta ficar ereta, e esses seus lábios de palhaço que dificultam comer sem babar… Isso sim é invalidez.

Ela fez um barulho nojento, mas não conseguiu retrucar.

Eu sorri. Ela se afastou e foi isso. Foi triste, mas, na verdade, preferia lidar com ela a ter que lidar com Mona.

Encontrei um lugar para me sentar, em uma mesa de piquenique que ficava perto do que estava quase se transformando em uma pista de dança.

Quase no segundo em que me sentei, senti meu celular vibrar no meu braço.

Era Tristan. Achei que não tivesse chance de ouvi-lo acima de todo o barulho, então desliguei a ligação e enviei minha localização a ele.

Capítulo Vinte e Três

DANIKA

Ele chegou em menos de um minuto. Se sentou ao meu lado, depois, sem cerimônia, me puxou para seu colo.

Me virei até estar de lado, encarando-o.

— Pode ir dançar, se quiser. Não me importo.

— Não sem você — ele disse, beijando meu nariz.

— Ainda sei uns movimentos — falei, observando seu rosto.

Eu adorava fazê-lo rir.

Fiquei lisonjeada pelo olhar de admiração que ele me lançou por isso.

— Sabe, sim.

Dei risada.

— Não estava falando disso. Estou falando de movimentos de dança.

Ele pareceu intrigado.

— Ah, é?

— É. Há o laço. — Mostrei a ele aquele clássico, e ele deu risada. — E o "faça chover". — Coloquei os dedos na palma da mão e fiz como se arremessasse dinheiro. — E o "tapa". — Coloquei uma das mãos para baixo, e a outra se moveu depressa, estapeando-a. — E, claro, o "faça em mim". — Virei a palma da mão para baixo, curvei-a para imitar como se estivesse segurando a nuca e a empurrei para baixo, imitando-o fazendo oral em mim.

Eu tinha inventado essa última.

Ele estava rindo muito quando terminei. Meu peito inteiro se aquecia quando ele ria assim.

Então nos beijamos, dando amassos como adolescentes em público de novo. Eu sabia que deveria me afastar, mas parecia que não conseguia parar. Segurei sua camiseta, enquanto ele segurava meu cabelo, e deixei nossas bocas simplesmente seguirem. Era um tipo especial de alegria apenas seguir o fluxo desse jeito, por um tempo.

Ele estava me deitando no banco, suas mãos se tornando indecentes, quando reuni força de vontade para recuar.

— Não podemos. Aqui, não. Há crianças em volta, Tristan. Sem contar as *outras pessoas*.

Ele recuou e se sentou.

— Vou pegar algo para comermos.

E desapareceu na multidão.

Ele voltou talvez uns quinze minutos depois, com refrigerantes e cachorros-quentes.

Nem reclamei, só comi o cachorro-quente e bebi a Coca-Cola. Estava com tanta fome que até valiam as calorias.

Compartilhamos um sorriso quando terminamos de comer, minha mente voltando àquela sessão de amassos ridícula de antes.

Ele tinha um pouco de ketchup no canto da boca, e peguei um guardanapo para limpá-lo, sorrindo para seu rosto querido.

Ele inclinou meu rosto para cima com seu queixo. Sua expressão era primitiva com coisas que eu não conseguia ou não queria identificar.

— Ah, não, você fez aquilo — ele sussurrou.

— Fiz o quê?

— Me olhou daquele jeito. Sabe que não vai dar para voltar atrás se me olhar assim de novo. Você entende, não é?

— Não sei do que está falando — eu disse a ele, o que era mentira. Podia sentir isso saindo dos meus olhos, cobrindo-o como uma pomada analgésica. Era uma coisa que eu dava, e ele aceitava, e nós dois ficávamos mais loucos por isso ou, pelo menos, foi assim que aconteceu da última vez.

— Sabe, sim. Você não pode me olhar assim sem *sentir* esse olhar. — Ele respirou fundo, depois mais uma vez.

— Deve ser todo esse pó. Você está vendo coisas.

Isso não o perturbou.

— Juro que parece que eu tinha uma bala alojada na barriga, enterrada ali há anos, e que acabou de ser arrancada. Obrigado.

Desviei o olhar.

— Não me agradeça. Só faça o que precisar para não me magoar.

Sua respiração ficou irregular.

— Posso pedir a mesma coisa de você?

Compartilhamos um olhar primitivo, porém não respondi.

— Não sabia que seria tão difícil ficar perto da Mona — eu disse, mudando de assunto. — Acho que é melhor evitar isso no futuro.

Ele era o remorso tingido de amarelo, roxo e rosa. Com exceção de mim, achei isso bem incrivelmente cativante.

— Sinto muito por isso. Acabou ficando uma situação ruim.

Balancei a cabeça para ele.

— No que eu estava pensando ao dormir com alguém com quem trabalho? Quando isso *acabou* bem?

Ele pareceu extremamente desconfortável.

Balancei mais um pouco a cabeça para ele.

— Ah, seu ingênuo desgraçado. Ainda pensou que daria certo ser amigo de foda, é?

Ele se encolheu.

— Pensei. Fui um idiota. Mas não vamos fazer isso com a gente, está bem?

Ele tinha razão, e deixei para lá, já que havia terminado de falar o que queria.

Fomos à casa dele e, enfim, tive o tour.

— É enorme — eu disse antes mesmo de termos terminado o térreo. — Que homem solteiro precisa de tanto espaço?

Ele me lançou um olhar enigmático por aquela frase atrevida.

Transamos coloridos por toda a sua cama pervertida. Depois, tomamos um banho juntos que formou um arco-íris pelo ralo, e ele me tomou de novo contra a parede do boxe.

Quando estava me secando, notei um frasco pela metade de um perfume feminino no balcão, perto de sua própria seleção de perfumes.

Eu o peguei, erguendo-o.

— Se importa de explicar isto?

Ele sorriu.

— Claro que não. Não fique brava, mas roubei de você no casamento do James e da Bianca.

Só pisquei para ele.

— Você entrou no meu quarto da fazenda e pegou uma coisa? E para que você usaria o meu perfume?

— Você não vai querer saber.

Corei dos pés à cabeça e não consegui olhá-lo por uns bons cinco minutos. Não ajudava o fato de ele estar nu e eu estar perto dele.

Ele me levou para seu closet a fim de tentar encontrar uma camiseta para mim. Congelei na porta, olhando para dentro.

Com apenas uma toalha apertada no peito, encarei seu closet por muito tempo. Era gigante e o mais estranho: cheio de roupas. Fileiras longas de ternos, uma parede de gravatas, arara após arara de camisas. Havia apenas um espacinho destinado a camisetas, e a parede de prateleiras que guardava seus jeans dobrados não era muito maior do que a sessão das gravatas.

— Puta merda. O que houve aqui? Esse não é você.

Ele pareceu acanhado ao passar uma mão agitada pelo cabelo.

— Eu tenho uma figurinista.

— Como é? — Fiz careta. — Explique para nós, mero mortais. Uma figurinista?

— Para a apresentação, há uma moça que compra minhas roupas e as combina para o número. Uma *personal stylist*, eu acho. Ela arruma este closet assim como escolhe para todos os eventos associados ao cassino. Acho que faz parte do trabalho ter um guarda-roupa cheio. Então você acertou nessa parte, este não sou eu.

Ele pegou uma camiseta debaixo de onde havia muitas dobradas, e eu deixei cair a toalha, esticando o braço.

Ele a segurou fora de alcance com um sorriso.

— Acabei de repensar a ideia de te dar uma roupa. — Jogou a camiseta por cima do ombro e veio até mim. Beijou minha testa de leve enquanto segurava minha nuca, puxando meu cabelo; virou meu corpo para ele ficar atrás de mim, então me curvou para a frente.

— Segure meu pulso — instruiu, e ergui os braços para trás, e ele passou sua outra mão por meu tronco, segurando um seio ao me levar para o quarto.

Ele me levou para um banco de couro com um estranho arco duplo. Tinha quase dois metros de comprimento, com um arco que chegava à metade, depois descia e subia em outro arco que era, talvez, uns centímetros menor do que o outro. Era um banco estreito também, e não imaginei, nem por um segundo, que não tivesse um motivo para isso.

Lancei-lhe um olhar estreito.

— Tudo bem, desisto. O que é isso?

Ele me levou direto para a ponta arredondada do lado mais alto. Me empurrou para a frente até eu me deitar e estar com a bunda empinada, e meus pés pendurados fora do chão.

Sua mão agarrava meu cabelo, e eu ainda segurava com firmeza seus pulsos.

— Se chama Poltrona Tantra. No caso de o nome não descrever muito bem, deixe-me te avisar: vamos passar muitas horas nesta poltrona. *Dias*.

Me remexi. A posição em si era excitante, com meus quadris apoiados na superfície macia da poltrona. Claro que ter Tristan nu atrás de mim era mais do que um pouco responsável por me deixar molhada e pronta para outra rodada.

Eu não podia compartilhar com ele que tinha me esquecido de como era ter uma *maratona* de sexo. Só estive com Andrew anos após nosso rompimento, mas duvidava que muitos homens conseguissem aguentar tantas rodadas, como Tristan. O homem era sobre-humano. Eu sempre soube disso, mas ter isso e perder deixou tudo mais gostoso da segunda vez.

Ele continuou segurando firme meu cabelo enquanto brincava com a cabeça de seu pau na minha entrada.

— Amor, é assim que vai ser. Você não vai gozar até eu falar que pode. Não importa o quanto for insuportável, você vai *segurar* até eu avisar. Além disso, não mexa as mãos até eu dizer.

Mordi o lábio, fechando os olhos com força quando ele entrou fundo. Começou a se mexer logo, mas tão devagar, tão sem pressa, que foi torturante desde o início.

Eu já estava preparada. O que precisava era de outra investida forte. Falei para ele.

Ele deu risada, beijando minhas costas, seus lábios brincando na minha tatuagem.

— Deixe-me esclarecer: você não está no comando aqui.

Para ilustrar seu argumento, ele me deu umas investidas fortes e chocantes antes de voltar ao ritmo.

Segurou meu seio esquerdo e beijou minhas costas enquanto mantinha aquele ritmo suave pra caralho e sem pressa. Uma tortura.

Durou tanto tempo que eu estava choramingando, depois o xingando alto e com força.

Sua reação foi rir contra minhas costas.

— Já fiz você gozar duas vezes. Devo estar te mimando demais, se está tão sedenta por uma *terceira* rodada.

— Sei que você é bom para mais do que três, seu sádico desgraçado.

Recebi alguns solavancos brutos por isso, e assim que percebi que insultá-lo me daria o que eu queria, comecei a insultá-lo de verdade.

Saiu pela culatra. De verdade. Ele tirou de mim por completo, soltando meu cabelo. Tentei voltar atrás de cada insulto, mas era tarde demais.

— Relaxe suas mãos — me instruiu e, quando relaxei, ele as alinhou nas minhas laterais, virando meus braços só o suficiente para ficar com a palma da mão para cima, então puxando meus braços alto e bem longe para minhas costas, segurou-os esticados.

Eu o senti se ajoelhar atrás de mim, ainda segurando minhas mãos, e começar a me comer por trás com as carícias mais provocantes de sua língua.

Meus pés se arquearam, e eu os enganchei até estarem cruzados atrás da cabeça dele, descansando em sua nuca. Ele começou a enfiar fundo a língua, usando minhas mãos presas para mexer minha boceta de encontro com sua língua ocupada e para longe dela.

Eu estava perto e contei a ele. Ele se afastou, e o senti se levantar. Puxou meus braços, me colocando de volta em seu pau, e começou o ritmo lento de antes.

Mexi meus quadris e comecei a implorar.

Ele ficou com pena de mim, se movendo no ritmo que eu queria, de que precisava.

— Tudo bem, amor, pode se soltar.

Gozei forte, convulsionando, estremecendo, apertando seu pau assim que o senti bem duro quando ele me seguiu.

Fiquei tão mole depois dessa rodada que ele precisou me carregar para a cama.

Desmaiei, saciada e satisfeita de um jeito que tinha se perdido para mim fazia tanto tempo quanto Tristan. Mesmo com os toques de drama, foi o melhor dia que tive de que conseguia me lembrar.

Capítulo Vinte e Quatro

DANIKA

Encontrei com ele do lado de fora de um restaurante perto de Tropicana e Pecos, logo ao lado de uma loja enorme de armas com o maior campo de tiro da cidade. Era um ótimo lugarzinho italiano que eu poderia apostar que era administrado pela máfia. O lugar ficava aberto vinte e quatro horas por dia, sete dias por semana, e sempre estava totalmente vazio, exceto por alguns italianos acima do peso que conversavam discretamente no canto. Um deles, o dono, quase sempre parava em nossa mesa a fim de garantir que havíamos gostado da comida, fazendo um longo discurso sobre cuidar de seus clientes. Super clima de máfia. E, vamos lá, era Vegas.

A comida era tão boa que continuei voltando mesmo assim. Bev e eu almoçávamos lá duas vezes por semana, sem falta.

Em geral, Andrew e eu nos encontrávamos em um dos restaurantes dentro do cassino, mas achei que não seria uma boa ideia no momento, por motivos óbvios.

Não porque eu estava escondendo isso, mas porque não queria lidar com nenhum potencial drama por causa disso.

Tudo bem, talvez eu estivesse escondendo um pouco. Embora não estivesse fazendo nada errado.

Disse isso a mim mesma com firmeza e várias vezes. De alguma forma, não ajudou. Nos encontrávamos para almoçar algumas vezes no mês, mesmo após o término. Éramos assim. Pensei que sempre seríamos bons amigos. Andrew era exatamente esse tipo de cara. Mesmo que ele preferisse não ter terminado, respeitava minha decisão.

Nunca recorreu a truques sujos ou sorrisos encrenqueiros para conseguir o que queria de mim.

Claro que ele não tinha isso em seu arsenal.

Na verdade, Andrew não tinha um arsenal.

Isso sempre foi a minha coisa preferida nele. Uma pena que não tinha sido suficiente.

Era difícil me sentar à frente dele em uma mesinha e não fazer comparações com um certo bad boy tatuado. Impossível, na realidade. E era difícil não me sentir culpada pelo simples fato de como essas comparações eram pouco lisonjeiras para o pobre Andrew.

Pedi uma salada, Andrew pediu lasanha, e comemos enquanto tínhamos uma conversa truncada. Não costumava ser assim.

Me sentia uma merda por até mesmo estar ali. Deveria ter cancelado, porém era teimosa demais para admitir para mim mesma que minha vida simplesmente não podia continuar como estava.

— E aí, está saindo com alguém especial? — perguntei, me sentindo esperançosa demais quanto a isso. No dia em que ele seguisse em frente, tiraria um enorme peso da minha consciência. Eu sabia que havia partido seu coração e, apesar de fazer muitos meses que tudo tinha acontecido, ainda me sentia mal em relação a isso.

Ele se encolheu um pouco.

— Ainda tenho uma grande queda por você, se não percebeu. — Não havia censura em seu tom, apenas honestidade.

Foi ainda mais difícil de enfrentar. Olhei para meu prato.

Pensei que tivesse sido clara há bastante tempo, mas, pelo visto, não. Será que eu, sem querer, o estava enrolando? Nunca tinha me ocorrido, mas, claro, eu não estava dormindo com outro homem antes.

Esse pensamento acabou comigo, a parte de outro homem.

Tristan ser o outro homem era esquisito demais. Parecia errado até pensar nisso.

Eu sabia por quê.

Ele era o homem, então nunca poderia ser o outro.

Esse era o outro, minha mente mórbida me disse.

Os últimos seis anos tinham sido o outro, e o pobre Andrew foi só outra baixa na Grande Guerra entre Tristan e Danika.

O querido Andrew esteve em uma missão suicida sem chance de sobrevivência, e ele não fazia ideia.

— Eu queria que não tivesse — disse a ele o mais gentil que consegui. — Uma queda por mim, quero dizer. Você é um cara ótimo.

— Aham — ele respondeu com um sorriso triste. — Isso parece meio bizarro.

— Mas você é. Tem sido maravilhoso para mim, paciente e gentil, mas eu fiquei quebrada muito tempo antes de te encontrar, e temo que nem você nem eu temos as ferramentas para me consertar. Estou começando a enxergar isso agora. Me desculpe por ter gastado seu tempo; me desculpe por ter te magoado. De verdade. Mas somos bons como amigos. Sempre terei o máximo respeito e carinho por você.

Ele pareceu muito mais magoado por minhas palavras do que eu estava pronta para lidar.

— Não foi perda de tempo. Se apaixonar nunca é. — Ele cobriu o rosto com as mãos. — Não sabia que você se sentia assim. Pensei que só precisasse de mais tempo. Mais espaço. Isso está acontecendo por algum motivo em particular? — Ele baixou as mãos e seus olhos sérios encontraram os meus. — Se posso ser direto, há outra pessoa?

Ainda não havia censura em seu tom, só uma preocupação levemente ferida.

Corei, envergonhada por minha insensibilidade. Deveria ter contado antes.

— Estou saindo com uma pessoa. Não sei dizer se é sério ou até mesmo se há o potencial de ser. É uma situação bem complicada. Mas…

— É o Tristan Vega, não é?

Isso tirou minha força.

— Como você sabe?

— Sempre foi ele, não foi? Eu sabia — ele disse com emoção. — Eu sabia que havia alguém que tinha seu coração, algo que sempre fazia você se conter comigo. Deveria ter percebido que estávamos condenados, após aquela primeira vez, quando você se trancou no banheiro e não parava de chorar. É claro que eu sabia que havia algo errado, mas não sabia que eu *não tinha esperança.*

Ele fez uma longa pausa, se recompondo.

— Você não deveria se desculpar e não deveria se sentir como se tivesse feito algo errado. Sei que deu o seu melhor para me amar. Só que nunca tivemos chance, não é?

Balancei a cabeça, desejando saber como confortá-lo. Dava para ver que ele estava magoado, e eu detestava ser a causa disso.

— Daquela vez que o vimos no tapete vermelho no ano passado. Meu Deus, eu já deveria ter previsto. Dava para ver que vocês não tinham superado um ao outro.

— Fui tão óbvia assim? — Pensar nisso foi alarmante, no mínimo. Às vezes, parecia que meu orgulho era tudo que eu tinha. Será que aquele pequeno conforto, de que eu mantinha meus sentimentos escondidos, tinha sido negação da minha parte?

— Não, não foi. Você sempre foi muito boa em esconder seus sentimentos. Foi ele. Ele não estava escondendo nada. Olhava para você como se, sei lá, nem conseguisse *respirar* ao te ver. Percebi que ele tinha sido seu namorado e admito que fiquei com ciúme, mas, ainda assim, senti pena do cara. E o jeito como ele me olhou, bem, ele mal olhou para mim, mas quando o fez… Nunca senti tanta antipatia lançada na minha direção em toda a minha vida. Sei que parece loucura, mas acho que ele queria me atacar. Tipo, me bater.

Não parecia loucura. Parecia Tristan.

Logo me perguntei se deveria alertá-lo de que era uma possibilidade bem real, se eles se vissem no futuro. Tristan não tinha metade da cabeça quente que costumava ter, mas a forma como se sentia em relação a Andrew poderia simplesmente cancelar todo o seu recém-descoberto autocontrole.

— Sobre isso… — comecei. — Eu tomaria cuidado, se fosse você e acabasse o encontrando. Ele pode ser bem… volátil.

Ele arregalou os olhos.

— Ele é perigoso? Espere, *você* está segura com ele?

Acenei, ignorando.

— Estou segura com ele. Ele nunca machucaria uma mulher e cortaria os próprios braços antes de *me* machucar. Se há uma coisa de que tenho certeza em relação a ele é isso. E, não, ele não é perigoso, não costuma ser, mas essa antipatia em relação a você não é normal para ele. Não estou dizendo que ele vai até sua casa te estrangular, só estou dizendo que, se acontecer de você o encontrar em algum lugar, é melhor dar meia-volta e ir na outra direção.

Seus olhos não ficaram menos arregalados, menos horrorizados.

— Eu não sou de brigar. Nunca me envolvi em uma briga na vida, mas você está dizendo que esse cara poderia simplesmente chegar e me bater?

Dei de ombros, fazendo careta.

— Acho que ele não vai, mas não posso garantir com toda certeza. Ele nem consegue falar o seu nome. Se falo sobre você, seu olho começa meio que a tremer. Não é bom. Só estou te alertando para ser mais cuidadoso, porque ele *já* se envolveu em uma briga. Em muitas brigas. Costumava ser quase um hobby para ele. Não estou tentando te assustar, só não quero que se machuque. Que se machuque fisicamente, acima de tudo.

— Pelo menos você fala de mim para ele. Deve significar alguma coisa.

— Significa. Sempre vou gostar de você. Me desculpe por não ter dado certo desse jeito.

— Então você e ele? Do jeito que está falando, parece que é um caso encerrado.

Dei de ombros, impotente.

— Não faço ideia. Quem sabe? Temos uma história poderosa juntos, de anos, e que acabou em uma das piores tragédias da minha vida. Nada é caso encerrado, nada, mas acabei de começar a perceber que quero nos dar outra chance.

— Bem, você parece diferente. Parece feliz. Deve ser um sinal de que as coisas estão indo bem.

Eu sorri, tremendo, muito feliz de parecer que ele estava aceitando tudo. Felizmente, isso lhe daria alguns passos na direção certa, para seguir em frente.

— Parece que sim. Estou lidando com as coisas um dia de cada vez.

— Me preocupa o fato de você estar falando disso mais como um tratamento de câncer do que um relacionamento, mas te conheço o suficiente para gostar das suas pequenas peculiaridades.

Dei risada. O peso tinha sido aliviado. Ele era um bom homem, e não tentaria me culpar.

Terminei nossa refeição com o coração um pouco mais leve, sentindo que as coisas com Andrew estavam ajustadas, de uma vez por todas.

Antes de eu começar a dirigir de volta ao trabalho, verifiquei meu celular e vi que havia algumas mensagens não lidas de Tristan.

Tristan: Como está o trabalho?

Então, menos de vinte minutos depois:

Tristan: Vou te pegar para almoçarmos. Acabei de receber boas notícias, e precisamos comemorar.

Isso tinha sido uns quarenta minutos antes.

Minha boca formou uma linha severa, xingando baixinho, e respondi:

Danika: Estou voltando para o trabalho agora. Voltando do almoço.

Não expliquei, mas me perguntei o caminho inteiro o que havia de errado com a minha sorte. Algumas pessoas conseguiam se safar de todo tipo de engano.

Não que isso fosse um engano, disse a mim mesma. Só não estava a fim de lhe contar, porque não era da conta dele com quem eu almoçava de maneira amigável.

Ainda assim, tive uma longa conversa na minha cabeça sobre o fato de eu ter mesmo o maior azar do mundo.

Também passei boa parte do caminho pensando no que diria a Tristan, se ele me perguntasse com quem eu tinha almoçado. Poderia, facilmente, dizer Bev ou apenas que foi a negócios. Provavelmente ele não me pegaria em nenhuma mentira.

Mas não pensei muito nisso. Não era mentirosa, e não tinha feito nada de errado. Se ele me perguntasse, iria contar a ele. Simples assim.

Capítulo Vinte e Cinco

DANIKA

Tristan estava esperando na galeria quando cheguei lá. Estava conversando com Kate. Ele tinha um maço de cartas, com certeza a surpreendendo com um de seus truques incompreensíveis.

Sorri com ternura. Ele a estava encantando e a deixando com os olhos arregalados. Com certeza, eu me identificava.

Eu tinha visto tantos truques dele e até me escondido para ver seu número no palco.

Mesmo assim, ele ainda tinha a capacidade de me surpreender com seu talento.

Ele apontou para uma revista que estava jogada com desleixo na mesa alta. Vi que era um tipo de folheto de eventos de Las Vegas quando Kate a pegou.

— Página sessenta e dois — ele disse com um sorriso.

Ela a abriu na página e começou a surtar.

— Ai, meu Deus. Ai, meu Deus. Ai, meu Deus! Como você fez isso? Como pode, sendo que eu mesma peguei esta carta. Foi *minha* escolha, o que significa… Ai, meu Deus, não sei o que significa. Meu Deus do céu.

Balancei a cabeça, sem acreditar, e me aproximei deles. Na página sessenta e dois da revista havia uma foto de um maço de cartas, com uma carta virada para cima. Era um rei de espadas.

— Você escolheu um rei de espadas? — perguntei a ela, analisando sua expressão.

Ela assentiu com veemência.

— É uma loucura, não é?

Lancei um olhar estreito na direção de Tristan.

— Como assim?

Aquelas covinhas encrenqueiras saíram para brincar.

— Você sabe. Mágica.

Eu o puxei para meu escritório, sem nem dar uma explicação à boquiaberta Kate.

— Sério, me conte como fez aquilo, porque, a menos que você tenha mesmo vendido sua alma ao diabo para ter poderes mágicos…

— Qual é!

— A menos que isso tenha acontecido, há uma explicação para aquele truque ali, e você precisa mesmo me contar, porque aquilo me assustou.

Ele balançou a cabeça, sorrindo.

— Não posso simplesmente entregar os meus segredos. Preciso de uma garantia, boo, um tipo de contrato entre nós dois que assegure sua lealdade.

— Juro que não vou contar para ninguém — prometi.

Ele ergueu meu queixo com um leve toque, seus olhos tão carinhosos que precisei piscar rápido e desviar o olhar para não ser afetada.

— Tudo bem, vou acreditar, e agora só tenho que manter você por perto, por segurança, sabe como é. — Ele sorriu. Era matador. — Na verdade, foi um truque duplo. O mais simples de todos. As coisas que envolvem bastante dificuldade nunca são totalmente apreciadas, o que, como profissional, é vexatório. Mas esse foi simples.

— De alguma forma, você carrega uma página extra por aí e a coloca na revista depois que ela escolhe uma carta?

Ele deu risada e balançou a cabeça.

— Não. Isso seria o máximo. Já vi a revista, e sabia da página, da carta. Na verdade, sou responsável por aquela página estar em todas as cópias da publicação, e é popular pela cidade.

— Bem, isso parece bem enredado para mim. Mas não faz sentido. Ela escolheu a carta.

— Não é enredado, já que faço o maldito truque o tempo todo e dou muitas utilidades para ele. Faço James fornecer cópias daquelas revistas por toda a propriedade, o que é fácil para ele, já que é o dono da publicação.

— Mas isso não explica por que ela escolheu aquela carta. Ela disse que escolheu.

— Ela acha que escolheu aquela carta. Mas não escolheu. Eu sugeri, de um jeito que ela não percebesse, e isso é tudo. Como falei, o truque mais simples que existe.

— Nossa. Todos eles funcionam assim?

Ele deu de ombros.

— Depende. Dizer que tenho um monte de truques na manga é como dizer que James tem um monte de dinheiro. Nem chega perto de como é de verdade.

— Você acha que um truque desses funcionaria comigo? Você conseguiria sugerir a carta para eu escolher desse jeito?

Sua boca se curvou, e ele passou a mão pelo meu cabelo.

— Bem, não, com certeza não agora. Agora está tudo explícito, para você e para mim.

Algo perigoso estava emanando de seus olhos.

Recuei.

— Preciso trabalhar. Me conte sua novidade rápido, porque vou lá fora trabalhar.

Ele balançou a cabeça, seus olhos no meu corpo.

Eu estava usando um vestido de poá azul-marinho com um grande laço no pescoço, e uma barra que chegava logo acima dos joelhos. Quando o vesti, não estava pensando em impressionar, mas, de repente, pareceu que o vestido era sensual demais para usar no trabalho.

Era isso que seus olhos faziam comigo. Tinham o poder de transformar. O jeito que eu sentia. As coisas que eu queria.

— Não vai me contar a novidade? — perguntei, sem fôlego.

— Nem consigo lembrar o que é.

— Então não deve ter sido tão boa assim.

Um esboço de sorriso brincava na sua boca.

— Foi uma competição acirrada, quando se trata da minha atenção. Nunca teve chance.

Ele deu um passo na minha direção, e eu recuei um centímetro com cuidado. Deveria haver limites, de alguma forma, de algum jeito, e parecia que não transar no meu escritório no meio do horário comercial seria um bom começo.

— Preciso mesmo voltar ao trabalho — disse a ele, quando me encurralou na parede.

Ele me pegou pela cintura, me carregando direto para minha mesa. Me colocou na beirada dela, e era alta o suficiente para ele conseguir esmagar seu quadril entre minhas coxas, e atingiu bem o ponto perfeito.

— Não vai demorar muito.

Bufei.

— Bem, você não está me convencendo.

Ele sorriu e se abaixou para se ajoelhar diante de mim.

Eu nunca tinha percebido como uma mesa alta poderia ser multifuncional.

Ele enterrou o rosto entre minhas pernas sem nem subir minha saia. Apenas inalou, me fazendo me contorcer.

Suas mãos começaram a erguer minha barra. Eu o ajudei, oficialmente indo para o lado pervertido no futuro imediato.

A sanidade saiu às pressas de mim entre uma respiração difícil e a outra. E, nessa mesma respiração, deixei a sensação entrar. O feliz esquecimento entrar.

Pareceu uma boa troca. Impossível recusar, na verdade.

Ele amontoou a saia nos meus quadris, se aconchegando no meu sexo. Respirei várias vezes com dificuldade quando ele tirou minha calcinha.

Com os dentes.

Lutei para assistir, quando meus olhos queriam se fechar de prazer.

Era uma visão que valia a pena.

Puxei um pouco minha saia para cima, colocando-a na boca, na tentativa de abafar meus gemidos.

Como eu poderia ter me esquecido das coisas mágicas que seus lábios sabiam fazer?

E sua língua.

E suas mãos. Assim que aquelas mãos mágicas começaram a trabalhar em mim, não havia como impor limites, nem abafar gemidos.

Ele lambeu, chupou, torturou e provocou, enquanto minhas mãos, em troca, acariciavam seu cabelo ou tentavam puxá-lo. Aquela deliciosa barba por fazer dele complementava o tormento, fazendo cócegas na pele da parte interna das minhas coxas.

Não demorou para eu ficar tensa, minhas coxas apertando sua cabeça com força, as sensações ardentes chegando ao nível de febre.

Gozei, gritando seu nome, sem pensar, sem me importar onde eu estava ou o que estava acontecendo com meu autocontrole.

Ele estava sorrindo quando se endireitou. Muito presunçoso, pensei.

— Bem, o que achou? Convenci?

Só balancei a cabeça sem ideia do que ele estava falando.

O pensamento racional iria retornar.

Em algum momento. Mas ainda não.

— Você disse que eu não estava te convencendo. Perguntei se te fiz mudar de ideia.

Só balancei a cabeça, muda. Não era um não, era um "não faço ideia do que está acontecendo".

Ele me beijou, um gosto viciante, e se afastou.

— Passe na minha casa depois do trabalho. Não arrume nenhuma calcinha entre agora e depois.

Saiu.

Demorei alguns minutos para me recuperar, e foi só quando estava alisando minhas roupas que entendi a total implicação do que ele tinha falado.

O desgraçado havia feito minha calcinha desaparecer.

Ele não tinha falado um horário, mas saí cedo do trabalho.

Estive basicamente inútil pelas duas horas em que havia ficado ali. Quem conseguia se concentrar em alguma coisa depois daquilo? Eu não. Mal conseguia me concentrar na estrada enquanto dirigia até lá, e quase passei reto na curva enquanto minha mente corria desenfreada com visões do encontro no meu escritório e, então, continuei vagando pela noite.

Tive que tocar várias vezes a campainha até um Tristan sem camisa abrir a porta.

Ele estava brilhando de suor. Precisaria de uma força de vontade sobre-humana para não absorver cada centímetro de seu corpo musculoso e tatuado. E eu era humana. Ah, Senhor, como era humana.

É claro que ele estava se exercitando, pelo fato de estar sem camisa, com short esportivo e tênis de corrida.

Ele sempre esteve em uma forma incrível, mas essa nova e disciplinada versão dele o havia levado a um nível totalmente novo. Pegou toda aquela energia impaciente que antes havia amortizado no álcool e aplicou em uma rotina épica de exercícios, com proporções viciantes.

E eu estava viciada nos resultados.

Seu short estava baixo e a pele suada a um centímetro de seu músculo pélvico em V estava enviando um convite silencioso e claro para minha língua.

Eu sabia o que queria primeiro. Foi tudo que consegui fazer para me impedir de me ajoelhar e fazer um boquete nele em sua porta.

Lambi os lábios, então estiquei um dedo, baixando-o por seu peito molhado. Ele nem sequer piscou.

Deveria ter sido minha primeira pista de que havia algo errado. Mas estava cega por toda aquela pele gloriosamente nua, alheia a tudo, com exceção do físico.

— Chegou cedo — ele arfou.

— Você me fez mudar de ideia. Me convenceu. — Dei um passo para mais perto, observando minha mão descer. Dava para ver sua ereção se mexendo, crescendo através de seu short fino.

Nem ia deixá-lo tomar banho antes de envolver meus lábios em seu pau espetacular.

Ele se virou de forma abrupta, entrando de volta em casa, me deixando para segui-lo.

Eu o segui, fechando a porta e a trancando. Tirei os sapatos aos chutes na entrada e desabotoei meu vestido. Deslizei-o por cima da cabeça e o joguei por trás do ombro antes de ter chegado ao segundo cômodo. Abri o sutiã, jogando-o para trás de mim, em algum lugar entre a sala de estar e a de jantar.

Estava totalmente nua quando ele parou, de costas para mim, na cozinha.

— Vamos subir — eu disse, rouca.

Ele deu a volta em mim, analisou meu estado e firmou sua mandíbula.

— Com quem você esteve hoje à tarde, Danika? — perguntou com uma voz terrível.

Fiquei rígida, desejando ter mantido o vestido.

Não soube como responder, e a primeira coisa que saiu da minha boca talvez tenha sido a mais incriminadora que eu poderia ter falado.

— Quem te contou?

Seus olhos se fecharam com força.

Ele ergueu a mão e a passou pelo cabelo. Estava tremendo. Muito.

— Responda primeiro. Quero ouvir de você. Com quem esteve hoje à tarde?

Engoli em seco, me sentindo enjoada. Por que essa reação?, perguntei a mim mesma. Não era lógica, mas, mesmo assim, era inegável.

Me sentia mal por isso.

Culpada.

Porque ele não estava bravo. Tinha visto Tristan bravo mais vezes do que podia contar e, embora ele fosse difícil quando ficava bravo, eu conseguia administrar isso. Conseguia administrá-lo.

Mas isso não era raiva; era dor. Minhas ações não o tinham deixado bravo; elas o magoaram. Era muito mais difícil lidar do que a simples raiva.

— Fui almoçar com o Andrew. Ele estava na cidade, e ainda somos amigos. Não é uma coisa com que você deveria se preocupar. — Pronto, saiu da minha boca e não foi a nenhum lugar perto do que ele estava criando em sua cabeça. — Agora, me diga como descobriu e o que ouviu que está te chateando desse jeito. Com certeza foi desproporcional. —

Comecei a recuar, pretendendo achar meu vestido e ter essa conversa com um pouco mais de dignidade.

Ele me seguiu, para fora da cozinha, pela sala de jantar. Me seguiu até eu encontrar meu vestido, com ameaça em cada passo dele.

No segundo em que tive o vestido nas mãos, ele me foi arrancado. Tristan não usou as mãos, e sim seu corpo para me forçar a recuar e me sentar no sofá da sala de estar. Ele me seguiu, cobrindo meu corpo, seus olhos eram de um dourado líquido enquanto perfuravam os meus, acesos com acusações que eu não suportaria enfrentar.

Rastejou entre minhas pernas, colocando meus braços acima da minha cabeça, segurando meus pulsos.

— Quando eu estava saindo do seu escritório, ouvi Kate e Sandra conversando. Estavam se perguntando se você iria contar para o Andrew sobre *mim*. Elas não tinham certeza de qual de nós dois era seu namorado, e qual de nós dois era o outro homem.

Me encolhi. As garotas estavam sendo duras comigo pelas costas. Isso nunca era divertido, ainda mais quando parte daquela fofoca poderia deixar marcas permanentes.

Uma de suas mãos serpenteou para baixo, e ele tocou meu sexo. Massageou até eu estar pronta e molhada, então enfiou dois dedos bem fundo.

Estava enfiando e tirando quando perguntou, sua voz tão magoada que me fez sentir dor:

— Você...? — Ele não conseguiu terminar. Não tinha estômago para isso, mas eu sabia que estava tentando perguntar, sabia no que sua mente tinha se fixado.

— Não, claro que não — eu disse, instável.

Seus olhos se fecharam, e os dedos saíram de mim. Olhei para baixo entre nossos corpos quando ele tirou seu pau duro e latejante do short e o guiou até minha entrada.

Com uma lentidão agoniante, passou a cabeça do pau na minha pele sensível.

— Você o beijou? — ele perguntou quando começou a se empurrar para dentro.

— Não, não, já falei para você. Ele e eu somos só amigos agora. É isso. Amigos.

Ele me beijou, entrando totalmente.

Chupei sua língua ávida enquanto seu corpo trêmulo tomava meu corpo trêmulo em investidas apressadas e desesperadas, minhas mãos ainda presas acima da minha cabeça.

Arqueei as costas, massageando meus seios doloridos em seu peito duro e suado. Não conseguia ter o suficiente dele, não conseguia *sentir* o suficiente.

Ele gemeu na minha boca e se mexeu mais rápido, investindo com mais força, mais fundo, até eu sentir cada estocada pesada, um prazer entorpecente e invasivo preenchendo a parte inferior do meu corpo, então sangrando em grandes esguichadas hemorrágicas para o resto de mim.

Ele recuou, ainda entrando e saindo. Olhos primitivos, narinas infladas, ele perguntou, rouco:

— Como você pôde se apaixonar por ele? Como pôde *fazer isso*?

Ele sempre sabia quando atacar, e eu estava no meu momento mais frágil ali. Balancei a cabeça e fechei os olhos, me sentindo perdida, me sentindo descoberta, meu corpo, coração e minha mente na *guerra*.

Mas até a guerra foi esquecida quando arfando, choramingando, tremendo e aguentando, caí do precipício. Pulsações amplas de sensação se moveram em ondas vindas da minha boceta, do fundo do meu ventre, e reverberaram implacavelmente ao longo de todo o meu corpo derrotado.

Tristan não se saiu melhor, já que estava gritando, grunhindo e arfando em cima de mim, e gozou, estremecendo da cabeça aos pés, se esvaziando dentro de mim em longas e densas jorradas que foram perceptíveis quando meu sexo apertado o deixou seco.

Não falei depois. Ele também não, não de início.

Ele ficou deitado sobre mim, embora tenha se erguido o suficiente para não prender minha respiração. O único sinal de vida na sala por infinitos minutos foram as batidas fortes e disparadas de nosso coração umas contra as outras ao se encontrarem pela pele pressionada de nossos peitos, e a pulsação de nossos sexos ainda unidos.

Enfim, ele recuou para olhar para mim. Algo selvagem queimava em seus olhos. A dor, como sempre fazia, estava se transformando em algo semelhante a raiva.

— No ano passado, você me disse que estava *apaixonada* por ele. Essas palavras saíram da sua boca, direcionadas a mim. Gostava dele o suficiente para *me destruir* com isso. Falou que estava planejando se casar com ele. Se sentiu confiante o suficiente com esse casamento para contar *para mim*, dentre todas as pessoas, que era uma decisão definitiva. O que você acha que te ouvir falar isso fez comigo? Como seria se acontecesse com você? *Me diga.*

Só balancei a cabeça. Me lembrava muito claramente de onde eu estava quando ouvi um boato, havia apenas um ano, de que ele e Mona estavam noivos. Tinha acabado comigo.

Estar separado era uma coisa, mas a ideia de outra mulher poder ser sua *esposa*? Isso passava dos limites.

E eu tinha plantado a mesma ideia venenosa na cabeça de Tristan sobre mim e Andrew. Era totalmente culpada. Tinha lhe dado essa ideia, sabendo que era bastante sem sentido, sabendo muito bem que iria acabar com ele como havia acontecido comigo.

Me senti culpada o suficiente para oferecer uma pequena compensação.

— Primeiro de tudo, vamos ser claros. Você não tem direito a nada dos nossos anos separados. Não tem direito a *nenhum* deles.

Seus olhos dourados estavam preenchidos com uma súplica tão primitiva que eu não conseguia aguentar à queima-roupa. Um pequeno desabafo o tinha reduzido da raiva de volta à dor.

Eu o afastei, tirando-o de cima de mim, de dentro de mim, me virando e me levantando, então recuando até minhas escápulas encostarem em uma parede.

— Você não tem direito — repeti. Eu estava nua, mas nem tentei me cobrir de seus olhos. Meu corpo não era minha parte mais exposta naquele momento. Queria cobrir meu coração. — Não tem direito — falei novamente, minha voz vacilante. — Mas claro que eu não o amava. Queria amá-lo, mas amor não tem a ver com *querer*.

Seus olhos tinham ficado puro líquido.

Estremeci, então comecei a tremer, e não era de frio.

— Ele era bom para mim, mas amor não tem a ver com *bom*.

Minha mão apontou para ele, depois para mim, depois de volta, o movimento selvagem, caótico.

— É isso que o amor faz com você, tá bom? Eu gostava de Andrew, gosto dele, mas fui embora *inteira*.

Com lábios e voz trêmulos, continuei:

— O amor não deixa você ir embora limpo. Amor é *confuso*. Não preciso dizer para você, dentre todas as pessoas. Amor leva a porra de uma parte de você antes de acabar.

Se é que era possível acabar.

Não podia falar essa parte em voz alta. O medo ainda me continha demais, e eu respeitava bastante esse medo para lhe dar o tempo de que precisava.

Ele se levantou e foi até mim. Seu short estava baixo no quadril, o cós à frente ainda abaixado por seu escroto. Ele não tinha se incomodado em erguê-lo o suficiente para cobrir seu pau pesado e cansado. Acho que nem sequer percebeu.

Estava me distraindo, mas não tanto quanto o brilho implacável de seus olhos. Seu humor tinha se alterado como uma girada de chave.

Meu desabafo o havia acalmado, para dizer o mínimo.

Eu não sabia se tinha sido o resultado desejado. Queria solucionar um problema, não criar um novo.

Ele segurou meu rosto, seus olhos gentis o suficiente para me *destruir*.

— Venha aqui — ele pediu baixinho, tirando as mãos do meu rosto e abrindo bem os braços.

Com um suspiro trêmulo, mergulhei neles.

Capítulo Vinte e Seis

TRISTAN

Envolvi meus braços nela e a puxei para meu peito, deixando suas palavras me lavarem, permitindo que elas me acalmassem. Ela não havia ficado feliz em dizê-las, mas ainda funcionavam como um bálsamo para o meu coração ferido.

Ficamos assim por bastante tempo, mas não poderia durar para sempre, ainda mais quando estávamos pele com pele.

Em certo momento, começamos a nos mexer e carícias calmantes se transformaram em toques demorados.

Sua mão foi para minha ereção rígida. Seus dentes morderam seu exuberante lábio inferior, enquanto sua mão me bombeava, seu aperto firme, enquanto ela subia e descia por meu comprimento. Adorava a sensação de sua mão em mim, a forma como seus dedos delicados se curvavam tão perfeitamente em volta do meu comprimento latejante.

Observei seu rosto enquanto ela me tocava. Aquele rosto querido e lindo. Seu cabelo estava repartido no meio e puxado para trás. Nem nossos esforços no sofá o tinham soltado. Era um estilo severo, mas, de alguma forma, só enfatizava ainda mais a beleza crua de seus traços, seus olhos cinza-claros destacando-se como cristais límpidos, e seus lábios trêmulos eram tão exuberantes que eu não conseguia parar de imaginá-los em volta do meu pau.

Ainda não, pensei. Talvez da próxima vez.

Dessa vez, eu precisava senti-la contra mim de novo, para pressionar meu corpo inteiro em seu corpo inteiro e *sentir*.

Meus lábios grudaram nos seus, roubando-os, ferindo-os na conquista deles.

Minha, meus lábios disseram a ela.

Eu a apoiei na parede, tirando sua mão de mim.

Erguendo-a, eu a segurei com o quadril envolvido em suas pernas, apertando sua bunda com as duas mãos.

Enterrei o rosto nos montes macios de seus seios, esfregando a bochecha com barba por fazer na protuberância dura de seu mamilo.

Ela se contorceu e arfou com o contato abrasivo, pressionando minha cabeça nela.

Fui até seu outro seio trêmulo, me aconchegando no pico endurecido, virando a cabeça para lambê-lo e chupá-lo. Fui intenso com seu mamilo até ela choramingar. Até implorar. Minha, meu corpo disse a ela, enquanto a prendia na parede.

Ela estava arfando em respirações curtas e pesadas, expirando no topo da minha cabeça. Juro que só o som dessas respirações difíceis poderiam ter me feito gozar.

Virei os quadris, esfregando meu pau saliente com força na pele macia da parte interna de sua coxa. Empurrei contra ela até sentir uma camada de pré-gozo na pele logo abaixo de sua boceta.

Ela gemeu, esticou a mão para baixo e me segurou, bombeando.

Era demais, cedo demais, e me afastei. Parecia um desperdício gozar por toda a sua coxa, quando eu era mais do que bem-vindo dentro de sua boceta apertada.

Lambi seu pescoço quando me mexi, nos posicionando para que eu me aconchegasse entre suas coxas, e seus pés se ergueram bem do chão.

Tomei sua boca com ferocidade enquanto a empalava aos poucos com meu pau desejoso.

Ela estava suspensa por apenas a mão firme em seu quadril, e meu membro duro trabalhando nela por dentro.

Ela arfou e tremeu enquanto eu a prendia contra a parede.

Coloquei minha mão livre em seu cabelo, segurando na nuca, mantendo sua boca ancorada à minha.

Recuei para observar seu rosto quando comecei a me mexer.

Meus olhos se embriagaram com a visão de seu rosto, tenso, desejoso, seus olhos arregalados e úmidos, seu lábio inferior tremendo sem parar.

Olhei para baixo, observando, enquanto eu entrava e saía, observando meu pau sair até que só a cabeça grossa permanecesse alojada lá dentro.

Meus olhos foram para seu peito arfante, molhado de suor, seus seios tão empinados e lindos.

Encontrei seu olhar atordoado enquanto eu voltava para dentro dela com brutalidade.

Ela gritou, e eu enlouqueci, fodendo-a forte, mais forte, investindo nela, saindo de forma brusca, sem parar, negligente com desejo.

Ela era tão apertada que parecia que eu a estava alargando a cada investida louca, e não conseguia parar.

Segurei seus quadris com minhas mãos e a balancei com força no meu pau.

Ela gritou mais alto, e eu continuei fodendo-a de verdade.

Ela estava tão perto que estava começando a me apertar de ansiedade. Não parei.

Mordi de leve seu lábio inferior quando ela se despedaçou nos meus braços.

Disso, pensei, é disso que eu preciso. A capacidade de preencher suas necessidades, o poder de deixá-la fraca, fraca o suficiente para se apoiar em mim.

Minha, meu coração gritou para ela.

Não parei, saindo de suas paredes apertadas e suas unhas cravadas. Gritei e xinguei com as pernas trêmulas, e as costas se curvaram quando atingi o fim dela mais uma vez, e gozei fundo dentro dela com uma força explosiva, tão apertado que pude sentir cada jato de sêmen ser derramado do meu pau latejante por nossas forças combinadas.

Gozei muito, tanto que fiquei trêmulo. Até minha visão ficou embaçada por alguns instantes longos e intensos.

Deslizei nós dois para o chão, saindo dela enquanto isso.

Deitando-a gentilmente de costas, me coloquei acima dela. Abri suas coxas relaxadas com um leve toque, tocando seu sexo com o dedo.

Eu já tinha gozado nela duas vezes, e rastros de líquido estavam escorrendo por suas coxas. Ao observar seu rosto, coloquei um pouco daquele fluido de volta para dentro dela, pensando em nossa falta de proteção.

Não que não tenha passado pela minha cabeça. Pelo contrário, eu tinha percebido até mesmo naquela primeira vez na fazenda, quando eu havia perdido cada centímetro de raciocínio lógico. Como não perderia? Estar nu dentro dela era meu paraíso, e o fato de ela não ter protestado na época… Bem, isso eu acabei adicionando à luxúria que a tinha feito perder todo o controle, como eu.

Mas ela também não havia falado nada sobre isso na vez seguinte.

Nem na seguinte.

Nem eu.

Da minha parte, eu não tinha nenhuma motivação para mencionar. Estava limpo, e sabia que ela também estava. Quanto a engravidar, imaginei que estivesse tomando pílula, mas o fato era que, mesmo se não estivesse, eu não me importava.

Isso não era verdade. Eu me importava. Queria que ela parasse com a pílula. *Queria* engravidá-la.

Certo ou errado, nunca tinha parado de querer isso. Duvidava que um dia pararia.

As coisas ainda estavam instáveis entre nós, mas eu nem conseguia fingir não desejar uma pequena chance de ela poder engravidar. Eu queria isso. Estava mais do que perto de ter a minha vez de ser pai.

E só havia uma única mulher em quem eu pensava para o papel de mãe dos meus filhos.

Ela arfou e virou o rosto.

— Ai, meu Deus, Tristan. O que estamos fazendo?

— Não sei, mas nenhum de nós trabalha amanhã, então estamos prestes a fazer isso por dois dias seguidos, não importa que nome damos.

Nem pareceu que ela me ouviu. Na verdade, ela parecia estar viajando.

Me esparramei de costas ao seu lado.

— Preciso dizer que estou tentado a dormir bem aqui no chão. Parece mais fácil do que tentar me mexer no momento.

Ela riu.

— O que foi? Você também não consegue se mexer. Admita.

— Eu conseguiria me mexer, se quisesse — ela disse, um toque de riso na voz.

Virei o rosto a fim de olhar para ela.

— Prove. Aposto que não consegue se levantar agora.

— Você e suas apostas — falou, mas começou a se mexer, rolando para o lado.

Ela nunca admitiria, mas não conseguia recusar um desafio.

Demorou um minuto, mas ela conseguiu ficar de bruços, depois se empurrou com as mãos, arrastando as pernas debaixo dela.

Devagar, me dando uma visão e tanto, ela se ergueu nos cotovelos e joelhos.

Ficou parada ali, olhando para o outro lado em que eu estava.

E a visão que ela me deu bem ali. *Nossa.*

Fiquei excitado pra caralho pela visão.

Não estava mais cansado. Cada parte de mim despertou e, na verdade, uma parte em particular foi a grandes níveis para se erguer para a ocasião.

Não me orgulho disso, mas esse foi o instante exato em que meu pau pecador decidiu que tinha que estar enterrado em sua bundinha apertada.

Tudo estava alinhado de uma forma tão perfeita. Ela estava relaxada ao ponto de estar mole, a lubrificação natural escorria por sua coxa a cada mexida de seu corpo. Quem poderia resistir? Eu não. Porra, jamais.

Ela ainda não tinha começado a engatinhar quando a cobri, meu peito empurrando suas costas.

Ela se empinou.

— Você só pode estar de brincadeira comigo! — ela disse, sem conseguir conter uma risada.

Eu já estava abrindo suas coxas por trás, deslizando meu pau nela, usando a umidade entre suas pernas para deixar meu membro molhado.

Peguei um pouco mais de líquido e o arrastei para sua entrada de trás.

Foi então que ela imaginou o que viria.

— Ah — ela pronunciou baixinho, então ficou perfeitamente parada.

Não pedi permissão, só me coloquei na posição e comecei a entrar nela.

— Me avise se for demais — arfei, tentando colocar a cabeça para dentro. Esse primeiro centímetro chocante seria o desafio. Não era fácil. Ela não estava acostumada a isso, e seu corpo estava firmemente fechado para mim.

Coloquei a mão entre nós, enterrando dois dedos em sua boceta. Comecei a mexê-los e, quando ela aceitou meus dedos, suas costas cederam apenas o suficiente para me deixar empurrar a ponta latejante para dentro dela.

Depois disso, fui capaz de me afundar, indo tão lento quanto eu conseguia aguentar. Eu era grande, e sabia que não seria fácil para ela me aguentar assim, mas, com paciência, fui capaz de me afundar alguns centímetros dolorosos e preciosos.

— Estou te machucando, amor? — gemi, o dedo a fodendo com força, porque isso parecia relaxar o resto dela.

Ela nem conseguia falar, apenas se contorcer e gemer debaixo de mim.

Eu conseguia viver com isso. Só não conseguia viver com o controle sobre-humano de que precisava para não começar a foder sua bunda com mais força.

Com um grunhido bruto, investi outro centímetro intenso, então outro. Parei quando pensei numa coisa.

— Estou machucando seu joelho?

— Não pare! — ela arfou, porque meus dedos tinham parado de se mexer. Comecei a mexê-los de novo, enfiando com força, e empurrei mais meu pau.

Tirei um pouco, inclinando a cabeça para baixo a fim de observar meu progresso. Eu não sabia se conseguiria me enterrar até a base. Queria muito, mas não suportava pensar em machucá-la, e eu era mesmo grande demais para fazer esse ato em particular ser confortável.

— Só me foda — ela gemeu.

Meus olhos se fecharam com um gemido de prazer e entrei de volta, mais do que havia entrado antes de começar a tirar.

— Fale de novo — pedi para ela, minha voz rouca com esforço.

— Me foda. Foda minha bunda. Não se segure.

— Vou te machucar, se não me segurar.

— Não dou a mínima. Aí vou ficar dolorida amanhã. Essas merdas acontecem. Coloque esse pau maravilhoso dentro de mim. Eu aguento.

Isso era um discurso completo para ela durante um ato sexual, já que, em geral, ela não era tão coerente com as palavras nesse estágio.

Comecei a bombear rápido meus dedos, mexendo os quadris com força contra ela, entrando só até dois centímetros da minha base não estarem enterrados.

Ela pareceu estar bem debaixo de mim, na verdade, estava se contorcendo de prazer, então me permiti entrar aqueles últimos centímetros.

Fiquei assim por um minuto, torcendo para que a ajudasse a se adaptar. Enfim, em um estalo, fechei os olhos com força e deixei fluir, tirando pela metade, depois entrando de volta.

Me arrastei para fora de novo, mais dessa vez, então voltei mais fundo com uma investida.

Tirei quase por inteiro, mordendo o lábio enquanto estocava de volta com força.

Disse como ela era linda, perfeita, como era bom me enterrar em sua bundinha dura. Mal sabia o que estava dizendo quando saía da minha boca, mas era verdade absoluta. Sua pele, qualquer parte dela, em volta de mim, me sugando, sempre tinha agido como um soro da verdade para mim. Não conseguia estar dentro de Danika e não dizer o quanto eu a achava linda pra caramba. Nunca consegui.

Era irônico, porque eu não era tagarela durante o ato com mais ninguém.

Só com ela. Sempre com ela.

Me arrastei para fora e estoquei para dentro, ainda devagar, sendo cuidadoso, bem, quero dizer, o mais cuidadoso que eu conseguia.

Ela começou a gozar nos meus dedos, eu senti, e, quando ela gozou, também gozei.

Com um grito alto, empurrei seu ombro para baixo, segurei seu quadril e comecei a foder com vontade, entrando e saindo com estocadas grandes e pesadas.

Fui bruto, mas a parte bruta foi rápida, já que eu estava bem acabado antes de ter começado o ritmo que me finalizou. Meus olhos se reviraram quando senti meu saco se enchendo, a grande chegada do meu orgasmo se formando em uma erupção que saiu de mim em ondas pesadas.

Estava apenas começando a ejacular quando tirei, gozando em suas costas, sua bunda, rastejando até suas escápulas sensuais, observando cada jorro caindo nela. Até pintei sua tatuagem.

Sua voz saiu abafada, mas divertida.

— Está se dando um show aí atrás?

Grunhi uma afirmativa como o homem das cavernas que ela gostava de dizer que eu era.

Demorou, porém consegui nos levar para cima, tomar banho e para a cama.

Me deitei de costas, entrelaçado nela, profunda e irrevogavelmente entrelaçado. Ela se aninhou em mim, e coloquei sua cabeça sobre meu coração, ajustando-a, prendendo-a a mim para passar a noite.

Observei seu rosto por bastante tempo, até ter certeza de que ela estava dormindo profundamente.

— Eu amo você — disse a ela, a voz sussurrada, respeitosa.

Capítulo Vinte e Sete

DANIKA

Tentei fingir minha expressão menos aborrecida do que me sentia quando uma Mona toda produzida entrou na minha galeria apenas alguns minutos antes de fechar no dia seguinte.

Lá se vai meu dia, pensei, minha expressão tão rígida que teria craquelado se tivesse tentado fingir um sorriso, o que não fiz.

Seu vestido era curto, dourado e coberto de lantejoulas. Teria apostado que era um dos muitos vestidos que ela usava na apresentação de Tristan.

Ela me lançou um sorriso simpático ao me abordar diretamente. Como se fôssemos velhas amigas.

Não éramos. Assenti para ela, firmando minha mandíbula, me preparando, enquanto ela chegava perto.

Meus olhos foram atraídos por seu peito enorme. Havia me esquecido de que era tão gigante. Ficava mais ridículo ainda em seu vestido justo. Seus peitos quase saíam do decote redondo. Ela tinha o tipo de comissão de frente que deveria ter feito, no mínimo, um cirurgião plástico perder sua licença, porque, sério, quem concordaria em fazer isso a uma pessoa? Ela corria bastante perigo de tropeçar neles.

Me senti enjoada, e ela ainda nem tinha aberto a boca. Não gostava mesmo de lidar com essa mulher, de olhar para ela ou de lembrar que ela existia.

— Danika! Como você está? — Sua voz estava transbordando com o que, sinceramente, parecia afeição genuína. Eu só não conseguia acreditar.

Não acreditava, nem por um segundo, mas tinha fortes dúvidas de que não tinha nada a ver com ela. Era mais provável que eu apenas não gostasse dela e estivesse procurando coisas para suportar esse desgosto.

Coisas além do fato de ela ter sido íntima da obsessão pessoal da minha vida.

— Oi, Mona — continuei, com a voz civilizada, nada mais. — O que posso fazer por você?

Ela sorriu.

— Só vim ver se você quer ir pegar algo para comer, já que seu turno está terminando, e o meu só começa daqui a algumas horas. — Seu tom era cativante e apresentável, como se fosse o pedido mais razoável.

Não hesitei.

— Já tenho planos, desculpe.

— Podemos ser rápidas. Na verdade, queria conversar com você sobre umas coisas, coisas sensíveis que tenho certeza de que você não vai querer falar na frente das suas colegas de trabalho. — Ela olhou em volta, seus olhos encontrando Kate, que não devia nem estar nos ouvindo.

Foi uma ameaça, apesar de que nada além de suas palavras estavam comunicando isso, seu tom igualmente caloroso.

Respirei fundo algumas vezes. Era imaturo, mas eu queria ligar para Tristan e descascar o abacaxi com ele por ter que lidar com aquilo.

— Te encontro em dez minutos — eu disse a ela, com a voz enganosamente calma.

— Perfeito! No bistrô perto do teatro?

— Pode ser.

Ela saiu, e olhei em desafio para suas costas.

Demorei mais do que dez minutos para chegar lá, estava mais para trinta. Enquanto fechava, fui no meu tempo, porque, sério, qual era minha motivação para me apressar para essa confusão?

Sinceramente, pensei em desistir, mas não queria que ela sentisse que me atingiu, então fui com o humor sombrio.

Ela estava comendo quando cheguei, mas eu não pedi nada. Ia embora assim que meu orgulho permitisse.

Ela colocou no prato o garfo que esteve usando para comer sua salada, abriu a boca para falar, porém fomos interrompidas por um casal que a tinha visto na apresentação na noite anterior e queria seu autógrafo.

Ela sorriu, tímida, depois que eles foram embora.

— Isso quase nunca acontece. Que bizarro.

Apenas assenti.

— Sobre o que você queria falar?

Ela pareceu vagamente desconfortável por um instante.

Enfim, uma reação compreensível a alguma coisa. Todo o resto sobre ela era simplesmente muito estranho para mim.

— É sobre o Tristan.

Claro que é, pensei.

— Tenho certeza de que você sabe que ele e eu somos bem próximos. Imagino que ele tenha te contado sobre a nossa amizade de longa data.

Sorri um pouco.

— Que estranho, não contou. Ele não falou de você. Embora eu me lembre de *você* me dizendo que vocês dois eram melhores amigos, da última vez que nos vimos.

Ela piscou.

— É, me lembro disso. Aquele mesmo encontro em que você me disse que não havia nada reacendido entre vocês. Deixe-me perguntar uma coisa: ainda é esse o caso?

Eu a olhei, irritada.

— Não quero mesmo falar da minha vida pessoal com pessoas que mal conheço. Se você tem alguma pergunta quanto a isso, talvez devesse direcioná-la ao seu amigo bem próximo, o Tristan.

Ela não se perturbou, igualmente simpática, sem nem um toque de irritação evidente na resposta às minhas palavras.

— Ele tem estado de boca bem fechada ultimamente. Tem sido muito diferente, nervoso, um pouco infeliz, nas últimas semanas. Isso me preocupa bastante, sabe, porque estive ao lado dele por tantos anos, e sei que ele conta com nossa amizade para ajudá-lo a passar por momentos difíceis. Me conte, você e ele têm um relacionamento parecido? Você o ajudou a passar por momentos difíceis, Danika?

Eu estava tremendo, mas minha voz foi firme.

— Se é só isso, vou embora.

Minha compostura estava se mantendo por uma corda bamba.

— Espere! Desculpe, não quis soar tão insistente, mas ontem aconteceu uma coisa que me preocupou. Sabe, Tristan está tentando me transferir para um ato diferente, para um mágico diferente, quando meu contrato acabar em dois meses. Não entendo. Você conhece a origem disso? Disse que não queria que eu trabalhasse com ele?

O órgão cicatrizado, cru e queimado no meu peito ficou apenas um pouco menos dolorido. Ele estava tirando Mona de sua vida. Queria comemorar, depois bater minha cabeça na parede por estar tão feliz por isso.

— Vim falar com você, de mulher para mulher, porque acho que nós lidamos com essas coisas melhor do que os homens. — Ela sorriu.

Orei por força para não jogar alguma coisa nela.

— Bem, esse é um jeito interessante de olhar para isso, mas não compartilho da ideia. O que penso é o seguinte: você deveria levar esta questão à pessoa que está envolvida, o homem que diz ser seu bom amigo, em vez de uma mulher que mal conhece e que não tem nada a ver com a sua amizade com esse homem.

Ela ainda não estava perturbada.

— Justo. Não culpo você por isso. Então vocês dois reataram ou é uma relação casual?

Me levantei.

— Estamos andando em círculos. Converse com o Tristan, por favor.

Saí, me sentindo uma vadia grosseira, porque, mesmo que tenha saído de forma rude, eu não havia abalado seu ar agradável.

Liguei para Tristan quando cheguei ao meu carro. Foi a primeira vez que liguei para ele desde que esse trem desgovernado tinha recomeçado.

Tínhamos nos comunicado mais por mensagens, mas, quando falávamos ao telefone, sempre era ele a ligar.

Ele atendeu no primeiro toque, sua voz baixa soando animada e surpresa.

— Danika, amor. Estava pensando em você.

Parei. Não estava preparada para esse começo. Tive que me recompor por bastante tempo.

— Acabei de falar com a Mona — comecei.

Houve uma pausa longa.

— Ela estava te perturbando? O que houve?

— Acho que ela quer fazer amizade. Acho que queria conversar e falar sobre você, porque somos todos *muito bons amigos*.

Outra longa pausa.

— Vou falar com ela. Me desculpe por isso.

Tentei deixar assim, mas…

— O que acharia se Andrew fosse te encurralar, para conversar com você *sobre mim*?

Ele xingou, muito e alto.

— Me desculpe. Vou cuidar dela. Você está bem?

Fechei os olhos, deixando sua voz preocupada me lavar.

— Tenho uma pergunta estranha para você. Da última vez que a encontrei, ela me contou uma coisa… ela era… ela é sua melhor amiga?

Esse pensamento, mais do que qualquer coisa, estava me incomodando.

Houve a maior pausa de todas.

— Em toda a minha vida, só há duas pessoas que já *chamei* de melhor amigo.

Meus olhos se encheram com seu tom sincero assim como suas palavras.

— Você e Jared.

Prendi a respiração.

— Quero te ver hoje à noite — consegui falar.

— Sim — ele disse baixinho e com veemência. — Passo na sua casa, logo depois da minha apresentação, está bem?

♥TD♥

Abri a porta para ele no segundo em que chegou até ela. Eu estivera esperando, observando da janela da frente como um cachorrinho com saudade. Estava usando a camiseta furtada da casa dele alguns dias antes. Ele lançou um olhar excitado para mim e me levou para a cama.

Lá estava eu, sem a camiseta, e ele, a criatura mais linda que já colocou as mãos em mim, se aninhando entre meus seios, segurando-os, amassando-os, dando atenção especial a cada um deles.

E tudo que consegui enxergar foi Mona, quase tropeçando com aqueles peitos gigantes dela.

Tive o desejo repentino e arrebatador de fugir. Essa teria sido a escolha sábia.

Em vez disso, abri minha boca grande.

— Eles são bem pequenos, não são? Quero dizer, comparados aos que você está acostumado.

Ele congelou, então se ergueu nos cotovelos, lançando um olhar confuso para mim. Confuso e um pouco brilhante. Ele havia estado bem entretido no que estava fazendo.

Estendi as mãos bem à frente do meu peito para ilustrar exatamente o que eu queria dizer.

Sua expressão enrijeceu, e ele começou a balançar a cabeça, ainda pairando acima de mim, uma de suas pernas dobrada alta entre as minhas.

Precisava me afastar e tomar um ar. Estava envergonhada por até mesmo ter trazido isso à tona, independente do que estivera me incomodando.

— Não vamos falar sobre isso, Danika. Com quem eu estive, com quem *você* esteve, nos anos perdidos. Não tenho estômago para isso.

— Eu só estava surpresa... Quero dizer, como eu nunca soube que você preferia peitos enormes e falsos. Estou surpresa por nunca ter tentado me convencer a colocar uns.

Ele se afastou até ficar sentado, com os pés para o lado da cama, seu quadril ainda pairado entre minhas pernas.

Comecei a me afastar, mas ele me parou com a mão firme no quadril.

— Você quer mesmo fazer isso? Está bem, mas você começa. — Sua voz estava resignada e mais do que um pouco ressentida. — Quanto tempo fazia desde que você tinha fodido com Andrew quando ficamos juntos na fazenda?

Me encolhi com a linguagem rude, me sentindo, de alguma forma, envergonhada, quando não deveria. Logicamente, eu sabia disso. Mas estar ali, com *ele* e falando sobre como eu havia compartilhado meu corpo com outro homem me fazia olhar para isso de um jeito que nunca fiz antes. Me fez comparar com a forma terrível com que me senti quando pensei sobre com quem ele tinha estado.

— Quanto tempo, Danika? Quantas semanas, ou foram *dias* até você mudar do pau dele para o meu?

Aquilo foi demais, e me afastei, me arrancando de sua mão, me virando até estar de joelhos na cama, pretendendo sair.

Seu peito cobriu minhas costas, me prendendo no lugar, antes de eu chegar longe.

— Desculpe. Foi babaquice dizer isso. Como pode ver, este é um assunto delicado para mim. Não prefiro peitos enormes e falsos, se é isso o que estava perguntando. Só tive o que eu *prefiro* com uma pessoa, com você, Danika. Não fiquei com ela porque gostava dos peitos dela. Eu só estava solitário, e ela era uma amiga, tá bom? Não há muito mais do que isso, e me desculpe por ter te perguntado sobre o Andrew. Verdade seja dita, não quero saber sobre você e ele. Só de falar o nome dele me deixa enjoado.

Fechei os olhos quando contei a ele:

— Eu tinha terminado com o Andrew muito tempo antes da fazenda. Vários meses, na verdade. Éramos só amigos na época. Não houve substituição. Nem perto disso.

Ele não respondeu com palavras, mas sua respiração ficou irregular enquanto se aproximava. Eu o senti abrindo o zíper entre nós.

— No casamento, você me fez pensar que ainda estavam juntos — ele acusou, mas não havia raiva nisso. Mesmo sem ver seu rosto, eu sabia que ele não sentia nada além de alívio pela revelação.

— Eu sei. Desculpe. Estava usando isso para manter você longe.

Ele deu uma gargalhada conforme suas mãos tiravam minha calcinha.

— E como isso acabou para você?

Não respondi de imediato, porque ele estava empurrando seu pau por trás de mim. Me segurei com as mãos e os joelhos enquanto ele entrava com força, meus olhos tentando se revirar com o puro prazer disso.

— Nada bem — finalmente admiti, arfando, quando ele se enterrou por completo.

Sua única resposta foi deslizar aos poucos para fora de mim, então entrou de novo com força.

Choraminguei, arqueando as costas.

— Isto bem aqui — ele rosnou, puxando aos poucos para fora de novo. — É isto que amo. — Uma de suas mãos segurou meus seios e ele começou a se mexer com força máxima, entrando e saindo com um ritmo bruto. — É isto que eu desejo, do que eu preciso. Isto, amor, é o que prefiro.

Ele agarrou meus quadris, erguendo-os para que todo o peso saísse do meu joelho, e começou a me foder com força.

Me abaixei para me apoiar nos cotovelos, estiquei a mão para baixo e o senti. Seu escroto estava batendo em mim a cada investida forte, e o segurei, amassando, passando as unhas de leve nele. Eu os senti enrijecer quando ele começou a gozar, e baixei o braço, ainda suportando o peso, apoiando o rosto na cama para poder segurá-lo com uma das mãos e massagear meu clitóris com a outra.

Ele ainda estava estocando, fundo nos espasmos, quando o alcancei, revirando meus olhos.

Em mais de uma forma, eu estava cansada.

Capítulo Vinte e Oito

DANIKA

Lana e eu havíamos conversado durante o fim de semana do casamento de James e Bianca, mas, como ela morava em Maui, não a via muito, embora tivéssemos nos encontrado duas vezes para almoçar quando ela esteve na cidade a negócios. Da última vez, ela tinha contado que estava grávida de mais de quatro meses, apesar de a barriga mal estar aparecendo. Imaginei que fosse devido aos genes de supermodelo.

Fiquei muito feliz por ela e empolgada por saber que Bianca iria dar a ela um chá de bebê improvisado da próxima vez que viesse a Las Vegas a negócios.

Fiquei surpresa em saber de Bianca que iria acontecer naquele mesmo fim de semana, já que Lana havia decidido parar de viajar de seu lar ilhado pelo resto da gravidez, pois a estava deixando exausta.

Outra surpresa foi que seria junto com os homens. De todos os homens que eu conhecia no mundo, Akira parecia o menos provável de gostar de um chá de bebê. Mas o que eu sabia?

Tristan também foi convidado e queria me dar uma carona, mas recusei na mesma hora. Não sabia o que estava rolando entre nós exatamente, e seria bem estranho se tudo desmoronasse para nosso círculo de amigos. Pensei que não havia motivo para nos esforçarmos e tornarmos isso público agora. Ainda estávamos vivendo um dia de cada vez.

Isso não significava que não iria me esforçar para ficar bonita para a festa.

Usava um vestido justo de Jersey cor de lavanda matte, fluido e liso. Que não apenas abraçava cada centímetro do meu tronco, como também tinha um decote profundo e, com alguns puxões rápidos do nó no meu quadril, a frente inteira se abriria.

Acesso espetacular, é como Tristan descreveria o vestido. Era simplesmente o tipo de vestido que o deixaria louco. Mal podia esperar para que ele o visse.

Eu sabia que era disfuncional, mas precisava de uma prova constante de que ele não conseguiria controlar seu desejo também.

De alguma forma, um trem desgovernado era menos encrenqueiro para mim do que um carregado.

Em alguns aspectos, eu preferiria que *nenhum* de nós estivesse dirigindo essa coisa. Não o vi logo que cheguei à casa de Bianca, então dei uma volta e cumprimentei o que logo se transformou no meu grupo preferido de pessoas.

Bianca e Lana me encontraram e me abraçaram na porta, me rodeando até sentir que estava sendo encurralada por um time de modelos suecas de biquíni. As duas eram muito altas, e isso sem os saltos. Teria amado poder usar umas plataformas enormes para não me sentir tão baixinha, porém rasteirinhas eram o que dava, então eu as usava do melhor jeito que conseguia, mas ficava mais ereta perto daquelas duas.

Acariciei a barriguinha de Lana, parabenizando-a, sentindo apenas uma pontada leve de dor. Eu tive muito tempo para lidar com o fato de que nunca poderia ser eu.

— Você sabe se é menino ou menina?

Ela estava brilhando bastante.

— Menino. Dê uma olhada no Akira. Daria para adivinhar que é menino só pelo jeito que ele está se gabando por aí e batendo no peito.

Olhei em volta e o vi do outro lado da sala, conversando com James. Ele parecia mesmo particularmente presunçoso.

Bianca prendeu um broche de fralda cor-de-rosa no decote do meu vestido.

— Agora você não pode mais falar B-E-B-Ê, mas, se fizer isso, quem chamar sua atenção vai ganhar seu broche. No fim, quem tiver mais broches ganha um prêmio.

Mexi no broche e assenti, pensando: *Ai, Senhor, chás de bebê*. Todos acabariam obrigados a comer comida de bebê no fim.

Cumprimentei Estella com um grande abraço e Frankie com um

abraço demorado, então fui apertar a mão de Akira, e acenei sorrindo para James. Ele abriu um sorriso bem carinhoso para mim em resposta. Ainda ficava maravilhada com a mudança nele ao longo do ano anterior. Ele sempre foi um cara ótimo, até onde eu sabia, mas estava muito mais *feliz* agora. Era comovente.

Como eu havia pensado, Bianca voltou para o seu lado, e ele a puxou para si, como se apenas estivesse esperando essa chance.

Fui me enturmar com os convidados que não conhecia muito bem, mas com quem era simpática.

Camden, irmão de Lana, estava em um canto conversando com a estilista de Bianca, Jackie. Fiquei surpresa em como eles formavam um par estranho quando apertei suas mãos e os abracei.

Sorri mais quando me deparei com Stephan, saindo de um corredor que levava para algum lugar no fundo da casa. Ele era o melhor amigo de Bianca e um dos melhores seres humanos que já havia conhecido. Ele tinha, literalmente, levado um tiro por Bianca. Isso, por si só, já dizia bastante sobre Stephan. Ele era quase tão obcecado por ela quanto James.

Nos demos um abraço demorado.

— Como você está? — perguntei a ele. Eu não o via fazia quase três semanas, o que era incomum para nós.

— Ótimo. Mas você precisa ir nos visitar mais.

Ele e o marido, Javier, eram proprietários e administravam um bar chique no cassino. Em geral, eu fazia questão de passar lá e ficar um pouco, no mínimo, algumas vezes por semana.

— Vou lá tomar um drinque amanhã ou depois. É que foram umas duas semanas bem loucas.

Javier se aproximou de nós, me arrastando para um abraço forte sem falar nada. Beijou minha bochecha, murmurando:

— Estava com saudade, menina. — E recuou para sorrir para mim.

Eu sorri de volta.

Adorava Stephan, e me dava muito bem com ele. Todo mundo se dava bem com ele. Mas Javier e eu tínhamos espíritos afins. Ele era quieto e muito doce, mas tinha um senso de humor perverso que não revelava para muitos. Eu pensava que nossas personalidades simplesmente se complementavam.

Nossa conversa baixa foi interrompida por dois gritos altos que soaram atrás de mim.

Me virei e sorri quando Marnie e Judith correram até mim. Eram uma dupla engraçada, mas duas mulheres mais improváveis de serem amigas próximas da reservada Bianca que eu já tinha visto. Ainda assim, todas as festas que ela dava, aquelas duas eram convidadas e apareciam.

— Lana está feliz por vocês estarem aqui, provocando o irmão dela? — perguntei a elas.

Marnie revirou os olhos.

— Fomos alertadas, e a Lana grávida me assusta.

Fiz careta.

— Coitadas. O que vocês vão fazer por três horas inteiras sem dar em cima de alguém?

— Estou querendo um pedaço daquele mágico — Judith disse, soando abandonada.

Minha expressão tentou se enrijecer, mas a suavizei com muita força de vontade.

— Ele *não* está interessado — Marnie adicionou, me fazendo sentir melhor na mesma hora. — Nem no casamento, nem agora. Mas ele é gostoso pra caralho.

— Ele deve ter namorada ou algo assim — Judith continuou. — Mas, vou te falar, se ele estivesse a fim, nossa, a gente iria se divertir muito.

Stephan deu um tapinha no meu ombro. Não tinha certeza do que ele sabia sobre mim e Tristan, mas imaginei que fosse tanto quanto Bianca sabia: que tínhamos um passado doloroso juntos.

Eu havia feito um círculo completo no ambiente, me apresentando para quem eu não conhecia. Não havia um monte de gente, mas havia o suficiente.

Bianca se aproximou de mim.

— Transformamos a sala de estar em um estúdio para pintar o body.

Isso me fez sorrir.

— Se *você* pintar um, vai valer, no mínimo, dez mil.

Ela deu risada.

— Bem, isso é só por sua causa.

Balancei a cabeça. Ela sempre subestimava o próprio talento. Era um dom tão grande que ela apenas conseguia, era obrigada a fazê-lo, mas eu nunca tinha superfaturado seu trabalho. Havia dado exatamente o valor que daria para qualquer trabalho daquela qualidade.

De repente, ela olhou para trás de mim, mordendo o lábio.

— Hum, Tristan já está lá. Só te dando um aviso de antemão. Sei que isso pode ser… sensível para vocês dois.

Assenti, me sentindo culpada. Éramos próximas. Deveria ter contado a ela pelo menos um pouco sobre as mudanças estranhas que estavam acontecendo entre mim e Tristan, e estava determinada a fazer isso em um momento mais apropriado. Eu sabia que Bianca não se importava com o papel de anfitriã, então não tomei nada de seu tempo naquele dia.

— Posso te ajudar com alguma coisa?

Ela revirou os olhos, olhando para trás, procurando James, imaginei. Tinha certeza de que ele logo apareceria.

— Não. Não há nada para fazer. James, que sempre tem uma equipe de pessoas à disposição, contratou uma equipe *extra* hoje para garantir que eu não me estressasse.

Dei risada.

— E isso deve ter te estressado — adivinhei.

— Isso mesmo. Ele até transformou o quintal em uma creche completa para quem trouxesse crianças, com cinco salva-vidas no deque. Quem mais faz isso? Mas o que podemos fazer? Eu sabia que ele era maluco quando me casei. — Havia um brilho carinhoso em seus olhos ao dizer isso.

Demos uma boa risada, então fui para a sala de estar transformada em estúdio de pintura de body.

Tristan era o único na sala. Estava de costas para mim e pintava um body. Quando me aproximei, vi que ele estava pintando um baralho, e estava muito bom.

— Impressionante — eu disse a ele, baixinho. — Não sabia que você sabia pintar.

Ele soltou o pincel, então ergueu as mãos e balançou os dedos ao se virar para mim.

— Mãos mágicas, lembra?

Se concentrou no vestido assim que olhou para mim, e seus olhos brilharam um pouco.

Isso me fez cócegas.

Ele enfiou as mãos nos bolsos, apenas observando por bastante tempo.

— Ei — eu disse, com um sorriso.

Ele inclinou a cabeça para o lado, passando a língua pelos dentes, olhos grudados no nó amarrado de forma descuidada no meu quadril.

— Hum, é só isso, humm?

Uau, ele estava sem palavras. Meu corpo inteiro ardeu de prazer.

— É só isso o quê? — perguntei.

Ele acenou para o fecho do vestido.

— É só esse nozinho que está segurando essa coisa toda fechada?

Observei seu rosto e assenti devagar.

Ele xingou, se virou e se afastou.

Eu não conseguia parar de sorrir quando comecei a pintar um dos muitos bodies brancos esticados e amontoados em um cavalete.

Senti quando ele voltou, senti seus olhos em mim. Ele falou bem baixinho atrás de mim:

— Sei onde há um quarto de hóspedes com tranca.

Balancei a cabeça e comecei a ir na direção da porta.

— Nada disso. Aqui não.

Ele me seguiu para o cômodo seguinte, porém escapei dele, indo ficar perto de Lana, que estava ocupada se pegando com seu marido cheio de energia.

Tristan não teve opção a não ser recuar.

Ao longo dos trinta minutos seguintes, consegui coletar quatro broches de fralda pela sala ao ouvir Javier, Jackie, Akira e Bianca dizendo a palavra bebê.

Pela minha visão periférica, consegui ver que Tristan estava fazendo a mesma coisa. Pelo tumulto alto que ouvi, imaginei que ele estivesse coletando broches de James, Stephan, Marnie e Lana.

Tristan e eu acabamos nos sentando perto um do outro para o jogo de cheirar fralda/barras de chocolate. Esse era o jogo em que eles espalhavam diferentes barras de chocolate derretidas nas fraldas, e nós tínhamos que adivinhar que sabores eram.

Era nojento e divertido, e nunca estivera em um chá de bebê que não rolasse essa brincadeira.

Eu estava cheirando algo que achei que fossem o cheiro e a aparência de uma barra de Snickers quando o celular de Tristan começou a tocar.

Alto.

Foi o momento mais bizarro, porque eu nunca nem tinha ouvido o toque de seu celular, mas, de repente, seu toque começou a tocar *alto*, e era minha risada, com voz desafinada: "Boceta, boceta, boceta, é só isso que passa na minha cabeça...".

Corei, mas não consegui evitar dar risada quando todo mundo caiu na gargalhada.

— Juro que parece a voz da Danika — Bianca disse, seu olhar dançando para mim.

— Ah, é, com certeza é ela — Frankie garantiu. — Já ouvi esse toque desafinado. Não tem erro. É ótimo saber que você gosta tanto assim de boceta, Danika. Como eu nunca soube disso?

Fechei os olhos e balancei a cabeça, corando dos pés à cabeça.

Mesmo assim, não conseguia parar de rir.

— Perdi uma aposta — expliquei.

Lancei um olhar desaprovador para Tristan, planejando a vingança.

O desgraçado deu uma piscadinha para mim.

Capítulo Vinte e Nove

DANIKA

Dez minutos depois, eu estava cheirando uma fralda que parecia de coco com amêndoas quando a passei para Javier, então enfiei a mão na minha bolsa, pegando o celular.

Danika: Estou pronta para aquela foto de pau. Seus dez minutos começam agora.

Enviei e observei Tristan quando ele sentiu seu celular vibrar no silencioso agora e enfiou a mão no bolso. Ele o tirou e verificou a tela.

Eu já estava mordendo os lábios para me impedir de rir quando ele olhou para cima, olhos arregalados, e disse alto:

— Sério?! Está me zoando? Vai querer isso agora?!

Eu estava curvada de tanto rir, mas ainda consegui assentir.

Ele saiu da sala pisando duro. Enfim, me endireitei e vi todo mundo olhando para mim de olhos arregalados.

Frankie era a única exceção. Ela parecia alegre de verdade.

— Nossa. Então o trem desgovernado está indo a toda velocidade, hein? Já era hora, porra.

Esperei uns cinco minutos e senti meu celular vibrar na mão. Havia uma nova mensagem. Olhei e, claro, tinha recebido nada mais que uma foto de Tristan. Foi tirada usando o espelho do banheiro, a não mais que dez metros de distância.

Ele havia tirado a camisa e desabotoado a calça jeans. Estava com um sorriso aberto para o espelho, a mão grande segurando seu pau grande. Ele tinha se excitado.

Pisquei. Eu havia feito a coisa toda porque era divertido. Nunca tinha imaginado que uma foto de pau podia mesmo ser excitante. Parecia que ele estava me convidando para me juntar a ele no banheiro, e devia estar mesmo.

Ignorei o possível convite, colocando o celular longe, meu rosto tão vermelho que dava para senti-lo.

Meus olhos não foram a nenhum lugar além de sua virilha quando ele voltou à sala. Pelo menos, ele tinha cuidado de sua ereção, embora eu não fosse perguntar como havia feito isso.

Ele ergueu as sobrancelhas para mim, esperançoso, quando tornou a se sentar ao meu lado.

— Recebeu?

— Não está com a hora estampada. Faça de novo.

Não consegui ficar séria quando falei, assim como ele.

— Dá para ver que é na porra do banheiro deles — ele disse entre risadas pesadas. Foi uma risada de doer a barriga para ele. Minha favorita absoluta. Teria ido e voltado do inferno para ouvir essa risada saindo dele.

E já fui.

E iria de novo.

— As condições foram bem claras. Hora. Estampada.

Ele olhou em volta, balançando a cabeça e rindo, desacreditado. Apontou para mim.

— Esta mulher é cruel. Nunca perca uma aposta para esta mulher. O que foi? Acha que previ que você ia me obrigar a fazer a foto nesta casa, e já ter uma tirada, naquele mesmo banheiro?

Dei um tapinha no meu relógio.

— Está perdendo tempo.

— James, você tem um jornal em algum lugar? Preciso colocar a hora em uma foto.

James, que estava do outro lado da sala, conversando com Akira, lançou a Tristan um olhar de completo desgosto.

— Sério mesmo? Você acha que precisa de um jornal para colocar a hora numa foto? Modernize-se, Tristan. Só me dê o seu celular que faço isso.

— Confie em mim, você não vai querer ver isso. Jornal?

James se levantou e foi, presumi, pegar um jornal.

Tristan voltou sua atenção risonha para mim.

— Precisa apagar a outra. Não concordei com duas, e você está sendo chata, então não vou te dar uma de brinde.

Olhei em volta, esperando que não tivéssemos chamado tanta atenção para nós, mas claro que havíamos.

Ainda assim, olhei de volta para Tristan, sorrindo para ele com os olhos.

— Me obrigue — sussurrei.

Ele se levantou, saiu da sala e seguiu direto para o corredor que levava ao banheiro.

Parecia agitado. O tipo bom de agitado.

James voltou para a sala, carregando um jornal.

Eu o interceptei, estendendo a mão.

— Vou levar para ele — disse, com um sorriso.

Ele pareceu pego de surpresa, mas me entregou sem hesitar.

— Obrigada — falei, alegre, seguindo para o corredor, onde Tristan havia desaparecido.

A porta do banheiro estava um pouquinho aberta, com a luz acesa. Fui para perto, para bater, quando ela se abriu totalmente, e um Tristan sorridente me puxou para dentro.

Ele me surpreendeu e, só por instinto, bati em seu peito com o jornal que estava segurando.

Fiz isso de novo, estendendo-o para ele.

— É melhor se apressar. Acho que você tem, tipo, trinta segundos restantes.

Ele fechou e trancou a porta atrás de mim, me colocou sentada no balcão comprido do banheiro, então começou a tirar a camisa.

— Se não se apressar, ainda vai me dever essa aposta.

Xingando, ele tirou seu pau, pegou o celular e o jornal e tirou uma foto rápida.

Eu ainda estava rindo quando ele a enviou.

Parei de rir quando se aproximou, suas mãos indo para minhas coxas e as abrindo para ele poder entrar no meio delas. Seus olhos e suas mãos estavam por todo o nó que me mantinha vestida, mas não por muito tempo, já que ele o desamarrou mais depressa do que consegui dizer:

— É melhor não. Alguém vai ouvir.

Ele estava separando as duas laterais do meu vestido, dobrando-o por cima dos meus ombros.

— Você não usaria este vestido se não quisesse que eu te fodesse na primeira chance que tivesse. — Ele abriu a frente do meu sutiã, empurrando o bojo para o lado. — E olhe só. Tive uma chance.

Em todas as definições, era uma rapidinha.

Uma rapidinha do tipo calcinha puxada para o lado, o pau entrando, saindo, mexendo, frenético.

Uma rapidinha do tipo veloz, repentina, breve, apressada, fugaz, corrida.

Uma rapidinha do tipo rude, vigorosa, bruta, foda brusca.

Não estou dizendo que não foi incrível. Eu gozei, ele gozou, e eu poderia ter passado o resto do dia dormindo no peito dele e sonhando sobre como a vida poderia ser doce.

E esse era o problema das rapidinhas. Eram sempre rápidas por um motivo, então você era jogada de volta à vida real, quando tudo que queria era descansar, saciada.

Me lavei o máximo que consegui, então comecei a alisar minhas roupas, enquanto Tristan se limpava. Estava acabando de amarrar meu vestido quando Tristan se aproximou e beijou minha testa, então minha bochecha, depois o canto da minha boca.

— Amo você — ele declarou baixinho, mas de forma veemente, então saiu.

Fiquei ali, paralisada, encarando o nada como uma louca, por muito tempo.

As palavras apenas permaneceram ali, bem na beirada do meu pensamento, me distraindo bastante, mas, de alguma forma, me impedindo de me concentrar, bem à luz do dia.

Então, como se eu tivesse despertado, voltei à festa e me diverti a maior parte do tempo.

Não o tempo todo, mas a maior parte dele.

A maior parte porque houve um momento muito ruim quando voltei e encontrei Tristan fazendo um de seus truques para as crianças que estavam se divertindo na piscina, enquanto os adultos estavam no chá de bebê. Ele era muito bom com crianças. Incrível. Assisti à coisa toda com o que podia ser apenas descrito como um sorriso apaixonado no rosto.

Essa não foi a parte ruim, ainda não.

A parte que azedou um pouco o dia foi quando ele foi até mim e, sem hesitar, acariciou a parte de baixo da minha barriga, acariciou bem *ali*, e não precisou falar uma palavra. Consegui ler a mente dele.

Fugi o mais rápido que pude, entrando na casa, tentando ficar longe dele até conseguir respirar de novo.

E voltei, e até consegui enganar Tristan para me deixar vencer o jogo do broche de fralda. Foi fácil. Eu também tinha alguns truques sujos na manga.

Peguei um marcador de texto, uma caneta permanente para ser exata, de um dos tubos de suprimentos na sala de estar transformada em estúdio de pintura, e fui ao banheiro. Puxei meu vestido para baixo até o sutiã, e escrevi BEBÊ na pele logo acima.

Puxei o vestido de volta no lugar, devolvi a caneta e fui à procura de Tristan.

Quando o encontrei, ele conversava com Akira, que estava a caminho de encontrar uma Lana risonha. Discretamente, eu o puxei de lado.

Ele ergueu as sobrancelhas, parecendo bem feliz.

— Está pronta para outra rodada?

Balancei a cabeça e puxei o vestido para baixo o suficiente para mostrar a ele o que tinha escrito.

Ele inclinou a cabeça para ver as letras e leu devagar:

— Bebê.

Seus olhos se arregalaram, o pescoço se endireitou, e ele apontou para mim.

— Nossa. Você é má *mesmo*.

Ergui a mão e, devagar, de má vontade, ele tirou todos os broches e os deu para mim.

— Fiquei sabendo que é um pacote de spa de luxo — eu o provoquei. — Estou bem animada.

— Eu sei. Ia usar isso para te chantagear a me fazer favores sexuais — ele disse, fazendo beicinho.

Como se ele precisasse de chantagem.

Foi só mais tarde, à noite, quando estava deitada no escuro que suas palavras começaram a se mover na minha cabeça. A circular. Em um looping maluco.

Aqui vai tudo que você precisa saber sobre maluco: a forma preferida do maluco é um círculo.

Discos quebrados, impulsos loucos em looping. Alguma coisa disso é familiar para você? É assim que o maluco funciona, e por isso fica se repetindo.

E, caramba, como estava se repetindo agora.

Estava acontecendo tudo de novo. Toda a coisa insana do caralho estava de volta.

A paixão me consumindo totalmente. De volta.

O aperto no meu peito toda vez que olhava para ele. De volta.

Dormir em seus braços e ainda sonhar com ele. De volta.

Ciúme louco psicótico. De volta. Em dobro, porque éramos dois afetados por isso.

Sessões públicas de amassos, como se fôssemos adolescentes. De volta.

Língua vibradora e mãos mágicas que me faziam perder toda a função do cérebro. De volta.

O paraíso e o inferno de estar com um homem que eu não conseguia suportar ficar separada nem por uma hora sequer. De volta.

Seu sorriso me destruindo para cada outro sorriso no mundo.

A alegria e a dor de estar inegável e inquestionavelmente apaixonada.

Como uma pessoa, que tinha provado ser tão inerentemente ruim para mim, tão *errada*, ainda podia ser tão necessária para a minha felicidade?

Não era justo.

Eu não estava deitada ali pensando no Encrenca. E nem estava pensando em como evitar isso. Apenas queria coexistir com ele.

A questão era, como adultos bem ajustados... Tá bom, de alguma forma ajustados, poderíamos transformar essa loucura em uma segunda vez saudável?

Eu estava tentando planejar, tentando encontrar um plano que funcionasse, porque eu *queria* isso.

Eu precisava de metas, e regras, e uma visão clara do que o futuro poderia reservar.

Mas eu *não tinha* uma visão clara de aonde isto poderia ir, não a longo prazo. E isso me aterrorizava.

Capítulo Trinta

DANIKA

Nas três primeiras vezes que ele falou nisso, mudei de assunto. Não achava mesmo uma boa ideia.

Só de pensar em ir a um de seus shows me fazia lembrar dos velhos tempos, trazendo à tona lembranças há muito esquecidas dos dias em que eu vivia para vê-lo no palco.

Na quarta vez, ele estava com um ingresso para mim, e não parecia aceitar não como resposta.

— Não fazemos show com muita frequência — ele persuadiu. — Quero que você esteja lá. Pode demorar um ano para a gente fazer show de novo. É um lugar menor. Não terá um público enorme. Juro que todo mundo vai ficar sentado.

— Ah, Tristan.

Eu estava impotente. De verdade.

— Por favor. Como um favor para mim. Significaria muito para mim que você estivesse lá. Para me apoiar.

Apenas impotente.

Por que um dia fingi que era capaz de dizer não a ele?

Isso era negação extrema.

Agradeci ao funcionário que me mostrou o assento.

Olhei em volta, nervosa. Eu estava na primeira fileira, logo depois do palco. Sabia que Frankie iria. James e Bianca também. Mas me sentei sozinha, por exigência própria. Sabia que seria uma carga emocional para mim, e preferiria passar por isso sem companhia. Além do mais, eu sabia que os veria na festa depois do show.

Era um local intimista, montado para um show acústico que me disseram que passaria ao vivo.

Até mesmo estar na plateia me deixava nervosa. O que aconteceria se eu espirrasse? Será que teriam que refazer uma música ou só me expulsariam? Só de pensar nisso fazia meu nariz coçar.

Tocaram um repertório poderoso.

Era rock, não tinha como negar, mas ainda havia uma sensação emotiva e áspera que dava à música uma essência muito comovente. Foi lindo. Emocionante.

Estavam melhores do que nunca. *Ele* estava melhor.

Ele conseguia fazer toda a plateia prender a respiração. Na verdade, ele estava mais atraente do que nunca como vocalista. Sua voz estava melhor treinada e a idade e a disciplina só o tinham ajudado a refinar isso.

Não conseguia tirar os olhos dele. Absorvia a visão como uma flor absorve o sol.

A música me fez ficar tensa desde a primeira nota. Era mais lenta do que seu estilo de sempre, com notas sombrias e obscuras que deixaram minha respiração mais rápida.

Ele fechou os olhos e começou a cantar. Até sua voz, quando ele cantava, também estava diferente. Tão crua, tão emotiva.

Ouvi, extasiada, e, de repente, apesar do público, parecia que só havia nós dois no mundo.

Lembra quando você me disse que eu era seu e você era minha.

Cada pulsação, cada respiração,

Nosso amor era perfeito, nossos votos eram sagrados.

E, ah, amor, você sabe que tentei muito manter a linha.

Mas havia um veneno no meu coração

E uma escuridão na minha mente.

Eu não estava lá quando você estava se afogando.

Eu entregaria minha alma para voltar atrás,

Mas você teve que me deixar para trás.

Olhando para trás, nos anos vazios,

Pelo retrovisor mais severo,

Lembrando-me das coisas que te fiz passar.

Agora resta saber, quem chegou para pegar o meu lugar.

Quando olhei para você, o mundo se dissolveu.

Meu veneno, curado; minha escuridão, clareada.

Nunca mereci você, amor,

Mas em seus braços meus defeitos são resolvidos.

Minha cabeça estava abaixada; as mãos, fechadas; o rosto, molhado com lágrimas. E, de alguma forma, apesar da agonia, meu corpo balançava de leve com a música, como se estivesse lançando algum feitiço em mim ou curando alguma doença. Terapia através de show. Essa era nova.

Embora ecoe mais alto no meu coração torturado,

Aquela noite não foi meu único crime.

Apesar de todas as formas em que falhei,

Ainda desejava consertar as coisas.

De algum jeito, nosso tempo acabou.

Mas havia um veneno no meu coração

E uma escuridão na minha mente.

Eu não estava lá quando você estava se afogando.

Eu entregaria minha alma para voltar atrás,

Mas você teve que me deixar para trás.

Em algum lugar, na grande extensão do espaço,

Há um lar onde as almas residem,

A sua e a minha estavam unidas.

Eu não tinha saído desse lugar.

Deus me ajude, nunca vou sair desse lugar.

Mas havia um veneno no meu coração,

E uma escuridão na minha mente.

Eu não estava lá quando você estava se afogando.

Eu entregaria minha alma para voltar atrás,

Mas você teve que me deixar para trás.

Você teve que me deixar para trás.

Como pôde me deixar para trás?

A música desapareceu e só ficou o som de um violão suave e o canto apaixonado de Tristan.

Tudo que você prometeu, tudo de que preciso,

O que estou disposto a te dar é o que quero de você.

Não consegue fazer isso por mim, amor? Não sobrou nada de você?

Eu tinha falado exatamente isso para ele uma vez. Não fazia ideia de que ele se lembrava; estava muito drogado quando falei isso para ele.

— O que achou? — ele perguntou gentilmente, depois que o show acabou e o teatro se esvaziou.

Eu só tinha ficado ali sentada, parada e quieta, enquanto todo mundo tinha saído.

— Aquela última parte nem rimou — eu disse entre lágrimas.

Ele deu risada, me puxando da cadeira e me abraçando.

— Ficou brava comigo? — indagou, o rosto enterrado no meu cabelo.

Não sabia o que estava sentindo.

Tudo escapuliu, meu cérebro esquisito me disse.

Conquistada, balançando a bandeira branca, meu coração traidor me disse, mas ele não tinha direito a voto, já que sempre, *sempre* esteve do lado *dele*.

— Imagino que você também componha agora — falei, tentando ser descarada através da minha voz trêmula. — A menos que Kenny tenha escrito isso e, se escreveu, é bem bizarro.

— Ah, pensou que aquela música fosse sobre mim e você?

Soquei o braço dele, e ele riu mais, e me abraçou mais forte.

— É, eu assumi a composição das letras, embora Kenny ainda escreva a maioria delas.

Ficamos ali parados por um bom tempo em silêncio antes de eu erguer o olhar para ele e falar:

— Estou tão orgulhosa de você. Sempre foi talentoso. É assustador olhar para um potencial desses e tentar fazer jus a ele. Você fez.

Sua expressão se enrijeceu, e ele enterrou o rosto no meu pescoço.

Isso havia mexido com ele.

Dei tapinhas em suas costas, acalmando-o.

— Minha única crítica é que você não tirou a camisa — disse a ele para aliviar o clima. — Costumava ser minha parte favorita de todo o show.

Ele começou a gargalhar.

— Eu tirava mesmo a camisa em todos os shows? — ele perguntou, como se não conseguisse se lembrar.

Isso me deu um aperto no peito, pensando em todas as lembranças que ele tinha perdido.

— Em quase todos — respondi baixinho.

Olhando para ele, vendo o jeito que ele me olhou, comecei a simplesmente *surtar*.

Dei dois passos para trás, para longe dele.

Havia tentado prender meus sentimentos em um canto do meu coração e da minha mente.

Não havia me esquecido deles, nunca deixei de perceber que estavam lá, porém havia me convencido de que, se apenas conseguisse me impedir de olhar diretamente, eles não teriam poder sobre mim.

Mas agora... Agora eles estavam rastejando por minha visão periférica, se tornando mais brilhantes, mais claros, a cada respiração, até que o desejo de olhar, a atração disso, consumisse mais dos meus pensamentos do que apenas olhar conseguiria, eu tinha certeza.

Mesmo já sabendo que não deveria, eu tinha decidido que era melhor adiar aqueles sentimentos. Mas por quanto tempo poderia adiar uma coisa dessas?

Eu estava tremendo, dos pés à cabeça.

Lenta, mas inexoravelmente, eu estava desmoronando.

Não conseguia me conter. Nem por mais um dia. Nem por mais um minuto.

Estava acontecendo. Apesar do quanto lutei, estava acontecendo um desenrolar constante dentro de mim, já estava acontecendo. Estava quase no fim, e eu *não me sentia preparada*.

Tristan colocou as mãos nos meus ombros, mas o afastei com as minhas duas mãos.

— Ah, Danika... — ele disse baixinho.

Comecei a balançar a cabeça com veemência.

— Me conte, amor. O que quer que seja, vou dar um jeito.

Fechei os olhos, desatando a chorar.

— Ah, amor... — ele falou, mais baixo agora, mais perto.

— Me sinto tão perdida.

Ele segurou minhas mãos.

— Não mais. Eu estou bem aqui. Estou com você.

— Há um vazio aqui dentro de mim, onde costumava ficar minha fé em você. Estou com tanto medo e *não sei* como me permitir confiar em você de novo. Não tenho força para fazer isso. De novo não.

— Tenho o suficiente por nós dois. — Ele se aproximou, envolvendo os braços em mim. — Chegou minha vez de deixar *você* se apoiar em *mim*.

Ele havia me deixado à deriva por tanto tempo, e eu tinha vagado pelas águas mais profundas, profundas demais para eu conseguir navegar sozinha. E lá estava ele, nadando para me salvar. Será que esteve me seguindo esse tempo todo? E eu estive tão cega?

Ainda assim, mesmo sabendo que ele ia me resgatar, uma parte de mim tinha que lutar contra ele.

— O que você está fazendo comigo? Não sabe que não aguento isso, Tristan?

Ele gemeu e me puxou ainda mais para perto.

— Você aguenta. Acha que não consegue confiar em mim de novo, e entendo, mas precisa aprender. Independente do quanto demorar, precisa aprender que estar comigo não vai acabar do jeito que acabou. Eu não vou permitir.

Balancei a cabeça, mas ele estava beijando minha mandíbula, meu pescoço, atrás da minha orelha, e eu não o impedi.

— Parece que você não entende, Tristan. Não acho que vá acabar como acabou, porque todo o prejuízo já foi causado. Não sobrou muita coisa para destruir desta vez.

— Não, você está enganada.

Claro que ele não saberia a que eu estava me referindo, porque não havia lhe contado, ainda não tivera estômago para isso.

Mesmo agora, quando cada defesa minha estava desarmada, eu não conseguia encontrar a coragem para contar a ele.

— E eu não vou destruir nada — ele continuou com veemência —, juro.

Meus braços tinham caído para as laterais do corpo, então os ergui, envolvendo-os em seu pescoço.

— Não se trata apenas de *me* destruir. — Respirei bem fundo. — Vi com meus próprios olhos, Tristan — eu disse a ele, baixinho, me sentindo miserável. — Naquele dia no café, da última vez que nos encontramos, depois do acidente. Depois de você ter seguido em frente sem mim, e você estava feliz, rindo, saudável. Foi aí que *eu* segui em frente.

— Ah, Danika... — ele sussurrou.

— Vi como você estava sem mim, como tinha *melhorado* tanto quando eu estava fora da sua vida, e foi quando deixei você ir de verdade.

— Ah, Danika... — ele repetiu, emocionado.

— Como podemos ser tão bons um para o outro de tantas formas e tão ruins em muitas outras?

— Nunca fomos ruins um para o outro. *Nunca.* Não foi isso que aconteceu com a gente.

— O que foi, então? Explique esse seu raciocínio para mim.

— *Eu* fui ruim para nós dois. Eu estava sangrando. Tenho certeza de que você percebeu, mas fiquei arruinado pra caralho pelo que houve com Jared e tudo que veio depois, e aí, bem, caí em queda livre, mas não culpe nós dois por isso. Isso fui *eu*. Tudo isso. Cada porra de milímetro disso.

— Não, Tristan. Isso não é verdade. Eu também mudei, com você. Ativei você. Te tornei pior, não melhor.

— Ah, Danika. — Sua voz ainda estava gentil, mas com censura.

— Não me venha com "ah, Danika". É claro que não consegui te ajudar. Tentei muito...

— E você pensou que esse trabalho fosse seu? Me *ajudar*? Pensou que fosse *sua* responsabilidade?

— Bem, sim. Mas tudo que eu tentava só parecia te deixar pior.

— Amor...

— Não me chame assim.

— Amor — ele enfatizou. — Ninguém consegue ajudar uma pessoa naquela condição. Às vezes, se tivermos muita sorte, saímos dessa, nos ajudamos e fazemos isso *por causa* das pessoas que amamos. Você não foi responsável por me tornar *pior*. Mas vou te dizer uma coisa, é fato que você foi responsável por me tornar melhor. Eu já havia me conformado em morrer. Isso, eu poderia ter suportado. Mas quando vi o que eu tinha feito com você...

— Não foi culpa sua.

— Essa pode ser a sua realidade. Você tem o direito de enxergar como precisa, mas eu só consigo enxergar de uma forma. O que houve com você foi culpa minha, *é* culpa minha, e, quando percebi que não estava apenas machucando a mim mesmo, que estava, na verdade, machucando você ainda mais do que estava fazendo com minha própria mente entorpecida, encontrei a motivação de que precisava para parar de usar, para parar de tentar tirar minha vida. E foi *você*.

Capítulo Trinta e Um

DANIKA

Estava quase terminando de trabalhar no dia seguinte quando ele ligou.

— Vamos sair hoje. Quero te levar a um lugar especial. — A voz grave de Tristan começou a ronronar no meu ouvido antes mesmo de eu conseguir falar "alô".

Respirei fundo.

— Não posso hoje. — Depois da cena que ele tinha feito por causa de um almoço com Andrew, eu sabia que precisava me preparar para o pior.

Houve uma longa pausa do outro lado da linha.

— Por que não?

Ele nunca havia sido tímido.

— Vou sair para jantar com uma pessoa amiga minha.

— É um jantar particular ou posso ir também?

Pensei naquela dinâmica. Achava que Dermot não ia gostar dele. Não conseguia ver os dois homens se dando bem o suficiente para uma refeição tranquila. Os dois eram superprotetores demais de formas bem diferentes.

— É meio que uma coisa mensal. É complicado, mas acho que você não se daria bem com essa pessoa. Vou contar para ele sobre você. Talvez na próxima vez, depois de eu tê-lo avisado.

Claro que ele só tinha ouvido uma parte da minha declaração.

— *Ele*?

— Sim. Já falamos sobre isso. Tenho amigos homens.

— Você vai a um *encontro* hoje à noite?

Suspirei. O homem das cavernas mesmo após terapia ainda era homem das cavernas.

— Não. Vou sair para jantar com um amigo.

Pensei em contar a ele que Dermot era meu irmão, mas decidi perguntar a Dermot sobre isso. Seu pai ainda era casado com sua pobre mãe, e eu não queria causar nenhum problema para a família dele, então mantive debaixo dos panos. Tristan podia guardar segredo, então eu sabia que contaria a ele sobre isso, mas queria avisar Dermot primeiro. Não parecia um segredo meu para contar.

— Um amigo *homem*. É um encontro. Qual é o nome dele? Onde ele mora? Aposto que consigo acabar com ele.

Dei risada, embora ele estivesse mais ou menos brincando.

— Só seria um encontro se estivéssemos romanticamente envolvidos, o que não estamos. Olhe, é complicado, mas juro que vou explicar para você, depois de conversar com meu amigo sobre isso.

Ele ficou tão perturbado depois disso que quase cancelei.

Não estava gritando, nem berrando, nem sequer tentando me convencer a não ir.

Só ficou tão quieto e arredio do outro lado da linha que eu mal conseguia aguentar.

— Está bem, quer saber? Você precisa parar com isso. Já me viu falando para você não ser mais amigo da Mona? Não. E você dormiu com ela. Eu nunca dormi com o Dermot.

— O nome dele é Dermot — ele interrompeu estupidamente.

— Sim, Dermot, com quem eu nunca dormiria, nem em um *milhão* de anos. Nem se fôssemos personagens de *Guerra dos Tronos*.

Isso o despertou ou o confundiu.

— Que porra essa série tem a ver com alguma coisa?

Recentemente, eu o tinha obrigado a começar a assistir, e ele foi de gostar de má vontade a odiar de um episódio para o outro. Mas ele só estava na primeira temporada. Se eu conseguisse fazê-lo passar pela primeira, sabia que ele ficaria tão viciado quanto eu.

Sorri.

— Você vai descobrir, em algum momento.

Tentei falar tchau para ele.

— Quero ir com você — ele rosnou no meu ouvido.

Respirei fundo. Por que eu ainda tinha tanta dificuldade em dizer não a ele?

— Limites, Tristan.

Ele me deixou desligar, mas eu sabia que ele não estava feliz.

Dermot e eu nunca contamos a ninguém que éramos parentes. Nunca precisamos contar. Nenhum de nós respondia a ninguém, então o mundo apenas pensava que éramos amigos próximos, ou era o que eu supunha.

Não havia me ocorrido que meus encontros com Dermot pareciam com encontros românticos. Nunca tive que me preocupar com isso.

Andrew tinha sido o tipo de namorado que era compreensivo até demais. Nunca nem questionou o fato de eu gostar de sair para jantar com outro homem com frequência.

— Estou saindo com uma pessoa — contei a Dermot, após termos pedido nossa comida.

Ele pareceu surpreso, mas não descontente.

— Bem, que ótimo. É sério?

Minha boca se curvou.

— Muito. Se temos chance de alguma coisa durar é outra questão bem diferente. Vou te manter atualizado.

— Você o conhece há muito tempo?

Era a coisa mais esquisita. Eu tinha sido criada com Dahlia, porém era muito mais fácil me abrir com Dermot. Tinha sido assim desde o início.

E, de alguma forma, me vi contando a ele nossa história, a versão longa: A Saga de Tristan e Danika.

As batalhas e as vitórias.

As derrotas e os triunfos.

As tragédias e os julgamentos.

Em algum momento no meio, eu o fiz derramar lágrimas, o que nunca o tinha visto fazer, e tentei contar com um ar menos dramático, mas era assim mesmo.

— Espere, você não contou para ele que não pode...? — ele perguntou, em algum momento perto do fim.

Olhei para baixo, para meu colo.

— Não sei como contar.

— Sinto muitíssimo, Danika.

Dei de ombros.

— Enfim, você se importa de eu contar a ele que é meu meio-irmão? Pensei em te perguntar primeiro, porque, bem, você sabe. E como tenho certeza de que você percebeu, ele é do tipo loucamente ciumento. Não ficou nada feliz quando soube que eu ia sair para jantar com um homem.

— Não me importo. Não mantenho nosso relacionamento debaixo dos panos, Danika. Sinto muito se pensou que eu mantivesse.

— Bem, só pensei que, por causa da sua mãe, você iria querer guardar segredo.

— Você não é um segredo, é uma pessoa. A confusão no casamento dos meus pais é problema deles, e nunca vai afetar o fato de você ser minha irmã.

Isso aqueceu meu coração. Ele era um bom irmão.

Fui direto para a casa de Tristan após o jantar.

Ele ainda estava tenso e chateado, mas nada como havia estado quando fui almoçar com Andrew.

— Tudo bem, me conte — ele começou assim que cheguei. — Qual é o grande mistério sobre esse seu amigo?

— Ele é meu irmão.

Isso esvaziou todo o atrevimento dele. Até que foi legal. Tive um breve desejo de poder engarrafar aquela habilidade. Daria um bom superpoder.

Me vi contando a história, dando a Tristan a versão completa do meu pai ausente.

— Seu pai *deu em cima* de você? — ele perguntou, chocado.

— Você já viu minha mãe. Me pareço bastante com ela. Acho que ele tem um tipo.

— Não tente fingir que isso é sequer remotamente normal! Se um dia eu encontrar esse cara, vou acabar com a raça dele. Ponto final. Isso vai acontecer. Porra, acho que já conheci esse cara. Inacreditável.

Pensei que isso resumia bem.

Ele começou a me puxar pela casa, subindo as escadas, direto para seu quarto. Me encurralou em sua cama nada ortodoxa e começou a me despir.

— Você acabou de me torturar por horas — ele disse, com a voz baixa e grave. — Agora é a minha vez.

♥TD♥

TRISTAN

Ela adorava fazer piadas com o que chamava de cama "pervertida". Pensei que era hora de lhe mostrar o que ela podia fazer.

Eu a despi até ficar apenas com a calcinha minúscula e coloquei uma venda nela. Dei uma boa olhada naquela visão inebriante antes de levá-la para a cama e fazê-la ficar em pé.

Prendi seus braços acima dela com algemas macias de couro que eram anexadas ao teto da cama resistente.

Então, fui trabalhar nela com minha boca, começando em sua mandíbula, descendo devagar pelo pescoço, sua clavícula, passando bastante tempo chupando seus mamilos eretos. Segurando seus seios em duas perfeitas mãos cheias, eu os circulei com a língua, amassando-os.

Amava o seu corpo. Na verdade, era meio alarmante o quanto eu era obcecado por ele, a quantidade enorme de horas que passava fantasiando com ele bem *ali*.

Massageei meu pau, aninhando-o em sua virilha. Gemi alto com isso e, quando ela me ouviu me masturbando, gemeu e se contorceu.

Me ajoelhei diante dela e enterrei o rosto entre suas coxas, jogando suas pernas por cima dos meus ombros. Empurrei sua calcinha para o lado e mergulhei, usando cada truque de língua que tinha para fazê-la gozar, várias vezes.

Então fui trabalhar nela com as mãos.

Quando, enfim, me levantei e comecei a fodê-la com vigor, ela estava maleável sob minhas mãos.

Depois de gozar, só continuei bombeando nela, deixando-a me ordenhar por um bom tempo.

Aquilo bem ali. Paraíso.

— Eu amo você — disse a ela, não no calor da paixão, mas no momento claro depois. Continuaria dizendo isso, condicionando-a a isso. Continuaria tentando para sempre, se precisasse, para fazê-la confiar em mim de novo.

Eu sabia que ela ainda me amava. Dava para ver, mesmo que ela ainda estivesse em negação. Ela não precisava dizer com palavras. Falava para mim de muitos outros jeitos. Seu amor falava comigo em cada linha entregue de seu corpo.

Derramava de seus olhos prateados toda vez que ela olhava para mim. Ela era minha de novo.

E, mesmo quando não me quis, quando eu tinha perdido toda a fé, eu sempre, *sempre* fui dela.

Eu a soltei e a coloquei deitada de costas. Tirei sua calcinha e abri suas pernas. Ela se sentia tão saciada que estava mole, tão deliciosamente flexível que fez meu cérebro ficar meio tonto com o prazer inebriante.

Meus dedos deslizaram pela pele macia de sua coxa enquanto me endireitava, pegando um de seus pezinhos sexy e trabalhando nele, massageando-o até, mesmo em seu completo relaxamento, ela começou a se contorcer na cama.

Beijei o arco de seu pé, então seu tornozelo esguio. Ela era tão delicada e macia sob minhas mãos que cada toque meu tinha uma contenção instável.

Eu amava seu corpo, sua cintura fina, seus quadris esguios, suas coxas esbeltas. Adorava que o que parecia uma iguaria tão fina tinha um recheio de ferro tão forte, tão implacavelmente sólido, que era a única coisa que eu havia encontrado na Terra para lançar minha sorte, para fazer minha morada.

Ela me impressionava até hoje.

Minhas mãos estavam respeitosas, e meus lábios veneravam enquanto eu subia trêmulo por seu corpo trêmulo, tão grato por cada toque que ela me permitia que ficava tonto com isso, *tremendo* com isso.

Porque, independente se ela admitisse ou não, toda vez que nos rendíamos a essa fome, a essa paixão imperdoável, mostrávamos nossos verdadeiros sentimentos um para o outro. Ela não conseguia se entregar a mim sem me mostrar sua vulnerabilidade, e eu não conseguia tomá-la sem revelar minha total devoção, meu amor eterno.

Nunca conseguia conter os palavrões quando colocava as mãos em seu corpinho perfeito, mas, cada vez mais, as palavras ficavam mais desesperadamente emotivas do que safadas.

— Como fazíamos sem isso, amor? — perguntei em sua barriga lisa como cetim. — Como pudemos pensar que era uma opção? — Me aninhei em suas costelas na parte de baixo de um seio empinado. — Como pude parar com isto? Você sabe que não podemos voltar atrás agora, não é? Não podemos voltar para aquilo.

Ela não me respondeu. Não esperava que respondesse. Eu sabia que ela já tinha passado do ponto de uma frase coerente. Sempre amei sua boca esperta, mas, em momentos assim, gostava ainda mais de quando ela ficava incapaz de formar palavras inteiras.

Tirei a venda dela e a cobri. Eu a tomei de novo, voraz, desesperado, como um homem faminto. Mesmo quando estava latejando dentro dela, ainda tremendo por causa do meu alívio, sentia essa fome.

Quando estava pegando no sono, entendi.

— Porra de *Guerra dos Tronos* — murmurei.

Ela deu risada ao meu lado.

Caímos no sono entrelaçados, e acordei ainda envolvido nela por trás. Na verdade, meu pau duro estava bem no processo de tentar encontrar uma entrada antes mesmo de eu abrir os olhos.

Me sentei, rolando-a de costas. Era como olhar para um banquete. Não sabia por onde começar.

Sua mandíbula estava solta pelo sono, seus lábios, separados. Minha ereção me dizia bem claramente por começar ali.

Escalei seu corpo e consegui colocar um joelho na cama ao lado de sua cabeça, o outro esticado longe de seu corpo. Coloquei a cabeça entre aqueles lábios convidativos, tentando ir devagar, mas, assim que cheguei à sua garganta, uma reação de empurrar o joelho me fez entrar com um pouco mais de força.

Eu a fiz engasgar duas vezes antes de ela me empurrar para longe, rindo.

— Você é grande demais para esse ângulo — ela me disse.

Ela tinha razão.

— Ainda não estava muito acordado quando pensei nisso.

Ela me empurrou, e eu me esparramei deitado de costas para ela.

— Da próxima vez, é só me acordar.

Sua cabeça começou a balançar, e segurei seu cabelo.

— Qualquer coisa que você disser.

Capítulo Trinta e Dois

TRISTAN

Sempre sentia a data se aproximando como um ímã, minha mente constantemente atraída para ela.

Naquele ano foi um pouco melhor. Peguei a pulseira preta e a coloquei com um coração mais leve do que estava, bem, desde a morte dele.

Ter Danika de volta na minha vida me ajudou com isso, não havia dúvida.

Mesmo assim, tentei conversar com ela sobre isso, tentei contar o que estava acontecendo, mas não encontrei voz para fazer isso.

Era a manhã daquele dia, e eu tinha dormido na casa dela. Estava na cozinha, bebendo café e olhando para o nada, quando ela finalmente percebeu que havia algo errado.

Ela me analisou por um tempo, verificou seu celular para ver a data, eu acho, então se aproximou de mim, parecendo arrependida.

— Ah, Tristan — ela disse baixinho, envolvendo seu pequeno corpo no meu grande. — Sinto muito.

Beijei o topo de sua cabeça.

— Vou ligar para o trabalho dizendo que estou doente. Me diga o que você quer fazer hoje — ofereceu.

— Em geral, Frankie aparece, e Cory e Kenny, se estiverem por aqui. Contamos histórias sobre ele. Histórias boas. Assistimos a todos os vídeos que tenho dele. Nunca focamos na parte ruim.

Nos vestimos e fomos para minha casa. Frankie e Kenny apareceram ao meio-dia. Cory estava fora da cidade.

Assei uma quantidade ridiculamente grande de cookies, mantendo Danika refém na minha cozinha o tempo inteiro.

Todos nós nos sentamos na sala de estar e conversamos sobre Jared.

Eu comecei.

Ergui um cookie de gotas de chocolate.

— O preferido do Jared. Na verdade, ele é o motivo de eu ter aprendido a cozinhar. Quando era criança, ele tinha todos nós na palma da mão: eu, minha mãe, o pai dele. — Olhei para baixo, para minhas mãos. — Uma vez, ele se machucou. Nem sei como aconteceu, mas ele estava brincando com Dean no quarto dele e acabou caindo da janela do segundo andar. Eu tinha doze anos, e era para eu estar vigiando. Foi aterrorizante, mas ele não tinha quebrado nada. Acho que ele só estava com medo, mas não parava de chorar. Estava inconsolável, e a única coisa que o tirou desse estado foi a promessa de cookies. Não tínhamos cookies, mas sempre tínhamos ingredientes para fazer, então aprendi a assar cookies nesse dia. Ele gostou tanto que começou a fingir que se machucava só para eu fazer cookies. Eu nem ligava. Nunca foi um segredo; eu teria feito qualquer coisa por aquele garoto.

Como se recuperar de uma perda dessas? Um dia de cada vez era o único jeito que eu sabia. Éramos tão próximos que ele ainda fazia parte de mim, sempre faria.

Danika, que esteve sentada bem à minha direita, me abraçou forte. Joguei meu braço em volta dela. Tê-la ali, naquele momento, significava *tudo*, e eu aproveitei, mesmo em meio à lembrança agridoce.

Kenny foi em seguida.

— Fomos Jared e eu que começamos a banda, originalmente. Nós dois escolhemos a guitarra, mas ele sempre foi muito melhor do que eu. Ficava tão impressionado com aquele garoto. Era cinco anos mais jovem do que o resto de nós, e me colocava no chinelo em relação a talento. Mas nunca teve o ego inflado por isso, só curtia. Tinha o amor mais puro por sua arte.

Frankie estava chorando muito quando chegou sua vez. Ela não escondia a dor e isso sempre facilitava para eu expressar a minha.

— Ele era, simplesmente, o mais legal — ela começou. — Pensei muito nisso. Passei tanto tempo com ele. Nos divertimos tanto. E, em todo esse tempo, não consigo me lembrar de ele dizendo uma coisa negativa sobre alguém. Como isso é possível? Ele era muito *bom*. Sinto saudade de tê-lo por perto. Sinto saudade de seu rosto sorridente, e de como ele vinha me pedir ajuda quando precisava resolver um problema, não importava o quanto o problema fosse bobo. Ao Jared, o anjo mais doce no paraíso. — Ela deu uma grande mordida em seu cookie, como se fosse um brinde.

Era preciso ser criativo perto de alcoólatras como eu.

Ergui meu cookie como um brinde, então dei uma mordida grande.

Não esperava que Danika dissesse alguma coisa, não sei por quê, mas claro que ela diria. Sempre teve jeito com as palavras, um jeito de transformá-las em algo que poderia me trazer conforto.

Sua boca se curvou em um meio-sorriso antes de começar.

— Ele costumava me chamar de irmãzinha. E eu amava conversar com ele ao telefone. Por horas. Ele era o melhor falador. E ouvinte.

Ela se abaixou e enfiou a mão em sua bolsa, tirando um celular flip. A coisa era uma relíquia.

Seu sorriso morreu, se transformando na cara que ela fazia quando estava tentando muito não chorar.

— Esta coisa não consegue ficar dez minutos carregada, mas nunca vou me livrar dela. Só a encontrei depois que ele faleceu.

Ela apertou uns botões, então o som da voz de Jared veio do celular.

— *Ei, irmãzinha. Sei que está chateada com ele, mas acredite em mim quando te digo que ele se arrepende de tudo que falou. Só ligue para ele. Vamos resolver, tá bom? Os irmãos Vega te amam, irmãzinha. Nunca duvide disso.*

Essa dilacerou todo mundo, e ninguém falou por um bom tempo. Mesmo doendo daquele jeito, ainda foi muito bom ouvir a voz dele.

— Lembram-se daquela noite em que ele e eu fomos totalmente bombardeados nas apostas esportivas no cassino Cavendish? — Danika finalmente falou. — Nos divertimos muito. Ele sempre era muito divertido.

Frankie sorriu, com rastros de máscara de cílios por todo o seu rosto bonito.

— Me lembro dessa noite. Você sumiu com Jared, enquanto Tristan e eu ficamos reclamando por horas, sobre como as mulheres são loucas. Seu nome deve ter aparecido uma ou duas vezes na coluna de malucas.

Ela revirou os olhos.

— Tenho certeza de que ocupei a maior parte da coluna de malucas. Caramba, devo ter a minha própria página.

Eu tinha reunido todos os vídeos já feitos de Jared anos atrás. Havia apenas alguns de nós quando crianças, mas, graças a Deus, houve muitos anos de câmeras de celular antes de ele falecer. Esses eram a maior parte. Assistimos a todos, então contamos um pouco mais de histórias.

Foi um bom dia de recordações. Doeu, claro, nunca ia parar de doer, mas ficava melhor com ela ali. Tudo ficava.

Eu não tinha atendido umas ligações durante as horas em que estivemos relembrando tudo e havia algumas mensagens. Fiz careta quando vi que uma era de Mona, e quase a apaguei. Tinha conseguido um contrato para ela para outro ato em dois meses, e ela não ficou feliz por isso. Mas esteve agindo de um jeito bem estranho desde que Danika e eu tínhamos voltado, e isso me fez perceber que não podia confiar nela, na verdade, deveria manter distância, e era isso que eu estava fazendo.

Ainda assim, ouvi, porque era incomum ela me deixar mensagem. Fiquei meio atordoado com o que ouvi. E triste. Quais eram as chances de ser justo naquele dia?

Fui me sentar de novo com o grupo.

— Tony Biello acabou de morrer — eu disse, entorpecido. Sabia que a dormência não duraria. Ele tinha sido um mentor para mim, uma figura de pai. Estava agendado para fazer uma aparição como convidado dali a algumas semanas. — Acho que eu não deveria estar tão chocado. Ele se aposentou porque sua saúde estava ruim.

Danika me abraçou forte. Nunca havia falado com ela sobre Tony, mas tinha a sensação de que ela sabia de tudo. Ela havia sido mais reservada em relação a isso do que eu, mas nós dois mantivemos o controle um do outro ao longo dos anos.

Capítulo Trinta e Três

DANIKA

Apareci na casa dele já vestida com um vestido tubinho preto e recatado, meu cabelo puxado para trás em um coque baixo, minha maquiagem neutra e suave. Estava em modo funeral total.

Eu não queria ir.

Me sentia mal por isso, mas também não me sentia bem quanto a ir. Mona sempre tentava ser agradável, mas seu pai tinha acabado de morrer, ela devia estar magoada, e só pensava que ela não iria querer que eu estivesse lá.

Procurei as palavras para explicar isso a Tristan sem parecer uma idiota insensível em relação à coisa toda. Ele sabia que eu não gostava de Mona.

Como se previsse minha tentativa de fuga, ele veio até a porta vestindo a camisa. Ainda estava desabotoada, e passei a mão por sua pele nua. O branco em contraste com sua pele bronzeada e tatuada era simplesmente delicioso demais para não encostar.

Ele pegou minha mão e me puxou para dentro de sua casa, depois para ele, beijando minha testa.

— Obrigado por ir comigo. Significa muito, para mim, ter você comigo agora, e sei que não gosta da Mona, então estou agradecido em dobro por você estar disposta a fazer isso.

Eu o abracei forte, me sentindo uma idiota por ter até mesmo considerado fugir. E por ser tão óbvia quanto a não gostar de Mona. Ela não tinha feito nada demais para merecer isso, além de dormir com um homem com quem eu não estava nem falando na época. (Lógica contra sentimentos. Vocês nunca vão gostar um do outro. Que comece a briga para o resto da vida.)

— Claro. Quer que eu escolha sua gravata? — Dentre nós dois, eu era a única que se importava o suficiente para tentar estar na moda.

— Sim. Obrigado.

Não importava como tentasse enxergar isso, eu não gostava da mulher. O fato de ela parecer gostar de mim não estava certo. Eu ficava dividida entre pensar que ela era muito falsa e bem convincente nisso, ou pior, que ela simplesmente era essa pessoa muito mais madura, porque eu não conseguia agir, de maneira convincente, como se gostasse dela, nem por um minuto. Tudo que conseguia fazer era ser civilizada. Apesar de que, com seu pai recém-falecido, eu sabia que até eu não teria problema em lhe oferecer empatia naquele dia.

Mas, falsa ou não, pessoa madura ou não, eu simplesmente não conseguia me convencer de que ela iria querer falar comigo naquele dia.

A questão era controversa, já que Tristan havia expressado sua necessidade de eu estar lá. Nunca fui boa em dizer não a ele.

Fui direto ao seu closet e escolhi uma gravata cinza suave.

Ele ficou bem parado para mim, enquanto eu dava o nó, de olhos fechados, a cabeça um pouco inclinada para trás.

— Gosto disso, de você dando nó na minha gravata — ele disse baixinho. — Mas estou com medo de perguntar onde você aprendeu isso.

Minhas mãos pausaram por um instante, então continuei dando o nó.

Sua respiração saiu tremida.

— Andrew — ele adivinhou. Sua boca se curvou para baixo ao falar o nome, como se não conseguisse dizê-lo sem fazer careta.

Terminei e comecei a ajustar seu colarinho, alisando-o, depois passando as mãos por ele, apenas tocando para senti-lo.

— Não faça isso. Você acabou tendo uma cama pervertida que parece uma gaiola e aprendeu a dar nós apertados; enquanto isso, eu aprendi a dar nó em gravata. Ficar remoendo não é saudável. E, se isto aqui vai dar certo, precisa ser saudável.

Ele assentiu, com a boca ainda curvada para baixo.

— Você está certa, mas não é fácil. Ainda estou… processando. Preciso de um bom tempo para ajustes.

— Eu também. Acredite em mim, ir ao funeral do pai da sua namorada não é algo que um dia pensei que estaria fazendo.

— Ela não é minha namorada. Nunca foi minha namorada.

Não queria mesmo discutir isso, mas não podia deixar quieto.

— Bem, ela não é agora, mas não pode dizer que *nunca* foi.

— Quer saber? Tem razão, não vamos conversar sobre isso agora. Estou com um humor de merda, e não precisamos nos esforçar para piorá-lo.

Me encolhi. Tinha me esquecido, por um minuto, do que iria acontecer naquele dia. Ele ia enterrar um bom amigo. Eu precisava me lembrar de ser uma presença mais tranquilizadora.

Coloquei os braços em volta de sua cintura, apoiando a bochecha em seu peito.

— Desculpe. Como você está?

— Estou bem, só de mau humor.

— É compreensível. Ajudaria se eu prometesse não te contrariar pelo resto do dia?

Ele me apertou, beijando o topo da minha cabeça.

— Falando sério, o fato de você me contrariar nunca foi o problema. Na verdade, até que gosto, na maior parte do tempo. Você ir embora é o meu problema, então ajudaria se prometesse ficar nos próximos dias. Eu gostaria da sua companhia.

Pensei que esse era um resultado de toda a sua terapia. No passado, ele tinha precisado muito de mim, mas nunca havia conseguido se comunicar de um jeito tão específico.

— Pode deixar. Tenho que trabalhar amanhã, mas posso trazer umas coisas para ficar na sua casa, se quiser.

— Eu quero. Obrigado.

— Claro. Qualquer hora que precisar de mim.

— Sempre preciso de você — ele disse, sério.

Fechei os olhos e me balancei nele, sentindo como se estivesse flutuando. Se era flutuando em uma nuvem ou flutuando à deriva, no meio do oceano, não dava para saber.

O veredito ainda estava pendente.

Ele se afastou depois de um tempo para analisar meu rosto.

Apenas pisquei para ele.

Tentei me localizar, mas não tive tempo de me recuperar, não por estar de volta à terra firme, inferno, nem de estar fora dela.

O funeral foi uma provação, embora eu não tenha falado uma palavra de reclamação. Funerais não eram para ser agradáveis, e quem seria exigente em relação ao método de desagrado, na verdade?

Foi um evento enorme, e o itinerário foi assustador. Houve uma sessão particular de homenagem com amigos próximos e família, seguida do caixão aberto ao público, em que qualquer um podia prestar suas condolências por umas cinco horas. Eu não estava julgando, mas teria achado bem difícil de lidar com as coisas, se eu fosse da família dele. Da parte deles, estavam sendo generosos com o que permaneceu dele.

Mona parecia notavelmente calma. Estava recebendo todos na entrada da sala do velório. Seu cabelo estava puxado para trás e sua maquiagem era pesada. Estava tradicionalmente produzida do pescoço para cima. Agora, do pescoço para baixo, era uma história bem diferente. Estava com um vestido preto sexy que tinha uma fenda na coxa e exibia decote suficiente para eu ficar surpresa de ela usar isso em um funeral.

Talvez não fizessem vestidos que conseguissem carregar tudo aquilo de peito sem que escapassem, pensei com desdém. Sim, sei que foi cruel.

O único sinal que dizia que ela estava de luto à primeira vista eram os olhos levemente vermelhos, e o fato de ter se jogado nos grandes braços de Tristan no segundo em que o viu.

Estava determinada a não dizer uma palavra. Eles foram amigos próximos por anos, e eu não a culpava por precisar de um abraço. Havia conforto infinito para ser encontrado nos braços de Tristan. Nunca imaginei que eu fosse a única a notar.

— Sinto muito por sua perda — eu disse a ela.

Ela não me olhou nem me deu atenção, jogando os braços em volta do pescoço de Tristan e enterrando o rosto ali.

Tristan deu tapinhas em suas costas, me dando um olhar meio impotente.

Dei de ombros. Foi constrangedor. Eu também não sabia o que fazer, então lhes dei espaço.

Ofereci minhas condolências ao restante da família de Tony, que estava formando uma fila. Não fui até o caixão. Não achei que fosse necessário.

Fiquei bastante aliviada quando vi um rosto familiar na forma de Bianca. Me apressei até ela, dando-lhe um abraço rápido.

Ela ficava bonita de preto, sua pele clara se iluminava. Mal estava usando maquiagem, apenas um toque de máscara de cílios e um pouco de brilho rosa-claro nos lábios, mas não precisava de mais do que isso.

Ela estava belíssima, com aqueles olhos azuis glaciais incríveis. Eram assombrosamente claros e expressivos. Sua roupa toda preta só parecia destacar o efeito.

— Oi — ela disse em uma voz sussurrada, um mundo de carinho naquela palavra neutra.

— Você conhecia o Tony?

Ela balançou a cabeça.

— Não, estou aqui só pelo James.

Olhei em volta.

— Cadê o James?

— Conversando com a família.

Eu o vi assim que ela falou. Estava dando tapinhas na mão da esposa de Tony, enquanto ela falava bem séria com ele, lágrimas escorrendo por suas bochechas.

— Você está aqui com o Tristan? — ela perguntou daquele seu jeito brando, analisando minha expressão. Eu sabia que nós dois havíamos confundido todo mundo. Ninguém nunca conseguiu acompanhar se estávamos até mesmo falando um com o outro.

— Sim. Eu também não conhecia o Tony.

— Vamos nos sentar. Acho que ninguém se importa se dermos uma volta ou se vamos nos enturmar ou não.

Sorri do jeito que ela falou, como se se enturmar fosse a desgraça de sua existência.

— James te faz se enturmar com frequência? — perguntei.

Seu nariz se enrugou.

— Ele tenta. Agora me pergunte se é bem-sucedido.

Mordi o lábio, tentando não sorrir.

— Acho que não preciso.

— Acho que dá para dizer que eu me enturmo, se isso significar que ele vai ficar grudado ao meu lado aonde quer que formos. Ele precisa falar com as pessoas. Elas vêm até ele em todo lugar. Não vejo por que isso significa que eu deveria ter que falar com todas elas ou mesmo ouvi-las.

— Seu argumento é bom.

— *Cadê* o Tristan? — ela indagou, olhando em volta.

— Na sala de estar com a Mona.

— Ah.

A maneira como ela falou isso fez o canto da minha boca se curvar para cima. Lancei a ela um olhar divertido.

— Está surpresa por eu tê-lo deixado lá com ela — adivinhei, minha voz um sussurro.

— Sim, foi isso que o "ah" significou — ela sussurrou de volta.

— É o funeral do pai dela. Me sentiria uma desalmada se ficasse com ciúme das mãos agarradoras dela hoje.

— Exatamente o quanto são agarradoras? — Ela pareceu intrigada.

— Tenho a sensação de que você vai ver com os próprios olhos.

Quando falei, Mona e Tristan passaram por nossos assentos, indo para a primeira fileira.

Mona estava andando com os dois braços em volta da cintura dele, sua cabeça no ombro dele.

Tive o pensamento pouco caridoso de que ela estava se aproveitando ao máximo disso.

Tristan se sentou com ela, sua cabeça abaixada na dela. Ele estava falando baixo, sua voz suave demais para ser ouvida daquela distância.

Pareceu demandar bastante tempo e esforço, porém ele se soltou e se levantou, vindo até onde Bianca e eu estávamos sentadas e se sentando perto à minha direita.

— Oi — ele disse para Bianca com um sorrisinho.

Ela sorriu de volta.

— Oi.

— Eu te abraçaria ou apertaria sua mão, mas James ameaçou me bater se eu sequer tocasse você com meu dedo mindinho.

Ela mordeu o lábio para esconder um sorriso.

— Acho que você inventou essa.

— Continue vivendo nesse seu mundo sonhador, em que James não é um louco, mas se um dia você se curar da síndrome de Estocolmo, só avise um de nós, e a gente vai te salvar. Pisque três vezes se quer que te ajudemos a fugir.

Ela cobriu a boca, seus olhos brilhando.

— Vou contar para ele que você falou isso.

— Sei que vai. Estou ansioso por isso.

Ele se virou para mim, seu rosto ficando sério.

— A família do Tony me pediu para me sentar lá na frente. Quer vir comigo ou está mais confortável sentada com James e Bianca?

Não hesitei. A ideia de me sentar na fileira da família do funeral de um homem que eu nunca tinha conhecido me deixava extremamente desconfortável.

— Vou ficar com a Bianca

Ele apenas assentiu e me deu um beijo rápido na bochecha antes de se levantar e voltar para Mona.

Não havia percebido que Frankie estava lá até ela passar a mão no meu cabelo quando atravessou pelo nosso corredor.

Ela e Bianca eram amigas, mas o cabelo de Bianca não recebeu o mesmo tratamento. James tinha regras bem estranhas quanto a quem podia encostar em Bianca, mesmo que fosse apenas casualmente.

Por exemplo, eu poderia abraçá-la, beijá-la na bochecha ou acariciar seu cabelo ali mesmo e ele não se incomodaria. Pelo menos, eu achava que não.

No entanto, se Frankie ou Tristan fizessem alguma dessas coisas, ele não lidaria tão bem.

James era louco por Bianca. Literalmente louco.

Fossem quais fossem as regras estranhas que eles tinham um para o outro (e eram muitas), parecia fazer perfeito sentido para eles, e ninguém podia dizer que não estava funcionando.

Eu sabia mais sobre o funcionamento interno do relacionamento deles do que a maioria. Bianca tinha se aberto sobre isso ao longo das muitas horas em que eu havia posado para ela.

Por exemplo, ela usava uma choker linda que eu achava que era só uma peça de joia obscenamente cara. Tinha ficado sabendo que não apenas James se referia a ela como coleira, como ele nunca a deixava tirar, na verdade, ficava trancada, e ele tinha a chave.

Pelo visto, era algo bem importante.

Mas quem poderia mesmo julgar seus métodos?

Eu não podia, não quando tinha visto em primeira mão a forma como olhavam um para o outro.

Estella chegou em nossa fileira em seguida, e me abraçou *e* abraçou a intocável Bianca.

Eu sabia qual era a questão. Frankie havia me ensinado bastante a etiqueta de BDSM. Estella e Bianca eram submissas, o que fazia toda a diferença quando se tratava de toque amigável e casual.

Estella se sentou perto de Frankie, que se sentou ao lado de James, que foi bem possessivo ao se apossar do outro lado de Bianca, colocando o braço por cima de seus ombros. Não dava para passar um cartão de crédito entre eles, do tanto que ele estava grudado nela.

Depois estava eu, no fim da fileira, observando Tristan ser apalpado em um funeral.

Capítulo Trinta e Quatro

DANIKA

James se inclinou para a frente, mirando seu olhar elétrico na minha direção. Claro que ele ficava bonito de preto. James ficava incrível em qualquer coisa.

— Ele está aguentando bem? — ele me perguntou.

Assenti, com os olhos arregalados.

— *Você* está aguentando bem? — ele questionou, parecendo preocupado.

Assenti.

— Eu nem conhecia o Tony.

— Não foi o que eu quis dizer. Em geral, você está bem?

Minha boca se curvou com pesar, mas apenas assenti. Tive que morder a língua para não fazer qualquer comentário sobre o que estava acontecendo na primeira fileira.

Mas, sério, era ridículo. Mona estava grudada em Tristan como James estava em Bianca. E havia tanta posse nisso, como se fosse a coisa mais natural do mundo, como se ela fizesse isso todos os dias, como se ele fosse dela.

Tristan estava com o braço em volta dela e parecia estar indo com calma enquanto ela se aninhava no peito dele. Eu não achava nem que ela estava chorando, então parecia mais uma carícia do que tristeza.

Disse a mim mesma que eu nunca tinha perdido um pai, inferno, nem sequer tive um para perder, então mal conseguia decidir qual era o jeito que o luto de Mona deveria ser. Mesmo assim, eu estava chateada, e essa chateação estava se transformando em algo mais forte a cada segundo.

Eu devo ter mostrado algum sinal do que estava sentindo, porque Bianca, que não costumava demonstrar, esticou a mão e segurou a minha, apertando-a de forma reconfortante.

Tristan continuou virando a cabeça, tentando encontrar meu olhar, mas toda vez que ele fazia isso, eu desviava os olhos, fingindo prestar atenção ao discurso da chorosa esposa de Tony.

Em certo momento, parei de lançar olhares para eles, e foi o que eu deveria ter feito desde o início.

Enfim, Tristan se levantou para dizer algumas palavras, abordando bastante a mentoria, carreira de Tony e como ela havia afetado sua própria vida e seu trabalho.

Foi um discurso emocionante, e fiquei admirada em como ele era elegante falando em público. Quando o tinha conhecido, ele era um bom artista, mas achava que essa nova parte articulada dele deveria ter vindo de se apresentar diante de uma enorme plateia cinco noites por semana.

Todos os quatro filhos adultos de Tony se levantaram e falaram brevemente sobre o que mais gostavam de fazer com o pai. Foi tudo muito emocionante.

Até a história de Mona sobre como ela tinha crescido para se tornar uma assistente de mágico por causa da influência de seu pai foi bem emocionante.

Os filhos dele pareciam adorá-lo de verdade, e um homem não poderia pedir uma despedida melhor.

Fiquei com Bianca e James depois que a cerimônia terminou.

Tristan foi até nós em certo momento, ainda com uma pegajosa Mona grudada a ele.

Tristan abriu a boca para falar alguma coisa para mim, imaginei, quando Mona abriu a dela, falando antes de ele conseguir.

— Vai de carona com a família para a recepção, Tristan? Minha mãe pediu para eu te perguntar. Significaria muito para todos nós, em nosso momento de necessidade.

Ela olhou para mim ao falar isso, e tive dificuldade em pensar coisas boas sobre ela enquanto me encarava e fazia um jogo de culpa para o amor da minha vida.

Tristan suspirou, com a expressão neutra.

— Se importa de ir com a família, Danika? — ele perguntou.

Ah, Senhor, eu não queria fazer isso.

— Ela pode ir com a gente — Bianca se intrometeu, baixinho. Havia algo nela que a fazia ser muito difícil de dizer não, talvez porque nunca falava a menos que tivesse intenção de seguir até o fim. Eu a tinha visto fazer isso com James várias vezes e, sempre passava a sensação de que ela era irredutível. — Nos vemos lá.

A mandíbula de Tristan ficou tensa por um breve instante, e ele me encarou por uma pausa eterna antes de assentir.

Fui andando devagar, de braço dado com Bianca, para fora do prédio, e tive que me perguntar se ele iria mesmo de carona com a "família" ou se Mona usaria isso como desculpa para tê-lo só para si. Eu não duvidaria disso.

A intimidante equipe da segurança Cavendish nos apressou do prédio para o carro.

Bianca deu tapinhas na minha mão depois de ficarmos confortavelmente abrigados na limusine deles.

— Mona só pode usar isso por um dia. Um dia para fazer esse jogo dela. Vai passar.

— Eles trabalham juntos muitas noites por semana — retruquei baixinho, muito consciente do fato de que eu não queria ter aquela conversa particular diante de James. Mas parecia que eu simplesmente não conseguiria me conter. Se eu não falasse, parecia que iria explodir.

— Independente se ela estiver por perto ou não, ela só conseguirá fazer o jogo da culpa por pouco tempo.

— Você também enxergou isso, não é? É exatamente o que ela está fazendo.

— É — ela disse sem rodeios. — Quer o meu conselho?

Assenti, fascinada. James ficou em silêncio durante nossa conversa, mexendo em seu celular, um braço possessivo nos ombros de Bianca.

— Ela o quer, você o tem. Não o dê de bandeja. Lute por ele. Reivindique.

— Você acha que ele simplesmente iria para ela se eu não lutasse? Não quero um homem que seja assim tão fácil de perder.

— Não é o que estou dizendo. Na verdade, sei que ele não iria. O que quero dizer é que você precisa mostrar que vale a pena lutar por ele; que você nunca desistiria dele. Não acha que já chegou a hora de fazer isso?

Eu não tinha a resposta, mas com certeza havia queimado umas calorias me estressando com isso.

A recepção era na mansão Biello. A propriedade era enorme, mas mesmo assim estava apertado lá dentro.

A decoração interna era basicamente igual ao que você imaginaria quando pensasse na casa do antigo mágico de Vegas em Viva Las Vegas. Bastante branco e dourado e, caramba, até fotos de tigres brancos.

Descobri, quase de imediato, que era melhor apenas ficar perto de James e Bianca. As pessoas abriam caminho para eles, o que era bom, porque não havia como dizer o que um obcecado James faria se, Deus me livre, alguém trombasse sem querer em Bianca.

Não tínhamos exatamente corrido para lá, mas passou uma hora até eu ver Tristan, e foi quando ele passou pela porta da frente, com Mona em seu braço. Eles tinham acabado de chegar.

Uma hora inteira depois.

Disse a mim mesma que deveriam ter ficado mais no local do funeral. Precisei dizer isso a mim mesma, senão teria começado a gritar e jogar coisas, e não teria parado.

Ele ainda nem tinha me visto, mas me virei de costas para ele.

Os olhos de Bianca foram compreensivos ao encontrarem os meus.

— Me diga, estou exagerando? Estou sendo egoísta e insensível no momento?

— É uma situação ruim. Acho que você está fazendo o seu melhor. James está quase acabando de cumprimentar todo mundo. Quer pegar uma carona com a gente? Eu poderia me esconder com você no meu estúdio de pintura de novo. Estou querendo começar aquele quadro com você do qual estava te falando, com o cachecol amarelo, e você pode desabafar comigo até o seu coração ficar mais leve.

Era tentador. O que eu mais queria era sair de fininho até mesmo antes de Tristan me ver e passar a tarde com Bianca em seu estúdio tranquilo.

Eu amava aquele estúdio. E, sem dúvida, aproveitaria uma boa sessão de desabafo.

— Eu adoraria, mas prometi para o Tristan que ficaria por perto nos próximos dias, para apoio moral. Ainda assim, não é como se ele precisasse de mim agora, e ele poderia ficar aqui o dia todo. Deixe-me falar com ele primeiro.

Fiz o sacrifício e me aproximei dele.

Mona estava apenas segurando o braço dele agora, um peito falso grande pressionado no bíceps dele. Mesmo assim, era uma melhora enorme em relação ao que ela esteve fazendo, que tinha sido se roçar nele em público.

Eles estavam conversando com outro casal, pessoas que não reconheci, mas me aproximei mesmo assim.

— Tristan — chamei baixinho.

Ele se assustou e olhou para mim. Parecia desligado, uma rigidez na sua expressão me avisava que havia alguma coisa errada.

— Ei, vou embora com a Bianca, mas te encontro mais tarde, tudo bem? — Minhas palavras saíram afetadas, quase frias, o que não tinha sido minha intenção. Só queria *dar o fora* dali.

Ele começou a tentar tirar seu braço do aperto de Mona.

— Com licença — ele disse a ela. — Preciso falar com minha garota.

Ela o soltou, me olhando de um jeito bem sério. Eu nunca conseguia interpretá-la. Considerei, por um instante, que ela poderia estar drogada, do jeito que estava agindo, e todo o resto que estava acontecendo, mas, olhando-a de perto, não achava que fosse isso. Ainda assim, ela apenas parecia tão desligada quanto Tristan. Com certeza tinha acontecido alguma coisa entre o funeral e a recepção.

Fiquei apavorada de imaginar o quê.

— Volte logo — ela falou com uma voz sem fôlego.

Tive que me conter para não responder a isso.

Tristan me puxou para o corredor mais próximo e para dentro de uma sala de estar que, de alguma forma, não tinha ninguém. Fechou as portas, mas não havia como trancá-las.

— Você está chateada — ele começou, baixinho.

Balancei a cabeça, embora ele não estivesse errado.

— Acho que você não precisa de mim aqui. Na verdade, acho que seria melhor se eu fosse embora, e ir com a Bianca pareceu a melhor solução.

— Preciso, sim, de você aqui, e sei que é um saco, mas seria muito bom se você apenas ficasse ao meu lado.

— Seu lado já está ocupado.

Ele massageou a têmpora enquanto comecei a andar de um lado a outro.

— Outro motivo pelo qual gostaria que você ficasse por perto. Ela… não está ela mesma hoje, e eu gostaria de desencorajá-la sem tornar o dia dela pior do que já está.

— Quer que eu, sei lá, reivindique você?

— Sim, seria bom. Seria muito bom você falar sério mesmo.

Ha. Isso não seria mesmo um problema.

— Ah, posso fazer isso.

Ele começou a vir para cima de mim, e tive que conter o desejo de começar a recuar. Não queria que ele me tocasse até eu saber o que ele havia aprontado entre o funeral e aquele lugar.

— Então você veio até aqui com a família inteira? — perguntei, observando sua expressão com muito cuidado.

Ele fez careta, e fiquei tensa.

— Não. Mona armou um esquema para ser só eu e ela na limusine.

Bem, pelo menos ele não tinha tentado encobrir isso.

— Você transou com ela?

Ele não recebeu bem aquilo, o que era compreensível, porque eu também não tinha falado sério.

Não achava de verdade que fosse uma possibilidade, mas parecia que não conseguia me conter. Tinha que desabafar de alguma forma ou ficaria louca. Mesmo assim, me arrependi imediatamente de dizer isso. Não era a hora nem o local.

Suas narinas inflaram, e seus olhos se arregalaram.

— Você está falando sério?

Mordi o lábio, admitindo com relutância:

— Não.

— Que bom. E não, fiquei longe dela.

Ele, finalmente, me encurralou em um canto quando segurou meu rosto.

— É por isso que não dá para dormir com a filha de um amigo próximo — eu disse a ele. Estava brava por isso, por como sua ingenuidade poderia potencialmente prejudicar o que tínhamos, o que ainda estávamos tentando transformar em *alguma coisa*. — Ainda mais uma com quem você trabalha. O que você estava pensando?

— Fui burro, é claro, mas ela não estava agindo como está agora. Ela era, sei lá, o oposto de você. Não é uma garota para relacionamento, ou foi o que pensei. Sempre tentou muito provar que era só a garota legal e tão desinteressada em ter algo sério quanto eu. Ela ficou bem feliz de se voluntariar para o status de amizade colorida. Fez sentido na época. Nada disso é uma desculpa. Eu fui um idiota.

É, eu já estava cansada daquela conversa. Tentei tirar o rosto das mãos dele, mas ele não estava soltando.

Curvou-se para mim.

— Fique ao meu lado. Me reivindique.

— Foi exatamente o que Bianca me falou para fazer.

— Bem, com exceção do gosto dela por homens bonitos demais, ela é esperta.

Isso tirou um sorrisinho de mim e, como se ele assumisse isso como permissão, encostou os lábios nos meus.

Segurei seus pulsos, não sabia se para mantê-los onde estavam ou para afastá-los.

Ele beijou minha boca de leve, em movimentos lentos e entorpecidos, passando a língua aveludada bem devagar nos meus lábios, implorando para entrar.

Com um pequeno gemido, abri para ele.

— Faça isso, Danika. Reivindique o seu homem. — Ele recuou para murmurar na minha boca.

Não me orgulhei disso, mas deixei que ele me possuísse, rápido e voraz contra a parede.

Estávamos arrumando nossas roupas quando Mona abriu a porta. Ela não falou uma palavra. Não precisou. Só queria que soubéssemos que ela sabia o que estávamos fazendo.

Me senti mal. Tinha acabado de piorar seu dia ruim.

Alguns dias depois, não conseguia acreditar que um dia tive um pensamento gentil sobre aquela mulher.

Sempre confie no seu instinto, mesmo quando ele fizer você se sentir uma desalmada completa.

Foi isso que aprendi com Mona.

Capítulo Trinta e Cinco

DANIKA

Eu estava no trabalho, cuidando da minha vida alguns dias depois, quando uma Mona sorridente veio rodopiando por minha galeria.

A cada vez que eu via aquele sorriso, tinha mais certeza de que simplesmente havia algo de errado com ele.

— Já está na hora de terminar seu turno? — ela perguntou, seu tom agradável, mas sem nenhuma entonação. Seus olhos estavam meio vidrados e vagos.

Muito estranho.

Mesmo assim, eu não queria saber aonde isso chegaria.

Suspirei. Ainda me sentia mal pelo que ela havia passado com o pai, então fui bem-humorada.

— Eu administro o local. Posso sair a hora que quiser. Imagino que você queira conversar de novo.

Ela assentiu. Estava viajando. Me perguntei se ela tinha tomado alguma coisa, mas não a conhecia o suficiente para ter certeza.

— Te encontro naquele bar, o Twist, quando eu sair.

Ela foi embora.

Finalizei algumas coisas, então encarreguei Sandra de fechar em trinta minutos. Segui para o bar de Stephan e Javier com a esperança de conseguir me livrar de Mona rápido e, depois, apenas ficar conversando com eles.

Stephan me viu chegando e veio me receber com um grande abraço, beijando minhas duas bochechas.

— Finalmente você veio nos ver.

Javier veio logo atrás dele, e tivemos uma sessão carinhosa bem rápida.

— Venha se sentar no bar, conversar com a gente. Conte tudo que está acontecendo na sua vida. — Javier mexeu as sobrancelhas, sugestivo. — Porque andamos ouvindo umas coisas.

— Cacete, andamos vendo coisas — Stephan completou, referindo-se, eu sabia, ao chá de bebê.

Analisei a área de lounge para encontrar Mona e a vi com facilidade.

— Preciso falar com uma pessoa rapidinho, e já volto.

Pedi licença, sabendo que eles teriam milhares de perguntas sobre isso em uns cinco minutos.

Me sentei perto de Mona em um sofá de couro branco macio. Perto, tipo, um metro de distância.

— Precisamos conversar — ela começou.

Tive que fazer um esforço determinado para não revirar os olhos.

— Mande.

— Só quero que me responda uma coisa.

Eu a analisei, sem encontrar nada em seu rosto ou comportamento que fizesse sentido. Nunca consegui.

— Só pergunte. Chega de drama.

— Você está apaixonada por ele? Só me responda isso.

Balancei a cabeça.

— Não vou fazer isso. Não vou fazer mesmo. Não sei de onde você tirou a ideia de que te devo respostas sobre mim e Tristan, mas esse *não* é o caso.

— Eu estou. Apaixonada por ele. Sem hesitação aqui. Sua vez.

Queria dar um tapa nela. Senti meu lábio superior tentando formar um rosnado, e tive que esperar alguns instantes cuidadosos para me acalmar.

— Houve uma janela de seis anos — contei a ela, meu tom o mais cuidadoso que eu conseguia administrar. — Não sei quando você entrou no cenário para ele, mas essa foi a janela. Esse foi o tempo que você teve para fazer o seu "eu te amo" importar para ele, para ser suficiente. Essa janela está fechada, e sinto muito por você, mas, se ele não te amou antes, posso jurar que *nunca* vai te amar agora. Essa *resposta* é boa o suficiente para você?

Lá estava. A coisa que eu estive procurando e, para ser sincera, esperando, desde que a tinha conhecido.

Talvez eu a tivesse levado a isso; talvez ela estivesse escondendo o tempo todo. Não preciso dizer que eu preferia a segunda opção.

Mas importava? Não.

A questão era que a feiura de dentro dela tinha saído, contorcendo seu rosto, seu sorriso gentil se transformando em um escárnio odioso, seus olhos brilhantes com uma fúria raivosa.

Ela apontou um dedo trêmulo para mim.

— Você acha que é dona dele? Acha que tem a mão invisível sobre ele, influenciando tudo, mas ele estava indo muito bem até você voltar à vida dele. *Muito bem*, até você sabotar a vida dele de novo, com esse mancar patético, e aquelas suas sequências de culpa manipuladoras do caralho.

— Vou te parar bem aí — eu disse baixinho, o desdém formando cada palavra baixa. — Você vai continuar com essa falação e não vai importar. O que quer que teve com ele, não tem o poder de afetar o que ele e eu temos. Então continue. Vá. Siga em frente com sua vida, porque você não tem o poder de influenciar a minha.

Ela me lançou o sorriso mais amargo. Não, amargo, não.

Triunfante.

Isso me preocupou, e senti meu coração acelerar com mais do que minha raiva. O pavor girava com força na minha barriga. Observei sua boca, temendo o que ela diria antes mesmo de dizer.

Então ela provou que eu estava bem enganada, porque ela poderia afetar Tristan e eu. Na verdade, ela poderia nos destruir com duas frases curtas. Apenas seis palavrinhas.

— Estou grávida. O bebê é dele.

Minha mente titubeou. Não sei quanto tempo simplesmente fiquei ali, atordoada, com um autêntico terror, mas ela ainda estava sentada ali quando consegui sair disso.

— Então, agora você vai tentar prendê-lo com um bebê. — O desgosto escorria da minha voz. Por ela, por ele, por todos nós.

— Quem é você para me julgar? Sou melhor para ele. Não preciso pensar se estou apaixonada por ele, eu sei. Eu jamais o teria deixado, enfraquecido e sozinho, para sofrer por anos, para procurar conforto em outras mulheres, por anos. Você fez tudo isso. Quem é *você* para me julgar?

— De quanto tempo está? — perguntei a ela. Não conseguia acreditar em como minha voz soava calma.

Por dentro, eu estava péssima.

Um banho de sangue.

— E isso importa? Sei que ele é o pai. Ainda não contei para ele, mas você conhece Tristan. Ele jamais daria as costas para algo assim.

Me levantei. Não sabia como. Andei devagar, instável, para o bar. Não olhei para trás, para Mona, de novo. Teria sido um ótimo acordo nunca mais ter que colocar os olhos nela de novo pelo resto da minha vida.

Stephan me encontrou no meio do caminho e apenas chegou e me segurou.

Analisei a linha esculpida de seu maxilar.

— Você parece o super-homem loiro — eu disse a ele.

Ele sorriu.

— Você não parece bem, Danika. Vou te levar para sua casa, a menos que tenha uma objeção.

Fechei os olhos.

— Me leva para a sua casa? Preciso ficar um pouco longe da minha vida.

— Claro. Temos bastante espaço. Pode ficar o quanto precisar. Vou te levar, e Javier vai trazer seu carro, mais tarde, aí você não vai ficar sem ter como ir embora quando quiser.

— Obrigada. Com certeza todo mundo no planeta deveria ter seu próprio Stephan.

— Acho que você deve estar meio em choque, Danika.

Como eu queria. Choque era como entorpecimento, e eu não estava assim.

♥TD♥

Dizer que não lidei bem com a novidade era um eufemismo enorme.

Eu enlouqueci. Simplesmente *fiquei louca*.

O primeiro estágio foi evitar. Foi pura covardia.

E extremamente necessário.

Eu o evitei com habilidade. Com talento. Não apenas previ onde ele estaria, mas previ onde ele pensou que *eu* estaria, e fiquei longe de tudo.

Em certo momento, ele acampou em seu carro na frente da minha casa.

Nessa noite, fiquei em um quarto de hotel.

O segundo estágio foi pior. Foi de raiva.

Ódio, fúria, afronta, extrema devastação. Parei de evitá-lo, porque eu *queria* que ele sentisse minha ira, precisava disso.

Fui à casa dele e andei até a porta. Ele a abriu antes de eu conseguir bater. Não fazia ideia de que ele sabia que eu estava chegando. Como assim? Ele só ficou olhando pela janela, me esperando?

Não importava.

Entrei, sem nem olhar diretamente para ele.

Respirei fundo e me virei para encará-lo, erguendo meu queixo trêmulo para olhá-lo nos olhos.

— Amor — ele disse, sua voz tão, tão baixa, seus olhos dourados mais suaves.

Meu braço foi para trás e subiu para a frente. Não houve comunicação palpável entre meu cérebro e meu braço quando dei um tapa nele, o mais forte que consegui, forte o suficiente para deixar meu braço dolorido e a palma da minha mão adormecida.

Recuei, os olhos arregalados focados em seu rosto. Acho que eu esperava um tipo de reação brava dele, algo volátil ou, talvez, cruel. Uma resposta normal de quem leva um tapa na cara.

Seus olhos estavam selvagens, mas não com raiva, não com ódio. Alguma coisa se moveu ali, alguma coisa mais preocupante, embora eu não conseguisse identificar bem o que era. Pelo menos não de primeira.

Ele me seguiu quando dei dois passos cambaleantes para trás, ainda com aquela luz em seus olhos que estava tentando me *destruir*. Era pecaminosa.

— Desculpe — arfei. Nem sabia direito o que queria dizer. Só pareceu a coisa mais apropriada a dizer.

— Não se desculpe. Não por isso. Na verdade, faça de novo, se quiser.

Isso enviou um choque pelo meu corpo.

— Qual é o seu problema? Você *quer* que eu te bata de novo?

— Vou aceitar. Vou aceitar qualquer reação que você precise me dar, contanto que não vá embora.

— O que você estava pensando? Como pôde engravidá-la? *Como pôde?*

— Não engravidei.

Aconteceu de novo. Em um minuto, meu braço estava na minha lateral, e no outro estava chicoteando seu rosto forte o suficiente para arder minha mão e provocar um choque no meu braço.

— Não minta para mim. *Não ouse.* Você pode não saber se é seu, mas dormiu com ela, então não pode me dizer que tem certeza de que não é!

— Posso, sim. Não estou mentindo. Ela sabe que não é meu. É uma questão de dias para essa mentira dela cair por terra. Mas, continue, faça o que precisa fazer, fale o que precisa falar, para desabafar seus sentimentos sobre isso. Contanto que não vá embora.

Senti tudo que lembrava controle se esvair de mim. Me senti ficando histérica. Me afastei dele, passo a passo, soluçando sem parar.

Ele me seguiu, passo a passo, um mundo de empatia em seus olhos pecaminosos, e eu não queria isso. Tudo que queria no mundo naquele instante era voltar no tempo e tirar da minha cabeça a imagem de outra mulher *grávida do filho dele*.

— Se estiver mentindo para mim — eu o alertei, a voz tremendo, joelhos tremendo, mãos tremendo —, nunca mais vou querer te ver. Nunca. Se estiver mentindo sobre isso, quero você fora da minha vida *para sempre*.

Isso fez sua boca se curvar para baixo, e minha mente logo se fixou naquilo como um sinal de culpa.

— Ah, meu Deus! Seu mentiroso! *É* seu. Vo-você a-a engravidou?

Ele balançou a cabeça, mas eu tinha passado do ponto da razão. Ele estava parado tão perto agora que dei um tapa nele de novo, e de novo, e *de novo*, então agarrei sua camisa com as duas mãos. Segurei com tanta fúria que se rasgou, e arranhei seu peito , cravando as unhas fundo em sua pele.

Atacando como um animal ferido.

Eu o encarei, mal enxergando através das lágrimas, mas enxergando o suficiente.

Suficiente para me fazer tremer. Suficiente para me destruir.

Era como se cada tapa que eu dava só o tranquilizasse, o acalmasse e, a cada golpe que eu infligia, mais amor saía de seus olhos.

— *Shh*, Danika, *shh*. Me ouça. Se acalme e *ouça*. Eu não a engravidei. A única mulher que já engravidei foi você. A única mulher que *engravidaria* um dia é você.

Solucei mais com isso, embora ele não soubesse por quê.

— Olhe para mim. Olhe em meus olhos e veja a verdade. Não encosto naquela mulher há bem mais de um ano. Não estive com *ninguém* além de você desde que te vi com Andrew naquele tapete vermelho. Fiz celibato por um ano inteiro antes da fazenda.

Devagar e aos poucos, o soluço parou e suas palavras se assentaram. Comecei a analisá-lo, procurando a verdade ou, Deus me livre, a mentira.

Se ele estivesse mentindo para mim, se conseguisse obrigar seus olhos a fazerem o que estavam fazendo *naquele momento* com um truque, então eu desistiria. Não havia limite para o que ele poderia fazer para se safar, se pudesse fingir uma coisa dessas.

Porque eu era incapaz de ignorá-lo quando ele me olhava *daquele jeito*.

Meu corpo inteiro congelou.

— O que foi que você disse? — finalmente perguntei a ele, sem processar tudo logo de cara. Ele tinha me dado informação demais de uma vez.

— Eu não queria fazer isso agora, mas vou fazer, se você precisa. Mas, primeiro, preciso saber que entendeu que aquela mulher não está grávida de um filho *meu*. Entendeu?

Minha cabeça começou a assentir antes do meu cérebro dar a ordem.

Ele ainda tinha armas demais em seu arsenal contra mim. E ainda a usava sem um pingo de piedade.

— Que bom. Fiz celibato por um ano antes da fazenda.

O impacto foi tão severo quanto da primeira vez que ele falou.

— Depois que te vi com aquele idiota no tapete vermelho.

Respirei fundo e vacilante uma vez.

— Andrew.

Ele se encolheu.

— Isso. *Esse* idiota. Vi você com ele, e soube que vocês estavam juntos. Vi de perto, não de qualquer distância, sem filtro, e percebi que não conseguia mais viver daquele jeito. Estava *errado*.

— Pare. — Minha voz foi um sussurro.

— Você nunca deveria ter ficado com ele.

— Pare. — Minha voz ficou mais alta.

— E eu nunca deveria ter encostado em outra mulher, não importava que você não falasse comigo, não olhasse para mim. Fiz celibato por dois anos depois da noite do acidente e por um ano antes da fazenda. Todo o resto foi *errado*. Nunca deveria ter acontecido assim. Minha única desculpa era que eu tinha perdido toda a esperança. — Sua voz foi de instável para destruída a cada palavra. — Se eu tivesse um mínimo de esperança de que você me deixaria beijar mesmo que a porra dos seus pés de novo, eu teria *esperado por você*. — Ele fez um esforço visível para se acalmar.

Respirou bem fundo.

— Então te vi com aquele merda...

— Pare! Ele não é um merda. Na verdade, é um homem muito legal.

— Bem, eu o detesto, então, por favor, não fale dele para mim. — Sua voz estava tremendo e ficando mais alta a cada palavra. — Quando vi você naquela noite, o jeito que ele estava com você, te tocando com privilégio, eu soube que não conseguiria mais fazer isso, não conseguiria continuar fingindo que estava bem com a forma que as coisas acabaram. Tentei do seu jeito, Danika. Ninguém pode dizer que, após seis anos do caralho, não tentei respeitar seus desejos, mas me *cansei* disso. Foi *errado*. Você estava *errada*. E estou aqui para te dizer isso, mesmo se precisar do resto da porra da minha vida, vou dar um jeito nisso.

Para variar, eu não tinha palavras. E não conseguia me mexer, não conseguia começar a imaginar como reagir à declaração dele. Estava acontecendo algo dentro de mim, uma parte endurecida de mim tinha descongelado e as repercussões desse descongelamento não eram uma coisa com a qual eu já estava preparada para lidar.

— Então é por isso que sei, com certeza, que o filho não é meu — ele continuou, implacável —, e ela também sabe. Ela se tornou maldosa. Não é quem eu pensei que fosse, e isso é lamentável; custou o emprego dela, mas ela não tem o poder que pensa que tem para prejudicar o que você e eu temos. *Ninguém* tem esse poder, com exceção de você e eu. Então, amor, por favor, só preciso que você tenha um pouco mais de fé.

— Por que não me contou antes que não tinha ficado com alguém por tanto tempo?

— Você nem sequer tinha admitido para mim que as coisas terminaram com o Andrew. Esperava que eu admitisse uma coisa dessas, mesmo sem saber se você estava pulando da cama dele para a minha? Ainda tenho um pouco de orgulho, mesmo quando se trata de você.

— Eu contei sobre o Andrew...

— É, bem, isso foi depois, e até então estávamos evitando esse assunto, sem encontrar novos motivos para falar sobre isso.

Eu estive tão cheia de raiva, tão carregada de ira, que, quando ela me deixou, fiquei totalmente esvaziada.

Teria caído no chão se ele não tivesse me pegado.

Mas ele me pegou e me colocou em seus braços imensamente reconfortantes. Deitei a cabeça em seu peito quando ele beijou minha têmpora. Poderia ter ficado ali para sempre.

Senti como se estivesse voltando para casa.

Capítulo Trinta e Seis

DANIKA

Estávamos na cozinha da sua casa, limpando tudo depois de um de seus jantares incríveis.

— Por que você foi ao apartamento naquela noite?

Não precisava perguntar a que noite ele se referia, independente do quanto estávamos pisando em ovos com esse assunto. Conversamos sobre o antes e o depois como adultos razoavelmente maduros. Mas quanto ao incidente, *aquela noite*, e a sequência de eventos que levou direto a ele, estávamos evitando. Está certo, tudo bem, *eu* estava evitando. Ele esteve, discreto, mas persistente, perguntando e aguardando minhas respostas.

Eu teria adorado continuar a evitá-lo. Já tinha nos causado tanta dor. Qual era o objetivo de abrir essa ferida e deixar que nos machucasse de novo? Porque poderia. Eu sabia que era só uma questão de tempo.

Na minha mente, não havia dúvida de que não tínhamos terminado de sangrar por aquela noite. Não tínhamos terminado de *sofrer*.

— De que importa, Tristan? Por que você continua *desenterrando* isso? Qual é o objetivo? Só deixe pra lá.

— *Não consigo*. Sempre me perturbou. Me vejo pensando nisso o tempo todo. Quando estou quase dormindo, nos momentos mais estranhos e silenciosos, é para aí que minha mente vai. Até hoje. Preciso saber. O que você estava fazendo no apartamento naquela noite? Você foi se reconciliar? Foi isso que aconteceu?

— Sim — respondi baixinho. — Foi isso que aconteceu. Fui lá para consertar as coisas.

Do canto do olho, eu o vi se arrepiar. Como havia desconfiado, ele não lidou bem com aquilo.

— Meu Deus. Você foi fazer as pazes e eu… eu…

— Sim. Você estava drogado demais para conversar naquele

momento. Não dava para discutir.

— Há muitos buracos na minha memória daquela noite. Na reabilitação, eles chamam isso de apagão. Você funciona, às vezes quase que normal, e não lembra de nada. É um sinal de alcoolismo.

Infelizmente, eu não tive essa misericórdia. Me lembrava dos detalhes daquela noite com tanta clareza que eles me assombravam. Eu tinha sido tão *burra*. Me lembrava *disso*. Tão completamente ingênua, pensando que fosse durona, enquanto um predador esteve à espreita em nosso meio, se aproveitando de cada passo em falso e emocional.

Pensei em uma coisa.

— Tenho uma pergunta para você. Algo que falou naquela noite nunca fez sentido para mim. Você se lembra de quando mandei o Jerry com os papéis do divórcio?

Tinha até ido mais longe e perguntado a Jerry sobre isso, mas ele havia me garantido que entregou os papéis e o recado nas mãos de Tristan, então não obtive respostas ali.

Tristan parecia muito preparado para falar sobre o assunto quando era *ele* quem estava fazendo as perguntas, mas algo na minha pergunta pareceu enfraquecê-lo.

Ele foi para a mesa de café da manhã, virou uma cadeira e se sentou, olhando para as mãos.

— Me lembro, sim.

Me mexi para me sentar também, mas não de frente para ele. Não, virei minha cadeira, ficando de frente para a janela. Esse assunto já era difícil o suficiente de encarar, sem ter que encarar um ao outro.

— Você se lembra da carta que mandei com os papéis?

Houve uma pausa muito longa, então uns movimentos agitados atrás de mim, como se ele discordasse com a cadeira ou com o chão em que ela estava.

Meu estômago se revirou quando ele respondeu atrás de mim, seu tom terrível com dor e confusão:

— Que carta?

Apertei os olhos fechados. Não queria cutucar velhas feridas, mas é óbvio que ignorá-las nunca resolveu todas as questões.

— Quando mandei o Jerry te encontrar com os papéis do divórcio, havia uma carta entre eles. Uma carta muito importante. Para você. Jerry jura para mim que entregou tudo nas suas mãos.

Um silêncio mais longo se passou com movimentos mais agitados.

— *O que estava escrito?* — ele finalmente perguntou, com a voz mais infeliz.

No mesmo instante, desejei nunca ter trazido isso à tona, mas continuei. Não havia como voltar agora. Ele tinha sido como um cachorro atrás do osso antes de eu abrir minha boca grande sobre a carta. Não havia dúvida de que ele ficaria ainda mais implacável e com ainda mais perguntas.

— Vou te contar. Mas, primeiro, quero saber o que aconteceu com ela. Você estava sozinho quando ele foi te encontrar? Ele me contou que não viu mais ninguém no apartamento.

Mais silêncio, então o som de algo se quebrando na cozinha. Perto da pia, *deve ter sido um prato*, pensei, mas não olhei. Já era difícil só de ouvir o que isso estava fazendo com ele.

— Dean estava no apartamento comigo. Ele saiu do quarto dele quando Jerry foi embora. Ele tinha ouvido a voz do Jerry e queria saber o que estava acontecendo.

— A carta estava enfiada no meio dos papéis — expliquei, mantendo a voz gentil. Eu tinha feito as pazes com isso nesses anos que se passaram. Não havia feridas novas para mim ali, apenas antigas e doloridas. Não era a mesma coisa para Tristan. Um pouco disso era muito novo para ele. — Seria impossível de não ver quando você começasse a olhá-los. Há alguma chance de você tê-la derrubado antes de… ler os papéis?

Mais silêncio, mais coisas se quebrando na cozinha. Dava para ouvir suas respirações pesadas e irregulares enquanto ele se movimentava. Ele não estava lidando bem com isso.

— Não. Eu os coloquei na mesa de centro e fui beber umas doses. Não queria ler sem beber. Não achei que fosse conseguir.

Lá estava. Todas as peças do quebra-cabeça se encaixaram.

— E Dean, imagino que ele estivesse perto da mesa de centro quando você se virou.

Mais coisas se quebraram na cozinha. Então suas respirações irregulares estavam logo atrás de mim.

— O que estava escrito na carta, Danika?

Respirei fundo algumas vezes, regularizando a respiração.

— Era curta. Um ultimato. Essencialmente, dizia que, se você fosse para a reabilitação, eu não me divorciaria de você.

Fiquei ali sentada por bastante tempo, mesmo depois que ele havia saído do cômodo, minha mente em lugares obscuros.

Arrependimentos eram tão inúteis e, mesmo assim, parecia impossível expelir alguns deles.

Tantos erros de ambas as partes e lá estávamos nós, seis anos depois, ainda lidando com as consequências.

Eu o amava tanto quanto sempre amei, e esse amor era mais inútil do que já tinha sido, mesmo agora, quando eu conseguia conversar com ele.

Eu o encontrei nos fundos, em uma cadeira no gramado, encarando a piscina. Ele estava curvado para a frente, com punhos cerrados. Parecia tão acabado que poderia se encolher a qualquer segundo.

Acariciei seu ombro e ele pulou como se tivesse levado um choque.

Eu o toquei de novo, e dessa vez ele pareceu preparado.

— Venha. Vamos para a cama.

Eu o guiei pela mão para cima até o banheiro, e ele me permitiu. Do contrário, com certeza, eu não poderia tê-lo movido.

Lenta e gentilmente, eu o despi, então ele me despiu. Eu o coloquei debaixo das cobertas comigo. E o abracei com força, tentando amenizar o remorso frio que estava se apossando dele. Ele também me apertava, então eu sabia melhor do que ninguém como o toque ajudava.

Ficamos abraçados por bastante tempo antes de ele falar, sua voz rouca, falhando em algumas palavras.

— Eu teria ido à reabilitação, mesmo tão fodido como estava na época. Se eu tivesse visto, teria ido. Pensei que você estivesse decidida a ficar longe. Pensei que estivesse cansada *demais* de mim. Se tivesse lido essa carta, *tudo* teria sido diferente.

— Não adianta — eu disse a ele, gentilmente. — Já temos o suficiente para lidar. Não precisamos abrigar esses arrependimentos também. Temos que deixar pra lá. O passado é passado, e não podemos voltar atrás.

Essas palavras não eram apenas para ele. Eu também ainda estava me convencendo.

Puxei seu rosto para mais perto, e coloquei os lábios bem de leve no canto de sua boca.

Ele fechou os olhos, e eu virei sua cabeça só um pouco, pressionando meus lábios gentilmente na pulsação de seu pescoço. Eu os deixei ali por um momento prolongado, depois recuei, inclinando sua cabeça, e passei os lábios na sua testa, depois desci, passando por sua bochecha com barba por fazer e seu maxilar.

Ele ficou parado e me deixou, complacente, até passivo, sob minhas mãos calmantes e meus lábios clementes.

Ele estava tremendo implacavelmente, e eu o aqueci com meu toque. Aqueci a nós dois.

Capítulo Trinta e Sete

DANIKA

Eu estava em seu vestíbulo, prestes a sair para trabalhar pela manhã, quando ele me fez parar com uma pergunta.

Ele falou atrás de mim. Eu o havia deixado dormindo e torci para ficar assim por mais algumas horas. Tinha sido uma noite difícil. Ele precisava.

Além do mais, eu quisera evitar *isso*.

— O q-que... — Sua voz tremeu, e pensei que, talvez, ele tivesse adivinhado a próxima parte. — O que mudou para você querer fazer as pazes?

A poltrona mais próxima pareceu tão longe. Como uma boneca mole, me apoiei na parede mais próxima, depois escorreguei para o chão.

O que mais poderia doer nesse ponto só de contar a ele? Qual dano ainda poderia causar? Todo o dano já tinha sido feito. Claro que tinha. Anos atrás. Ninguém sabia melhor do que eu.

Então por que eu tinha fugido tanto para não contar a ele?

Estávamos com um tempo emprestado, e eu queria pegar ainda mais emprestado.

Mais um minuto. Mais um dia. Eu não era exigente.

Não. Só gananciosa.

Ergui o olhar para ele quando respondi. Eu podia dar, no mínimo, isso para ele.

— Eu estava grávida.

As palavras mal saíram, e a jornada pareceu levar uma eternidade, mas, quando atingiram o alvo, foi um golpe sólido.

Ele meio que se curvou, o ombro encostando na parede ao seu lado.

Estremeci, desviando o olhar.

Um erro de cálculo grotesco. Ainda havia muito dano a ser causado.

Nossas respirações irregulares foram os únicos sons ouvidos por longos e dolorosos minutos.

Então ele falou comigo de um jeito que eu não esperava, assim como para o qual não estava preparada.

— Como pôde não contar para mim? Como pôde *esconder* de mim?

Aquilo era raiva na sua voz?

Ofensa?

Eu estava ofendida só de ouvir, então minha resposta, quando saiu, foi incendiária.

— Eu não estava escondendo. Não precisava esconder. Não era da conta de *ninguém* além da *minha*.

E, mais uma vez, ele falou comigo de um jeito que eu não esperava, assim como para o qual não estava preparada.

— Como ousa! — ele gritou, sua voz estrondosa enquanto apontava para mim. Ele nem deu um passo mais para perto, como se não confiasse em si mesmo. — Você não tinha o direito! *Não tinha o direito* de esconder isso de mim!

Eu estava chocada. Estava abismada.

Furiosa.

— Não tinha o direito? Eu tinha *todo* o direito!

— Também era meu filho! Eu tinha o direito de saber sobre a existência e a perda dele. Você escondeu de mim. Foi errado. Você sabe que foi errado. — Havia um leve tremor em sua voz baixa, rouca e dolorida, e loucura em seus olhos.

Balancei a cabeça, de novo e de novo, com olhos arregalados para o seu rosto, analisando-o na esperança de encontrar algo ali que eu conseguisse entender, porque suas palavras não eram algo que eu conseguia suportar.

— Você tem a ousadia de falar para mim sobre *direitos*? Talvez uma vez, só por um instante, você teve o *direito* — eu disse em tom mordaz. — E eu contei, sim, para você. Fui até seu apartamento e te contei na sua cara, e foi quando você me mandou para casa em um carro com um estuprador. Você perdeu *todos* os seus direitos naquele carro, junto com o nosso filho.

Eu estava tremendo de ódio, de remorso. Me odiava por dizer todas aquelas coisas, mesmo que fossem verdadeiras.

Me levantei, trêmula, me virando para sair, mas suas palavras me impediram.

— Mentirosa! Você é mentirosa! — ele gritou, a voz tremendo com fúria.

Me virei de volta, pensando em que coisa terrível eu estava prestes a dizer ou fazer, porque me senti provocada além da conta.

— O que foi que você disse?

Ele murchou onde estava parado, seus joelhos caíram no chão duro e suas mãos se estenderam à frente para mantê-lo ereto.

Era incompatível, um homem tão grande, tão poderoso, desmoronando tanto com algumas palavras horríveis.

Ele se ajoelhou, prostrado diante de mim. Sua pose era uma contradição direta com seu tom.

— Te chamei de mentirosa. — O tremor em sua voz ficou mais forte. — Você falou que me perdoou. Me falou isso seis anos atrás, e tem me falado desde então, e é *mentira*. Não há perdão nas coisas que está guardando. Você nem tem ideia do que essa palavra significa. Me diga que estou errado.

Dei alguns passos para mais perto, punhos cerrados com força. Mesmo na minha fúria, eu não conseguia deixar de querer confortá-lo em sua dor.

É uma doença, pensei.

— Perdoar não é esquecer.

— Está fazendo mais do que se lembrar, e você sabe disso. Não me lembro daquela noite. Até hoje, as partes vitais ainda me escapam, mas quero saber. Eu me *odeio* por isso. Você não vê? Não importa o quanto seja horrível, não importa o quanto vai me destruir, não consigo seguir em frente, não mais do que você consegue, até eu ficar sabendo de tudo.

Me sentei no chão, me abaixei devagar até fazer sua mesma pose derrotada só a alguns metros dele.

— Vou te contar — concedi.

Ficamos desse jeito, no chão, com a cabeça curvada por um bom tempo, e contei quase tudo a ele.

Quase.

Nos amontoamos no chão e choramos juntos, embora eu não tenha me mexido o suficiente para tocá-lo. Não conseguia suportar nenhum contato enquanto contava os detalhes sórdidos, as perdas dolorosas, e ele, pensei, não tinha coragem de buscar me confortar naquele momento.

O sol estava começando a nascer, entrando pela janela ao lado de sua porta da frente, quando nos levantamos e fomos para a mesa da cozinha. Nos sentamos, não tão perto, sem encostar, sem olhar.

— Por favor — ele finalmente disse, após eu ter ficado em silêncio por bastante tempo. — Tudo que tivemos, tudo que planejamos. Todas as coisas que conversamos antes de eu estragar tudo. Quero casamento, filhos, para sempre. Com você.

Olhei para minhas mãos. Não conseguia olhar para ele. Não para isso. Nenhuma parte de mim queria contar a ele, mas eu já tinha escondido isso por bastante tempo, e não era justo demorar mais, quando nunca poderíamos ter o que ele estava sugerindo.

Respirei o mais fundo que consegui.

— Não posso ter filhos. Sou estéril.

Um olhar furtivo me mostrou a leve inquietação em sua expressão quando sua cabeça se inclinou para cima e suas sobrancelhas se uniram.

— Como pode dizer isso? Você engravidou *duas vezes*.

Engoli em seco, sem saber como abordar essa parte. Eu sabia que também faria um estrago, então apenas contei tudo para ele.

— Já contei que perdi o segundo filho no acidente. Só não te expliquei como. Logo antes do impacto, Dean estava tentando… me tocar. Eu estava com um porta-retrato nas mãos…

— Aquele que eu te devolvi naquela noite? — Sua voz estava sufocada, como se ele não conseguisse acreditar.

— Sim. Aquele. A foto estava no meu colo, e eu a usei para bloquear as mãos dele de subirem minha saia. Só me concentrei nisso. Em impedi-lo. Não previ o acidente. Não tive tempo para me preparar.

Ele soltou um grunhido baixo, e um olhar roubado me mostrou que seus ombros estavam tremendo com soluços silenciosos.

Eu nem estava perto de chorar. Estava me sentindo bastante entorpecida, na verdade. Afinal, só estava catalogando os fatos para ele, mas ver uma grande lágrima deslizar de seus cílios grossos e cair na mesa fez meus olhos se encherem de lágrimas.

Demorei alguns longos instantes para me recompor antes de falar de novo, me castigando o tempo inteiro. Isso não tinha a ver com fazê-lo se sentir mal. Eu só tinha a intenção de contar o que ele precisava saber. Essa era minha maldição: sempre falar demais e falar tudo errado.

— A colisão esmagou o meu lado do carro. Amassou minha perna, meu joelho, mas, na verdade, essa foi só uma das lesões. O impacto também quebrou o porta-retrato em pedacinhos pontudos de madeira e vidro, e muitos dos pedaços entraram fundo no meu abdome.

Ele arfou com uma respiração forte e de forma tão violenta que me vi respirando com ele, como se não conseguisse sugar o ar para meus pulmões com tanta rapidez, como se *nós dois* estivéssemos sufocando com minha confissão.

— Danificou o suficiente para os médicos saberem de imediato que eu nunca mais conseguiria engravidar. Não é só improvável que eu engravide, é impossível. Tive hemorragia severa. Foram obrigados a fazer uma histerectomia.

Essa reuniãozinha tinha sido uma fantasia sem esperança desde o início.

Agora ele estava soluçando. Destruído. Eu nunca tinha visto um homem adulto chorar tanto, como se o mundo estivesse acabando, e não houvesse razão terrena para conter o desespero. Ele não tinha ficado assim nem por Jared, e nós dois tínhamos chorado bastante por seu querido irmão.

Foi há muito tempo, Tristan, e não é culpa de *ninguém*. Foi uma sequência trágica de eventos que ninguém poderia ter previsto, que dirá impedido, e nós dois sofremos o suficiente por aquela noite. Por favor, pare de se culpar. Eu parei há muito tempo. — Eu estava soluçando quando acabei, junto com ele.

Ele estava inconsolável. Tentei falar primeiro, usando argumentos bons e válidos entre meus próprios soluços, porém ele não parecia ouvir nada, só chorava, como se nunca tivesse chorado antes. A barreira tinha desmoronado, e ele nunca pararia.

Enfim, com as costas curvadas e o corpo caído, fui até ele. Era uma coisa difícil de fazer, porque eu sabia que, no fim daquilo, eu estaria me despedindo dele e me permitindo ser confortada, e me reconfortar em seu toque só dificultaria ainda mais. Não tentaria segurá-lo para sempre através de sua culpa.

Mais do que ninguém, eu sabia o quanto ele queria filhos.

Tanto quanto eu queria.

Eu o deixaria ir. Era capaz disso, pelo menos.

Encostei suavemente em sua cabeça quando, enfim, cheguei perto dele. Dois braços nunca foram tão gratos como os que me abraçaram. Seu rosto se enterrou no meu pescoço. Ele falou a mesma coisa, várias vezes, entre os soluços crus, terríveis, ofegantes e dolorosos.

— Sinto muito. Sinto muito. Sinto muito.

Acariciei seu cabelo, lágrimas escorrendo livremente por meu rosto e caindo nas mechas macias. Tentei falar de novo.

— As coisas aconteceram como tinham que acontecer.

Ele balançou a cabeça, seu rosto na minha barriga.

— Não. Não. Não. *Não* era isso que era para ter acontecido. Eu queria esse filho. Nosso filho. Nossos *filhos*. — Ele soluçou, destruído, por minutos torturantes, antes de continuar: — Eu queria a *nossa família*. Nunca quis tanto algo na vida.

Dei algumas respirações profundas e regulares, pensando em como faria isso, como conseguiria me recompor o suficiente para ir embora. Precisava tentar.

— Não é uma opção — comecei, hesitante, arfando com dificuldade, como se meu corpo estivesse guerreando tanto que meus pulmões não cooperavam, e minhas cordas vocais não obedecessem mais às ordens do meu cérebro. — Desculpe, mas não consigo mais fazer isso. Não é uma opção. Sei que acha que sou boa para você. Entendo isso agora. Mas não consegue ver que você não é bom para mim? Estou trocando minha paz de espírito por meros segundos de alegria aqui. Olho para você, e eu me *lembro*. Me lembro do que perdi, do que deveria ter sido, do que eu poderia ter tido. Um pouco disso é bom, mas a maior parte é quase insuportável para mim. Eu poderia encontrar alguém, outra pessoa, que não me lembrasse só das coisas que *não sou*. Das coisas que perdi. Na verdade, pretendo fazer isso. E você… você pode encontrar outra pessoa que também não te faça lembrar, que não te dilacere pela culpa. Algum relacionamento sem a bagagem de uma vida inteira te colocando para baixo. Desculpe, mas não posso mais te ver. Desejo o melhor para a sua vida, então estou te libertando.

De alguma forma, me arranquei dele e saí.

Ele me permitiu.

Nem consegui olhá-lo depois daquela última parte, então não tinha noção do que custou a ele manter o silêncio enquanto eu nos separava e ia embora.

Capítulo Trinta e Oito

DANIKA

Fiz o que sempre fazia quando me sentia fraca demais para ficar em pé: fui para casa.

Bev me recebeu com o coração quente e os braços abertos, como sempre fazia.

Abri o coração para ela e contei tudo que havia evitado contar desde que Tristan e eu voltamos a ficar juntos.

Ela recebeu bem, não julgou, só ouviu e me acalmou.

Estava lá há apenas cinco horas quando Frankie apareceu, e não fiquei nada surpresa. Parecia ser seu *modus operandi*.

Ela era como nossa enfermeira de combate, sempre aparecendo depois de uma batalha para ajudar cada lado a cuidar das feridas. Eu devo ter sido a que ela havia decidido que estava mais ferida, já que tinha me encontrado tão rápido.

Bev a deixou entrar e lhe serviu uma taça de vinho tinto.

— Por que sempre levo a vida tão a sério? — perguntei às duas.

Nenhuma delas me respondeu, apenas me lançaram olhares de empatia.

— Sabe, nunca fumei crack — disse mais para Frankie, mas claro que Bev teve a reação mais intensa.

— De que *merda* você está falando? — Ela pareceu abismada.

— Havia um mendigo que aparecia na galeria, tipo, umas duas vezes por semana.

— Dirty Jim — Frankie adivinhou.

Assenti.

— Ele parece encantador — Bev falou, parecendo ainda mais abismada.

– Nem tanto.

– Ele tinha hepatite C – Frankie complementou. – Gostava de falar sobre isso. Na verdade, ele tinha um rap sobre isso. Merda, não consigo me lembrar de como era, mas ele conseguiu encontrar uma palavra que rimava com hepatite.

– Sempre o levávamos para fora – continuei, ignorando-a –, já que ele costumava gritar obscenidades para outros clientes. Mas, quando o segurança começava a arrastá-lo para fora, sua última frase sempre era: "Você não viveu até ter fumado crack". Caramba, até onde sei, ele tinha razão.

As duas me encararam como se eu estivesse maluca, e foi quando percebi que estava bêbada. Comecei a rir.

– Me lembrei agora! Era meningite. Essa era a palavra que ele costumava rimar com hepatite no rap dele. Não é uma rima tão inteligente quanto pareceu na época, mas, caramba. Nossa, ele era um filho da puta louco. Não estou zoando, ele me pediu para tatuar umas bolas no queixo dele, tipo, várias vezes – contou Frankie.

Balancei a cabeça para ela, rindo mais.

– Ele ofereceu para pagar doando esperma ao estúdio. Ele era um babaca, sempre tentando aparecer no programa de TV, mas o esquisitão nunca disse nada que pudesse passar pela censura. Os produtores até tentaram treiná-lo, porque pensaram que ele seria um toque cômico para o programa, mas ele não conseguia falar duas palavras sem falar palavrão.

Gargalhei.

– Pensei que vocês duas trabalhassem em um cassino chique – Bev arfou, como se fosse uma ofensa, mas dava para ver que ela estava tentando não rir.

– Você tem ficado muito enclausurada no seu escritório – Frankie disse a ela. – Isto aqui é *Las Vegas*. É como a capital esquisitona do universo. É só dirigir pela Boulder Highway alguma hora, se não acredita em mim. Haverá, no mínimo, um filho da puta doido andando por lá de cueca, parecendo que acabou de sair do set de *Se beber, não case*. Garanto.

– Bem, o que isso diz de nós todos que vivemos aqui? – Bev perguntou.

— Que gostamos de espontaneidade? — Frankie tentou.

— Odeio espontaneidade — comentei. — Meu Deus, detesto surpresas. Como me ferrei tanto?

Comecei a berrar. Nenhuma delas pareceu chegar a mim rápido o suficiente, mas foi Bev que chegou primeiro, me puxando para ela, dando tapinhas nas minhas costas e fazendo barulhos calmantes enquanto eu me derramava em lágrimas. Tinha me acalmado bastante quando ela falou:

— Eu nunca fumei crack, mas juro que cheirar coca me ajudou a sobreviver à faculdade de Direito — Bev revelou.

Não consegui parar de rir depois disso, e não fazia ideia se ela estava brincando ou não. Eu sabia que ela havia tido umas épocas de baladas, há muito tempo, então dava para imaginar.

— Mas me desviei — ela continuou, a voz indo de irônica para suave. — Você não precisa seguir cada impulso na vida; não precisa aceitar todas as apostas. Mas algumas coisas, mesmo as que já te queimaram, bem, algumas você precisa. Alguns dos momentos mais doces da vida vêm de segundas chances. — Eu sabia que isso era Bev me dando sua bênção, e lancei a ela um sorriso choroso por isso. Quem, melhor do que Bev, sabia que segundas chances poderiam funcionar?

♥TD♥

Ele estava bem-vestido em um terno liso azul-marinho. Era simples e austero, e ele estava simplesmente lindo nele. Seu rosto estava bem neutro quando abri minha porta da frente. Era uma visita surpresa e, com certeza, fiquei surpresa. Sem nem pensar, abri para deixá-lo entrar. Tinha sentido saudade dele e meio que esperava nunca mais vê-lo.

— O que foi? — perguntei, desconfiada no mesmo instante de seu sorriso.

Era um sorriso doce, brando, que me fez pensar que ele estava armando alguma coisa.

— Eu não esperava te ver de novo — disse a ele.

— Ah, Danika. — Sua voz suave estava cheia de censura. Foi quase... reconfortante, como se nada tivesse mudado desde nosso último encontro.

Ele estava carregando uma pasta, algo que eu nunca o tinha visto fazer. Fiquei imediatamente desconfiada.

— O que há nessa pasta aí? — indaguei. Automaticamente, pensei que devia ser algum tipo de truque de mágica. Afinal, era isso que ele fazia. — Não me conte. Mágica, não é?

O sorriso doce aumentou, perdeu a suavidade e se tornou malicioso.

— Acho que dá para dizer isso.

Que porra ele queria dizer?

Ele foi direto para minha sala de estar, ficando à vontade no sofá. Colocou a pasta na mesinha de centro, abrindo-a. Tirou um pequeno laptop que parecia ridículo quando ele o abriu e começou a digitar com aquelas suas mãos enormes.

Fui até a frente dele, com a mão na cintura, a outra apontando para a bolsinha de veludo preta em sua pasta. *Aquilo* cheirava a truque de mágica.

Ele apenas sorriu, balançando a cabeça.

— É uma surpresa. Deixe-me fazer uma coisa aqui, depois vou te mostrar.

Dei a volta nele para olhar por cima de seu ombro, tentando identificar o que ele estava fazendo ao olhar na tela.

— Passo um: escolher uma agência de adoção. Já encontrei uma. Espero que não se importe de eu ter decidido. Não fiz nada além de pesquisar durante essa semana, então acredite em mim quando digo que estou tomando uma decisão embasada.

Meu coração estava tentando sair do peito, porém consegui manter a voz calma.

— Do que você está falando?

— Passo dois: escolher o país de adoção. Pensei bastante nisso e, estava pensando, e me diga se eu estiver enganado, que, na verdade, não importa. Mas fiquei sabendo que o processo vai mais rápido se você mesmo escolher um país, então tomei a liberdade de colocar todos para sortear.

Ele se curvou para a frente, pegando a bolsinha de veludo preta da pasta e a puxando para abrir até haver espaço suficiente para minha mão caber dentro dela.

— Acho que você deveria fazer as honras.

Coloquei a mão dentro, mais porque era tão surreal que eu nem conseguia acreditar no que estava acontecendo. Tirei um pedacinho de papel que só dizia *China*.

— China. Perfeito. Agora isso está resolvido. Passo três: preencher uma porrada de papelada. Soube que essa parte é uma dor de cabeça, mas vai valer bastante a pena.

— Tristan...

— Ah, espere, esqueci de uma coisa importante. Enfie a mão na bolsa de novo.

Não sei por quê, mas simplesmente o fiz, embora soubesse que precisávamos conversar mais do que ele precisava continuar com isso.

Antes minhas mãos tinham deslizado por muitos pedacinhos de papel, agora havia apenas uma coisa, bem no fundo.

Ele quase nem tinha se mexido, até onde eu havia visto, desde a última vez que coloquei a mão lá dentro.

Puxei a mão de volta como se tivesse sido queimada no segundo em que senti o que havia dentro. Eu soube imediatamente o que era.

Comecei a balançar a cabeça quando Tristan começou a assentir que sim, era exatamente o que eu pensava que era.

Ele se ajoelhou em uma perna diante de mim.

Cobri o rosto com as mãos.

Ele começou a rir.

— Aprendi a lição da primeira vez. Percebeu que minha localização inteligente é bastante particular?

— O que está fazendo? — perguntei, minha voz abafada por minhas mãos.

— Você sabe. — Sua voz grave estava carinhosamente divertida.

Ele mexeu um pouco meu braço, mas não para tirar minhas mãos do rosto, como pensei a princípio.

Em vez disso, cobriu o local no meu peito bem acima do meu coração. Se manteve ali por alguns instantes, então se mexeu, se levantando, depois me puxando para ele, colocando meu rosto no seu peito com uma das mãos e cobrindo meu peito de novo com a outra.

— Está ouvindo? — ele perguntou baixinho.

— Ouvindo o quê? — sussurrei de volta.

— Nunca parou, não é? — indagou baixinho. — Esse tempo todo. Anos. E o meu coração ainda está batendo no ritmo do seu, ainda funcionando, acima de todo o resto, para manter o ritmo regular. Lute o quanto quiser, mas até nossos corpos traem nossos sentimentos.

Como se em direta contradição, meu coração tentou sair do peito com suas palavras.

Fechei os olhos, fechei tudo quando falei.

— Não posso ter filhos.

— Ah, amor. Você não estava prestando atenção. Pensou que o que eu sentia por você ia mudar por causa disso? Não sou esse cara. Sou o cara que é apaixonado por você há seis anos. Sou o cara que pensa em você todos os dias. *Sinto saudades* todos os dias. O que aconteceu… o que perdemos… parte o meu coração, mas não muda nada. Ainda quero me casar com você, e ainda quero que seja a mãe dos meus filhos.

— Tristan, não posso…

— É um detalhe técnico. Não podemos engravidar, então vamos adotar.

Comecei a soluçar.

— Sabe, se você ficar histérica toda vez que eu te pedir em casamento, vai começar a magoar meus sentimentos.

Dei risada, então solucei mais.

— Me dê minha família de volta. Case-se comigo. Seja minha esposa de novo.

Ele não esperou uma resposta, tirando o anel da bolsinha e o colocando no meu dedo.

— Sim — finalmente respondi, como se minha vida dependesse disso.

Ele acariciou meu cabelo, seus olhos se fechando, um olhar de extrema paz tomando conta de seu rosto.

— Senti *tantas* saudades — solucei, então me enterrei em seu peito.

— Nunca mais.

Esperei até eu estar calma.

— Te amo — eu disse baixinho e com veemência.

Ouvi a alegria na sua voz.

— Te amo mais.

Capítulo Trinta e Nove

SEIS MESES DEPOIS

DANIKA

Dizer que nosso casamento teve o tratamento real era um enorme elogio a todas as coisas da realeza. No instante em que James ficou sabendo que estávamos considerando usar seu resort para fazer nossos votos, o tapete vermelho de diamante incrustado foi desenrolado, e o resto foi história.

A cerimônia em si foi no espaço aberto conhecido no mundo todo como Cavendish Hotel & Casino. O espaço era uma atração enorme para o cassino, então o fato de eles terem reservado a coisa toda por três horas só para nossos votos foi gigante. Na verdade, eu nunca havia ficado sabendo de tal coisa. E foi ainda mais extravagante James ter comprado uma decoração nova toda branca para o jardim, apenas para nós.

Eu o confrontei quando ouvi um boato sobre o quanto tinha custado a nova decoração.

Ele abriu um sorriso encantador e escapou da situação com facilidade.

— Fazemos esses arranjos floridos o tempo todo, e são sempre caros. Não vamos tirar tudo logo depois do casamento. Vamos usá-los ao máximo.

Fiquei mais tranquila, porque, apesar de ser um grande gesto, pelo menos eu podia ter certeza de que não era uma ostentação.

Falei para todas as minhas madrinhas que eu não iria usar um vestido sem alças quando fui procurar, mas, no fim do dia, tinha encontrado meu vestido dos sonhos e, pasme, era sem alças, e era simplesmente perfeito.

Era marfim, mas o corpete ajustado e alongado era tão cheio de pérolas e primorosamente bordado que a parte de cima parecia prateada. Tinha um decote curvo que me deixava bem-feita, mas não exibia muita coisa. Não sabia o que era mais espetacular, aquele corpete cheio de pérolas ou a saia de organza de seda com babados em camadas com uma cauda.

Era o vestido de princesa mais elegante do mundo, e eu adorei.

Tinha provado vinte vestidos e, no instante em que saí com esse, todo mundo concordou que era o melhor.

As madrinhas usaram vestidos de renda longos com faixas amarelo-claras na cintura.

Tristan usou um smoking preto clássico, com camisa e gravata brancas. Os padrinhos usaram o mesmo, mas com gravatas amarelas.

Frankie e Estella, de braços dados, foram o primeiro casal a entrar.

Como madrinha, Frankie tinha tentado me arranjar *uma* stripper para a despedida de solteira. Ela só havia desistido da ideia quando comentei que era claramente um presente mais para ela do que para mim.

De qualquer forma, não havia sido uma despedida de solteira normal. Tínhamos combinado com os homens, e James acabou dando uma festa para nós em sua casa. Pensei que eles tinham saído em vantagem com o acordo, já que havia duas mulheres gostosas dando uns amassos durante metade da festa.

Bianca e James foram os próximos. Eles não entraram de mãos dadas, mas com uma das mãos dele na cintura dela, a outra no fecho da choker.

Em seguida, foram Lana e Akira. Lana tinha dado à luz apenas seis semanas antes, mas não dava para saber só de olhá-la. Ela era uma daquelas sortudas que voltavam ao peso de imediato.

Mesmo enquanto andavam, vi os dois lançarem um olhar para a fileira em que estava Tutu, segurando o filho deles, Kaiko. Eu o tinha segurado mais cedo. Ele era calmo e claramente tinha puxado ao pai na aparência, exceto pelos olhos azuis, embora fosse cedo demais para dizer se mudariam de cor.

Dahlia e Adair foram os próximos. Haviam se casado discretamente um ano antes e pareciam estar indo bem. Stephan e Javier entraram juntos no corredor. Todd e Trinity, dois amigos bem próximos do grupo de apoio da reabilitação de Tristan, entraram em seguida. Cory entrou sozinho, já que os números eram ímpares, e Kenny se juntou a Bev, já que Jerry iria entrar comigo.

Bev deu a bênção a Tristan após um almoço tenso no restaurante italiano preferido dela. E, enquanto Jerry e eu observávamos Bev interrogar Tristan por uma hora, a algumas mesas do poderoso chefão, eu podia jurar que ela era a pessoa mais assustadora do lugar.

Mas tudo tinha acabado bem, e ela não havia hesitado em ir ao casamento.

Era um corredor bem longo e lindo. Um monte de buquês enormes de todas as flores brancas inimagináveis estava alinhado pelo caminho, estreitado por vasos brancos gigantes cheios até o topo com arranjos mais cuidadosamente escolhidos.

Agarrei com força o braço de Jerry, mas foi para apoio emocional. Não precisava usá-lo como muleta. Após ter feito a cirurgia parcial do joelho mais de cinco meses antes, meu mancar estava mais suave do que esteve desde o acidente. Nunca mais tinha dançado, mas conseguia dar uma ou duas voltas na pista de dança agora, o que com certeza seria útil mais tarde.

Nunca ficaria perfeito, mas era melhor e perto o suficiente para mim.

No minuto em que começamos a andar, um violão suave iniciou, seguido da voz de Tristan, cantando nossa música. Sem querer, tinha sido o maior sucesso do último álbum deles.

Encontrei Tristan e seu sorriso matador no altar, e dissemos nossos votos de novo.

Não esperava, e sim *sabia* que, dessa vez, seria diferente da primeira.

UM ANO DEPOIS

Foi o voo mais longo que eu já tinha pegado. Bem, pelo menos foi o que pareceu. Na verdade, eu já tinha feito a mesma rota, mas dessa vez foi diferente.

Dessa vez, esse voo pareceu ter as treze horas mais longas da minha vida.

Não ajudou o fato de nem sequer parecer que Tristan estava sentado ao meu lado. Quando compramos as passagens, a ideia da primeira classe foi muito boa. Era rasgar dinheiro, mas eu estive empolgada para viver isso de novo, como fizemos nas duas primeiras viagens.

No momento, eu preferiria ter ficado no assento perto dele a ter que ficar em uma cabine isolada, a alguns passos de distância. Nem conseguíamos nos tocar. O melhor que podíamos fazer era conversar por uma divisória abaixada.

Nossas cabines eram próximas, uma de frente para a outra. Ainda assim, me sentia agitada e ansiosa, e sabia que, se estivéssemos sentados juntos, se eu pudesse apenas segurar sua mão, teria ajudado.

Ele estava reclinado, de olhos fechados. Não entendia como ele conseguia dormir em um momento desses.

Queria chacoalhá-lo e acordá-lo. Precisava de companhia no momento.

— *Psst* — fiz para ele.

Ele sorriu, ainda de olhos fechados. Não estava dormindo.

Olhei em volta, peguei uma uva do prato de frutas e joguei nele.

Ele deu risada, abrindo os olhos. Parecia muito relaxado e feliz. Eu não fazia ideia de como ele conseguia estar tão calmo.

Peguei uma amêndoa e lancei na sua testa. Ele só continuou rindo.

— E se não conseguirmos...? E se eles não...? — Eu estava falando em um sussurro tão furioso, agitado e estressado que não conseguia terminar as perguntas.

Ele moveu sua poltrona até ficar deitado, me dando o sorriso encrenqueiro. Aquele que tinha mudado minha vida.

— Venha aqui — ele disse baixinho.

Olhei em volta.

— Não posso. Temos que ficar nos nossos assentos. Além do mais, não tem espaço aí.

— Venha aqui — ele repetiu baixinho, seu sorriso ainda mais suave.

Olhei em volta, vi que as duas comissárias de bordo de nossa sessão estavam trabalhando na cozinha, depois andei depressa até estar parada na entrada da cabine dele.

Ele não hesitou, me puxando para baixo, para seu colo.

— Não podemos fazer isso!

Ele se mexeu até eu estar esmagada ao seu lado, seu braço jogado por cima de mim. Era bem apertado, mas logo me senti melhor.

Sua mão livre pegou a minha, e ele entrelaçou nossos dedos, enquanto eu enterrei meu rosto em seu peito forte, respirando fundo enquanto ouvia a batida regular de seu coração.

— Stephan me contou o truque para transar no banheiro de um avião. Acho que as comissárias estão ocupadas demais para nos notar. O que me diz?

Eu o cutuquei forte com o cotovelo nas costelas.

Ele grunhiu, depois começou a rir.

— Não é a hora, hein?

Ele acariciou meu cabelo por um tempo até falar de novo, a voz séria agora.

— Tudo vai ocorrer exatamente como queremos — falou baixinho, no topo da minha cabeça. — Em apenas alguns dias, voaremos para casa como pessoas diferentes. Tudo está prestes a mudar. Será tudo como conversamos, tudo como sonhamos.

Espremi seus dedos até os meus ficarem brancos.

— Só estou com medo de não conseguirmos...

— Nós vamos conseguir. Juro para você: não vamos para casa sem ela, não desta vez.

— Ela não vai nos entender. E se não gostar da gente?

— O amor tem sua própria linguagem, e claro que ela vai gostar. Somos os pais dela. Pode demorar um tempo, mas vamos ensiná-la o que isso significa. Vai ser simplesmente perfeito. Você vai ver.

O nome dela era Ming, e eu já a amava antes mesmo de conhecê-la.

Me apaixonei por uma foto, e foi amor verdadeiro. Do tipo incondicional. Só a levei para casa quando ela tinha nove meses, mas isso não me fazia menos mãe dela.

Não era sangue que criava uma mãe. Era amor. Ming me ensinou isso.

Tristan e eu demos as mãos quando entramos no orfanato. Eu a reconheci de imediato. Eles a tinham vestido com uma roupa que eu tinha enviado, um vestidinho com morangos estampados. Até tinham colocado o short de babado do conjunto e o gorro.

Comecei a chorar, mas Tristan continuou me puxando junto.

— Estou péssima — eu disse a ele, dando tapinhas no rosto.

— Você vai ficar bem. E não chore. Nem estou te pedindo em casamento hoje.

Isso ajudou porque dei risada.

Ming olhou direto para mim, piscando seus olhos escuros e grandes.

Tristan chegou a ela primeiro.

Fiquei para trás, observando.

Ele se abaixou diante dela. Ela estava sendo segurada por uma das moças que trabalhavam lá. Ming parecia ligada à mulher, pendurada nela.

Tristan estendeu os braços para nossa filha, seu sorriso tão gentil que me fez perder o fôlego.

Ming encostou na mão dele, analisando-o. Ele deveria ser a maior pessoa que ela já tinha visto, mas ela não ficou com medo. Parecia fascinada por ele.

— Oi, Ming — ele falou bem baixinho, sua voz rouca de emoção. — Sou o seu papai. Você não faz ideia do quanto a sua mamãe e eu esperamos por você.

Ela era jovem demais para entender e, mesmo se fosse mais velha, tinha pouquíssima exposição ao inglês. Mesmo assim, pareceu captar alguma parte do que ele falou e se lançou para ele. Ele a abraçou forte, se endireitando. A cabecinha dela parecia tão perfeita, tão confiante, deitada no ombro forte dele.

Como se tivessem feito isso milhares de vezes. Como se fosse destino.

Os olhos gentis dele se voltaram para mim, e estavam brilhantes com lágrimas. Ele sorriu para mim, mordendo o lábio.

— Venha aqui, mamãe.

Me mexi como em um sonho, tocando as costas dela, acariciando seu cabelo preto curto.

Ela se afastou do peito dele para olhar para mim, seu rostinho bem sério.

— Oi, Ming — soltei. — Sou a sua mamãe e esperei minha *vida inteira* para te conhecer.

Ela tocou meu rosto, passando seus dedos minúsculos por minha testa, meu nariz e minhas bochechas molhadas de lágrimas.

Mantive meus braços estendidos para ela, prendendo a respiração, e, depois de um minuto infinito, ela se lançou para meus braços.

Eu a abracei forte e nunca a soltei.

Nos sentamos na classe econômica na volta para casa, já que não são permitidos bebês na primeira classe. Nos sentamos lado a lado, e Ming estava em nosso colo. Eu não poderia estar mais feliz.

Nos revezamos para segurá-la. Eu não conseguia parar de olhar para ela, mesmo quando ela dormiu.

— Me belisque, Tristan — pedi baixinho, enquanto ficávamos ali a encarando, maravilhados. — Devo estar sonhando. Este anjinho não pode ser nosso.

Ele me beliscou mesmo.

— Ai! — reagi, lançando a ele um olhar safado. Não ousei socar o braço dele com a bebê.

Seus lábios sorridentes se aproximaram, beijando o canto da minha boca.

— Isto é real, e você não está sonhando.

♥TD♥

DOIS ANOS DEPOIS

James nos deixou pegar emprestado seu jatinho particular e a tripulação para nossa viagem a Sófia, Bulgária. Foi uma dádiva de Deus, com Ming, agora uma bebezinha preciosa, literalmente subindo pelas paredes. O tempo de voo foi mais de quinze horas, e teria sido *miserável* se ele não tivesse nos feito esse enorme favor.

— *Nikowash* — ela disse, talvez pela centésima vez. Estava praticando.

— Isso mesmo. Muito bom — elogiei.

— Meu *imão*. — Ela pulou para cima e para baixo, os babados amarelos de seu vestido balançando. Seu cabelo tinha crescido bastante, e eu havia feito duas marias-chiquinhas que pulavam tanto quanto seu vestido.

Claro que eu era parcial, mas ela era a garotinha mais linda do mundo.

— É, ele é mesmo — garanti a ela.

Tristan a tirou do corredor, colocando-a no colo dele.

— Seu irmãozinho. Acredite em mim, você vai gostar dessa diferença quando vocês dois crescerem.

— *Imãozinho* — ela repetiu, obediente. Ela era muito filhinha do papai.

O nome dele era Nikolaj. Tinha os olhos mais azuis que eu já havia visto.

Nasceu na Bulgária e foi deixado em um orfanato pela mãe biológica com duas semanas de idade. Fomos extremamente sortudos por levá-lo para casa com apenas dez meses. Ele não soltou o pescoço de Tristan durante a viagem inteira de avião de volta para Vegas. Ming continuou escalando para o colo do pai e dando beijos na bochecha do novo irmão. Ela deve ter feito isso umas cem vezes. Não conseguíamos fazê-la parar.

Ele era nosso.

Até nossa princesinha Ming sabia disso.

Eu já não me controlava, acariciando suas costas, suas mãozinhas, me curvando para beijar sua bochecha macia e adormecida.

Tristan o segurava sem reclamar, fechando os olhos e pressionando a bochecha ou os lábios na cabeça de nosso menininho sempre que podia. Era oficial. Tínhamos passado pelo inferno, mas ali estávamos, em nosso pedacinho de paraíso.

♥TD♥

DOIS ANOS DEPOIS

Levei as crianças para a casa de Bev para um momento de meninas. Nikolaj estava escalando Bev, e Frankie estava trançando o cabelo de Ming. Era uma tarde de quinta-feira bem típica para todos nós.

Só que, de repente, não era mais. Frankie tinha acabado de me perguntar a coisa mais estranha, então a reação de Bev havia me deixado surpresa. Só fiquei ali sentada em silêncio, atordoada, por um tempo, tentando entender tudo.

Frankie e Estella queriam um bebê, mas faltava um ingrediente importante para fazer um, então estavam precisando de um doador.

— Acho que Estella quer criar um zagueiro — Frankie brincou, mas parecia constrangida. Isso não devia ser fácil para pedir a alguém.

E...

— Por que está perguntando para mim? Não deveria estar perguntando para o Tristan?

— Não, acho que este é o curso adequado de ação — Bev se intrometeu. — O que ele poderia dizer sem a sua permissão?

Ela tinha razão.

— Mas agora eu só preciso da permissão *dele* — respondi, entorpecida.

— Se dissesse para ele que não tinha problema para você, ele faria isso — Frankie comentou. E ela tinha razão.

— Qual de vocês quer carregar o bebê? — Bev perguntou a ela.

O nariz de Frankie se enrugou.

— Estamos resolvendo isso. Vocês vão pensar que somos loucas, mas nós duas queremos engravidar.

Bev assentiu.

— É, tem razão. Acho *mesmo* que vocês duas são loucas. Danika, vocês não estão tentando adotar de novo?

Assenti.

— Sim. Por aqui desta vez. Mas sabe como é. Bastante espera. Tivemos muita sorte de conseguirmos nossos dois primeiros bebês tão rápido.

— Posso ter uma ideia que dará a você e Estella a chance de ter uma gravidez — Bev disse baixinho para Frankie, enquanto o doce Nikolaj beijava todo o seu rosto. Ele era o menino mais carinhoso.

Isso me deixou perplexa e apenas a encarei.

— Ah, é? — Frankie indagou a ela, soando tão perplexa quanto eu.

— Uma de vocês pode ser inseminada e a outra pode agir como barriga de aluguel para Tristan e Danika. Um bebê para todo mundo.

Houve uma longa pausa.

Pisquei. Muitas vezes.

— Bev, você sabe que fiz histerectomia.

Ela não se perturbou.

— Também sei que conseguiram manter os seus ovários intactos. Há uma chance de você ainda conseguir induzir a ovulação, minha querida. E óvulos combinados com esperma e uma barriga de aluguel resultam em bebê. E essas duas malucas *querem* ficar grávidas. Não há garantias, mas com certeza vale a pena pesquisar. As estrelas parecem estar se alinhando para isso.

— Sinto uma gravidez dupla vindo aí — Frankie disse, parecendo muito animada.

Me senti uma idiota. Eu havia ouvido o que ela disse, mas nunca nem tinha me dado conta de que dava para induzir a ovulação após uma histerectomia.

Após a ideia ser apresentada, tive medo de pensar demais nisso. Apesar de ter contado a Tristan no instante em que o vi.

— Frankie e Estella querem seu esperma para o filho delas — comecei.

Ele piscou, então se curvou e me beijou no nariz.

— Elas vão me pagar o jantar primeiro?

Revirei os olhos e tentei conter um sorriso, então aguardei pacientemente, enquanto nossos filhos se amontoavam sobre o pai. Ele estava com uma criança sorridente em cada lado do quadril quando olhou para mim de novo.

— O que acha disso?

Mordi o lábio, mas essa era a parte fácil.

— Não tenho problema com isso. Estou empolgada por elas. Também quero outro bebê. Para nós.

Ming gritou alto que também gostaria de outro bebê. Ela era *louca* por bebês.

— Bem, sim. Já tínhamos decidido que vamos ter, no mínimo, mais dois. Só temos que ser pacientes.

Não mencionei a segunda parte até as crianças estarem dormindo pesado no quarto delas, e nós estávamos em nossa cama pervertida.

Eu estava nua e montada nele. Tinha acabado de lhe dar uma boa cavalgada, e nós dois ainda estávamos ofegantes pelo esforço.

Ele estava massageando a lateral da minha coxa com uma das mãos, meu joelho ruim com a outra e olhando meu corpo de um jeito que me avisava que ele logo estaria pronto para uma segunda rodada.

— Há uma chance de eu ainda conseguir induzir a ovulação — contei.

Ele se sentou, então nos virou até eu estar deitada de costas, e ele estar pairando acima de mim.

— Como assim? — Ele começou a brincar com meu clitóris, observando a ação com uma atenção maravilhada, ainda meio enterrado em mim. É claro que essa não foi a melhor hora de falar sobre isso.

— Frankie falou que ela seria barriga de aluguel para nós, e Bev disse que há uma chance de eu ainda conseguir induzir a ovulação.

Ele colocou a mão para trás, parecendo confuso.

— Não entendo.

— Acho que conseguiram deixar meus ovários intactos na histerectomia.

— Não sabia que conseguiam fazer isso.

— É. Eu também não. O que acha de tentar?

— Fico feliz com o que te deixar feliz. Quero mais filhos, mas não sou tão exigente quanto a como os conseguimos.

Meu Deus, eu adorava esse homem, cada centímetro dele.

Embora, alguns minutos mais tarde, eu possa ter amado mais muitos centímetros específicos dele.

Claro que havia um milhão de "se" e muitas probabilidades de não dar certo. Nós três tínhamos mais de trinta anos. Depois de muitas visitas estressantes ao médico e resultados estressantes de testes, Estella e Frankie acabaram engravidando ao mesmo tempo. Até acabaram com a data provável do parto bem próxima.

Frankie estava carregando nosso bebê e Estella, o delas. Por coincidência, Bianca e James finalmente decidiram engravidar nessa época. Houve doze meses inteiros em que nós quatro não conseguíamos ficar no mesmo cômodo sem falar apenas sobre coisas de bebês. Eu adorava.

Jared Jeremiah Vega nasceu enorme e saudável.

Tristan não conseguia parar de chorar quando escreveu o nome na certidão de nascimento.

Ele nasceu apenas cinco dias após a data provável, mas pesava colossais cinco quilos. Frankie culpava Tristan cem por cento por isso e o xingou toda vez que o viu por quase um ano.

Maria Sosa-Abelli nasceu apenas dias depois de Jared. Ela pesou menos de dois quilos e meio, mas era saudável e linda.

Ming estava no paraíso.

— Temos *tantos* bebês agora! — ela disse, rodopiando seu vestido rosa como uma doidinha.

Nenhum dos adultos na sala conseguia parar de rir disso.

Nikolaj não se importava com o hospital, mas concordava que seu irmãozinho era:

— Bem legal.

Tivemos que comprar uma minivan. Eu estava no paraíso. Tínhamos tantos filhos que eu era, oficialmente, uma mãe de minivan. Colocamos todos eles na minivan e levamos nosso Jared para casa.

Nós não dormimos na primeira noite. Quando digo nós, quero dizer todos nós. Tristan e eu não conseguíamos sair do quarto do bebê, e Ming não ficava na cama dela. Nem Nikolaj parava de ir ver como estava seu novo irmão.

— Por que demos o nome de Jared para ele, papai? — Ming perguntou entre olhares adoráveis para seu irmãozinho.

Ele sufocou, mas, em certo momento, meio hesitante, começou a contar à nossa Ming a história do irmão dele, Jared. Era uma história importante e, embora ela não tivesse idade suficiente para entendê-la de verdade, eu sabia que faríamos questão de ensiná-la que, apesar daqueles que amamos serem capazes de morrer, nosso amor poderia mantê-los para sempre perto de nós.

Ming dormiu no meio da história, sentada em seu colo na cadeira de balanço. Ele a segurou mais perto, beijando o topo de sua cabeça. Nikolaj tinha dormido em seu outro braço havia um tempo.

Eu estava sentada em uma cadeira de balanço de frente para a dele, embalando Jared nos braços.

Compartilhamos um olhar. Que jornada tinha sido. Tive um monte de momentos felizes ultimamente, mas nunca havia sido tão feliz quanto estava naquele *exato* momento.

— Te amo — falei sem emitir som para ele.

Ele mostrou uma covinha matadora para mim.

— Te amo mais.

Muito obrigada por ler esta série!
Fique atualizado quanto a todos os meus atuais e futuros projetos em www.rklilley.com e, se gostou deste livro, por favor, por favor, por favor, deixe uma mensagem e conte a todos os seus amigos!

Leia também:

R.K. Lilley
In Flight
Nas alturas livro 1
Charme
R.K. Lilley
Mile High
Nas alturas livro 2
Charme
R.K. Lilley
Grounded
Nas alturas - livro 3
Charme
R.K. Lilley
Nas alturas - livro 4
Mr. Beautiful
Charme

Sobre a Autora:

R. K. Lilley é a autora da série bestseller Nas Alturas, entre outros livros.

Mora no Texas com seu marido e seus dois filhos, e já trabalhou em vários lugares, mas jura que só soube o que era trabalho duro quando teve os filhos.

Sempre foi viciada, desde que ela consegue se lembrar, em ler e escrever histórias de ficção e romances. Gosta de viajar, ler, caminhar, pintar, jogar, assistir animações, e aproveitar ao máximo cada dia.

Atualmente está trabalhando em vários livros.

site: https://www.facebook.com/authorrklilley

twitter: twitter.com/authorrklilley

instagram: Authorrklilley